I0588219

DIFENDERE MORGAN

Mercenari di Montagna, Libro 3

SUSAN STOKER

Questo libro è un'opera di fantasia. Nomi, personaggi, luoghi ed eventi sono il prodotto dell'immaginazione dell'autrice o sono rappresentati in modo immaginario. Qualunque riferimento a eventi, luoghi o persone reali (presenti o passate) è puramente casuale.

Quest'opera non può essere sfruttata, riprodotta o trasmessa, in tutto o in parte, senza il permesso scritto dell'editore, con l'eccezione di brevi estratti a scopo di recensione, secondo quanto permesso dalla legge.

Questo libro è concesso in licenza per uso esclusivamente personale, non può essere rivenduto o ceduto a terzi. Per condividere questo libro con altri, si prega di acquistare una copia per ciascun ricevente. Se stai leggendo questo libro e non lo hai comprato, oppure questa copia non è stata acquistata per il tuo utilizzo, dovresti acquistare la tua copia personale.

Grazie per aver rispettato il duro lavoro di questa autrice.

CAPITOLO UNO

ARCHER "ARROW" Kane non poteva credere alla fortuna della donna al suo fianco. I Mercenari di Montagna erano stati inviati nella Repubblica Dominicana per salvare una bambina rapita, e invece avevano lasciato la baracca in cui l'avevano trovata insieme ad un altro ostaggio. Una donna. Una donna scomparsa, molto famosa.

Arrow aveva una mano appoggiata su Morgan Byrd per tenerla vicino a sé. A volte le appoggiava semplicemente una mano sulla schiena; in altri casi, le stringeva il braccio per aiutarla a superare i detriti. Lei non lo guardava, non lo ringraziava, non riconosceva in alcun modo il suo tocco, ma sembrava che non lo respingesse. Ogni volta che si fermavano, in modo che Black potesse perlustrare la zona, per assicurarsi che non fossero seguiti, lei si chinava verso Arrow. Era un piccolo dettaglio, ma dato che Arrow era molto concentrato su di lei, se ne accorse.

Ball teneva la bambina che erano andati a salvare nella Repubblica Dominicana. Aveva cinque anni; suo padre, che non l'aveva in custodia, non l'aveva ancora riportata a casa dopo il suo weekend di visita approvato dal tribunale. Era fuggito nel suo paese natale con la bambina. Era successo tre mesi prima, la madre aveva fatto tutto il possibile per riavere la figlia. Una volta che Rex era venuto a conoscenza della situazione, aveva chiesto subito ai volontari di recarsi sulla piccola isola caraibica per riportare Nina a casa.

Black, Ball e Arrow avevano accettato l'incarico. Ro era in luna di miele, Meat era costretto a letto da una brutta influenza, la fidanzata di Gray stava ballando in uno spettacolo speciale a Denver, quindi lui aveva passato il turno. Doveva essere un lavoro facile, soprattutto perché Rex aveva informazioni sull'area generale dove il padre teneva prigioniera la piccola. Ma trovare Morgan, in quello stesso posto, aveva complicato le cose.

Arrow era ancora sotto shock. Morgan Byrd era scomparsa da circa un anno. Una sera era scomparsa da Atlanta e nonostante diversi indizi credibili e video di sorveglianza, che la mostravano mentre ballava e si divertiva in un locale notturno, non c'era stato alcun progresso nel caso. Fino a quel momento.

Come fosse arrivata in quella casa malandata di Santo Domingo, Arrow non ne aveva idea, ma quello non era certo il momento giusto per farle domande. Ovviamente aveva attraversato un inferno. Era ricoperta di sporcizia, i suoi capelli biondi erano secchi e sporchi. Puzzava come se non si fosse fatta una doccia da settimane – probabilmente era proprio così.

In ogni caso, c'era qualcosa in lei che attirava Arrow. Non era il suo aspetto, perché in quel momento era proprio malconcia. Era la sua... resistenza. Qualsiasi cosa avesse passato, avrebbe dovuto metterla in ginocchio.

Arrow aveva salvato la sua parte di donne e bambini da situazioni orribili, e molti di loro si erano lasciati andare. Ma quando era entrato in quella stanza buia, Morgan non si era rannicchiata in un angolo. Aveva protetto la bambina che aveva preso sotto la sua ala, con un rozzo coltello. L'arma non avrebbe fatto molti danni, ma questo non aveva importanza. Si era messa tra la bambina e chi era entrato nella stanza.

Non aveva pianto e non aveva implorato di essere portata via da quella prigione. Anche in quel momento, non si aggrappava a lui, né lo usava per nascondersi. Era in piedi stoicamente, accanto a lui, con una mano sulla schiena di Nina, cercando di rassicurarla e confortarla.

Arrow era rimasto estremamente colpito da Morgan. Era diversa da tutte le altre donne che aveva salvato nel corso degli anni. Era come se potesse percepire la sua determinazione. Era orgoglioso di lei. Orgoglioso di come si era presa cura di Nina. Orgoglioso del fatto che non fosse stata disintegrata. Si sentiva più protettivo nei confronti di questa donna, rispetto a chiunque altro avesse salvato. Non riusciva a identificarne tutte le ragioni, ma il sentimento era sicuramente presente.

Arrow avrebbe probabilmente potuto resistere alle emozioni che sentiva ribollire sottopelle, se lei non si fosse appoggiata a lui, inconsciamente, ogni volta che ne aveva la possibilità. Poteva apparire dura e resistente in superficie, ma quel piccolo movimento rivelatore offriva una storia molto diversa.

Sotto la sua facciata di audacia, Morgan era spaventata a morte. Arrow voleva prenderla in braccio e rassicurarla. Voleva dirle che l'avrebbe portata a casa da suo padre, al sicuro. Ma sapeva per esperienza che mostrare anche la più piccola simpatia in quel momento avrebbe potuto distrarla. Così si limitò a piccoli tocchi, assicurandosi di rimanere al suo fianco, dandole tutto il conforto possibile, pur rimanendo in allerta per ogni sorta di segno di pericolo.

Dopo quello che aveva passato, qualunque cosa fosse, Arrow non avrebbe permesso che qualcuno o qualcosa le facesse di nuovo del male, prima di riportarla a casa.

"Tutto chiaro," disse Black in un sussurro, mentre riappariva accanto a loro, silenzioso come una pantera. Era un ex Navy SEAL[1] e poteva muoversi silenziosamente su qualsiasi tipo di terreno. Arrow si era abituato da tempo a questa cosa, ma accanto a lui sentì che Morgan si agitò, sorpresa dall'improvvisa presenza di Black.

Nonostante ciò, non emise un suono. Era diventata ormai molto brava nello stare zitta. Arrow lo aveva notato nella stanza dove lei e Nina erano state tenute prigioniere. Quando lui le aveva colpito le braccia per toglierle il coltello di mano, lei non aveva gridato. Quando la bambina si era lanciata su di lei, Morgan non aveva fatto uscire neanche il più piccolo grugnito, pur cadendo sul sedere. Questa cosa l'aveva sorpreso e colpito, in positivo, allo stesso tempo. Lui e i suoi compagni avevano imparato a muoversi in silenzio, ma gli erano serviti anni di addestramento nei marine e missioni pericolose, più di quante ne potesse contare. Il mistero di come e perché Morgan avesse imparato a stare in silenzio, non importava come, lo infastidiva.

"Dobbiamo muoverci in fretta," proseguì Black. "Il rifugio è a circa mezzo miglio di distanza, ma siamo in ritardo di circa trenta minuti rispetto al previsto. La città si sta svegliando, l'ultima cosa che vogliamo è che qualcuno ci veda e si incuriosisca."

Arrow serrò le labbra. Tre uomini caucasici che vagavano per la città vestiti di nero, con una donna e una bimba al seguito, avrebbero sicuramente attirato l'attenzione. Un tipo di attenzione di cui non avevano proprio bisogno. Aprì la bocca per parlare, ma Morgan lo precedette.

"Dovremmo dividerci," disse tranquillamente. "Vi stiamo rallentando. Se ci separiamo, potete muovervi più velocemente con Nina," disse a Ball, facendo un cenno alla bimba che dormiva tra le sue braccia.

Arrow vide quanto le costò fare quel suggerimento. Stringeva la camicia di Nina nel pugno così forte che le sue nocche erano bianche.

Black fissò Arrow con un'espressione neutra. Dal momento in cui avevano messo piede fuori dal tugurio dove avevano salvato la coppia, i compagni di squadra di Arrow avevano già capito che lui aveva un legame con Morgan. A volte funzionava così, nelle loro missioni. Erano addestrati a osservare le reazioni delle donne e dei bambini, se avessero mostrato la minima inclinazione a fidarsi di uno di loro, la squadra avrebbe fatto ciò che poteva per incoraggiarli. La fiducia era un problema enorme, quando si trattava di salvare le vittime di un rapimento. Avere una vittima che si fidava anche solo di uno di loro rendeva la missione molto più facile.

Avevano letto il linguaggio del corpo di Morgan con la stessa facilità con cui l'aveva letto Arrow. Per non parlare del modo in cui lui le stava addosso. Black chiese, senza parole, l'opinione di Arrow sulla separazione. Non c'era dubbio che sarebbe stato lui ad andare con Morgan.

Arrow si voltò verso la donna al suo fianco. Torreggiava sopra di lei, dalla sua altezza di un metro e ottantacinque. Era abituato a essere più alto delle persone che avevano salvato, ma in quel momento la statura minuta di Morgan era una delle cose che più faceva leva sul suo istinto protettivo.

Arrow mosse lentamente la mano e le sfiorò leggermente il braccio con la punta delle dita. Morgan indossava una maglietta grigia, ma Arrow riuscì a sentire il calore della sua pelle attraverso il tessuto. "Sei sicura?" le chiese. "Renderebbe le cose più facili, ma se non vuoi essere separata da Nina, troveremo il modo di farcela lo stesso."

Lei alzò il mento per guardarlo negli occhi, cosa che Arrow apprezzò. Era spaventata e nervosa, ma non era stata picchiata a tal punto da rifiutare il suo sguardo.

"Voglio fare tutto ciò che porterà Nina al sicuro, il più velocemente possibile."

Arrow sapeva che la donna avrebbe risposto così. Si rivolse a Ball. L'ex guardia costiera era pazientemente in piedi accanto a loro. Anche lui era più alto di Morgan, teneva in braccio Nina senza alcuno sforzo. "Ci vediamo là."

Arrow ebbe un brivido sulla nuca, ma decise di ignorare la sgradevole sensazione. Non gli piaceva separarsi dai suoi compagni di squadra, ma era la cosa giusta da fare in quel momento. Una volta raggiunto il rifugio, avrebbero deciso il da farsi. Dovevano mettersi in contatto con Rex e fargli sapere che Nina era al sicuro, ma anche che avevano un'ospite a sorpresa.

Avevano i documenti necessari per far uscire Nina dal paese, compreso il passaporto, tra le altre carte necessarie, ma non avevano nulla per Morgan. Avevano noleggiato un jet per tornare a casa, ma anche così, non potevano semplicemente far salire sull'aereo una donna misteriosa senza identità e aspettarsi che le autorità fossero d'accordo.

"Stai attento" disse Ball, con lo sguardo intenso.

Arrow sapeva cosa intendeva. Non avevano idea della storia di Morgan, chi l'avesse presa, il motivo per cui era tenuta prigioniera o cosa le fosse successo. Era una totale sconosciuta in quello scenario. Il padre di Nina, lui sì lo conoscevano abbastanza bene. Rex aveva fatto delle ricerche su di lui e aveva condiviso tutto quello che aveva appreso, prima che partissero. Ma Morgan era un mistero.

Arrow annuì al suo amico.

"Hai la tua radio?" chiese Black.

Arrow annuì di nuovo. Ognuno di loro aveva una radio che usava per comunicare con gli altri. Aveva un raggio d'azione di un paio di miglia, ma per qualsiasi altra cosa, dovevano usare telefoni satellitari specializzati.

Morgan fece un passo verso Nina e Ball, ma esitò quando la mano di Arrow le sfiorò il braccio. Sapendo che aveva bisogno di essere rassicurata, Arrow la seguì e le mise la punta delle dita sulla schiena. Riusciva a sentire quanto fossero tesi i suoi muscoli, ma lei si avvicinò semplicemente a Ball e si alzò in punta di piedi. Non riusciva ancora a raggiungere il viso della bimba addormentata, così Ball si chinò.

Morgan sfiorò con le labbra la guancia di Nina e fece un passo indietro. "Prenditi cura di lei," sussurrò. "Ne ha passate tante."

"Ha bisogno di un medico?" chiese Ball, mettendo una delle sue grandi mani dietro la testa di Nina, tenendola saldamente mentre si raddrizzava.

Morgan scrollò le spalle. "Probabilmente. Non ha mangiato molto bene e si lamenta che le fa male la pancia. Ho pensato che probabilmente fosse solo sconvolta a causa dello stress e non mangiava molto, ma non lo so con certezza."

Ball fece un cenno con la testa. "Black ha una formazione medica. Le darà un'occhiata, poi la madre troverà subito un medico per lei, quando torneremo negli Stati Uniti."

"E tu?" chiese Black.

"Io?" replicò Morgan.

"Hai bisogno di un medico?"

Arrow vide il cambiamento istantaneo nel suo volto, lei sbatté le palpebre sorpresa. Tutte le emozioni appena emerse scomparvero di nuovo mentre scuoteva la testa.

"Non in questo momento, no."

Arrow voleva dire qualcosa. Voleva rassicurarla che qualsiasi cosa fosse successa, non era colpa sua. Si sarebbe assicurato che ricevesse tutte le cure mediche di cui aveva bisogno. Ma l'espressione rigida e lo sguardo spento di Morgan, per non parlare del fatto che più stavano in piedi e più si indeboliva, lo fecero tacere.

Neanche Black sembrò felice di sentire quella risposta, ma non replicò. Si limitò ad annuire e a fare un cenno a Ball. In pochi secondi se ne andarono, mimetizzandosi nell'ombra del quartiere estremamente malandato.

"Andiamo," disse Arrow, allungando una mano e prendendo quella di Morgan. Ancora una volta, fu colpito dalla differenza delle loro dimensioni. Le dita di lei erano sottili e delicate, mentre le sue erano grandi e callose. Si era tolto i guanti che aveva indossato in precedenza, poteva sentire quanto fosse sudato il suo palmo. Un altro segno non verbale del suo nervosismo, del suo disagio e della sua paura.

Senza una parola di protesta, Morgan annuì e lo seguì, mentre si dirigevano nella direzione opposta rispetto a dove erano andati Black e Ball. Fecero il giro del quartiere per arrivare al rifugio da nord, piuttosto che da sud, direzione in cui erano andati i suoi compagni di squadra. Era il percorso più lungo, ma lui poteva muoversi più velocemente, dato che non doveva preoccuparsi di portare una bambina.

Morgan inciampò qualche volta, dietro di lui. Non riusciva a vedere bene come lui, dato che Arrow aveva gli occhiali per la visione notturna, ma ancora una volta non emise alcun suono. Si tenne semplicemente sempre più stretta alla mano di Arrow, fidandosi di lui mentre la guidava attraverso vicoli bui e strade piene di spazzatura.

Arrow non aveva idea di cosa le fosse successo nell'ultimo anno, ma fece un voto mentale, proprio in quel momento: fare tutto ciò che era in suo potere per farla sentire di nuovo al sicuro. Non importava a quale costo.

CAPITOLO DUE

MORGAN STRINSE la mano del soldato il più possibile. L'ultima cosa che voleva fare era perdersi in quel paese dimenticato da Dio. Non aveva idea di chi fossero gli uomini che si erano presentati nel cuore della notte, come angeli scesi dal cielo, ma non le importava. Potevano essere spacciatori o terroristi, non avrebbe avuto importanza, purché avessero tratto Nina in salvo e fossero tornati negli Stati Uniti.

Il fatto che sapessero chi fosse e che acconsentissero a prendere anche lei fu un miracolo, per quel che riguardava Morgan. Avrebbero potuto essere scagnozzi della mafia, lei sarebbe comunque andata con loro. Qualsiasi cosa era meglio che stare dove era stata fino a poco tempo prima.

Morgan si chiese per un secondo cosa fosse successo agli uomini che tenevano prigioniere lei e Nina, ma allontanò subito quel pensiero. Erano feccia. Feccia di prim'ordine. Sperava che fossero morti di una morte orribile.

Non aveva idea di quali fossero i nomi dei suoi salvatori, ma non avevano tempo di fermarsi a scambiarsi saluti formali. Non le importava del fatto che non fossero lì per lei. Quando Nina li aveva pregati di permettere anche a

Morgan di andare con loro, lei l'aveva desiderato con ogni fibra del suo essere. Probabilmente avrebbe dovuto essere un po' più esitante, dato che non li conosceva. Ma dato il modo in cui erano vestiti, per non parlare dei costosi occhiali da visione notturna che indossavano, non c'era modo che fossero in combutta con gli stronzi che la tenevano in ostaggio.

Inciampando su un pezzo di spazzatura nel vicolo, si rimproverò mentalmente. Aveva bisogno di prestare più attenzione. Non poteva essere così maldestra. Non voleva irritare l'uomo che la stava aiutando. Doveva fare del suo meglio per non disturbarlo in alcun modo. Non poteva permettersi che lui si infastidisse e decidesse di non portarla più con sé, dopo tutto quello che era successo. Se fosse stata catturata di nuovo, una volta arrivata così vicina al salvataggio, non avrebbe proprio potuto sopportarlo.

Il suo soccorritore l'aveva ferita quando le aveva fatto cadere il rozzo coltello con cui l'aveva minacciato in quella casa, ma rispetto all'anno passato i lividi sulle braccia non erano nulla. Dopo quel piccolo dolore acuto, lui si era sforzato di non farle del male. Morgan aveva percepito le mani dell'uomo sempre su di lei, da quando erano scappati dalla casa. Lui l'aveva sostenuta, facendole sapere che lui era proprio lì accanto a lei e che non avrebbe permesso che le accadesse nulla.

Ricordò ancora le sue parole, appena prima che andassero via.

Ti ho trovato, Morgan. Ti porterò a casa, a qualunque costo.

L'aveva trovata.

Non era sicura di voler tornare a casa. Atlanta non le suscitava proprio dei bei ricordi. Era passato molto tempo da quando si era sentita al sicuro. Ma in qualche modo, sentire le parole di quell'uomo e averlo vicino la faceva sentire come se fosse davvero tornata negli Stati Uniti.

"Come te la stai cavando?" le chiese tranquillamente Arrow.

"Tutto bene," rispose lei automaticamente.

Arrow si fermò bruscamente, Morgan arrestò subito il grugnito che le sfuggì quando gli sbatté contro la schiena. Lui si girò e le mise la mano libera sulla spalla. "No, davvero. Come va?"

"Sto bene," ripeté lei. "Voglio solo andarmene da qui."

La fissò per un lungo momento. Morgan non aveva idea di cosa stesse cercando o di cosa vedesse, quando la guardava, ma fece del suo meglio per sembrare forte e resistente quando dentro di sé provava l'esatto opposto.

"Mi chiamo Archer Kane. I miei amici mi chiamano Arrow" le disse. "Archer... Arrow[1]... Non è molto originale, ma è meglio di altri soprannomi che ho sentito."

Morgan sbatté le palpebre, sorpresa. Era sicura che lui stesse per smascherare la sua bugia emotiva. "Ehm... ciao."

Arrow sorrise di rimando. "Ciao."

Non aveva idea del motivo che lo spingesse a sorridere, ma Morgan fece del suo meglio per restituirgli il sorriso. Era passato così tanto tempo dall'ultima volta che aveva avuto qualcosa per cui sorridere, non era sicura che le sue labbra si ricordassero come fare. Ma il suo tentativo andò a buon fine, perché lui le strinse la mano e le disse: "Non è troppo lontano. Faremo il giro e arriveremo al rifugio da nord. Appena ci saremo sistemati, ti porterò qualcosa da mangiare e vedremo di curarti."

"Sto bene. Non ho bisogno di un medico," replicò Morgan di getto. L'ultima cosa che voleva era che quell'uomo, o i suoi amici, la esaminassero da cima a fondo.

Arrow strinse gli occhi in due fessure. "Ne discuteremo quando saremo al rifugio."

Lei serrò le labbra. *Sii gradevole. Sii gradevole.* "Ok."

Come se avesse capito che lei diceva solo quello che lui

voleva sentire, Arrow arricciò le labbra e scosse la testa. "Avanti."

Lei lo seguì, preoccupandosi più di quello che avrebbe chiesto quando sarebbero arrivati al rifugio che dell'ambiente circostante. Il che fu un errore.

Un attimo prima stavano camminando in un vicolo sudicio, quello dopo furono circondati da uomini dall'aspetto brutale.

Ancora una volta, Morgan rimbalzò sulla schiena di Arrow, ma questa volta l'uomo alzò un braccio e la prese per la vita. La fece girare fino a quando non toccò con la schiena l'edificio alla loro destra, così da essere in piedi davanti a lei. Le aveva lasciato andare la mano e aveva entrambe le braccia protese verso l'esterno, come se questo potesse impedire agli uomini di arrivare a lei.

L'uomo più massiccio, dai lunghi capelli unti, disse qualcosa in spagnolo. Morgan era intrappolata lì da quasi un anno ma non capiva ancora molto bene quella lingua. Gli uomini che l'avevano tenuta prigioniera non erano predisposti a insegnarle nulla e inoltre, quando interagivano con lei, non le chiedevano nulla; la spostavano dove e come volevano.

Con grande sorpresa della donna, Arrow rispose in uno spagnolo fluente. Ci furono diversi scambi di battute, ma la posizione protettiva di Arrow di fronte a lei restò invariata. Morgan iniziò a tremare, ma era determinata a stare fuori dai piedi di Arrow e a lasciargli fare ciò che doveva fare.

Si sentì in colpa per il fatto di non pensare di consegnarsi per salvare Arrow. Ma non voleva tornare alla vita di prima. Neanche morta.

Un altro uomo corse lungo il vicolo, verso di loro, lo stomaco di Morgan si strinse. Conosceva quel tizio. Non aveva un briciolo di compassione in corpo.

Appena arrivato disse qualcosa ai suoi amici, tutti e quattro attaccarono Arrow.

Morgan non sprecò il fiato per urlare. Nessuno sarebbe venuto in loro aiuto. L'aveva imparato nel modo più duro. Così fece l'unica cosa che poteva fare: decise di combattere. Arrow era sicuramente forte, ma non c'era modo che riuscisse a tenere a bada tutti e quattro gli uomini.

Così prese un tubo di metallo da terra e, senza il minimo rimorso, lo sbatté sul ginocchio dell'uomo più vicino a lei.

Questi ruggì dal dolore e cadde a terra.

"Corri!" le urlò contro Arrow, mentre era occupato a tirare pugni a uno degli uomini.

Morgan esitò. Voleva farlo. Oddio, come voleva farlo. Ma non aveva idea di dove fosse il rifugio o di dove andare. L'ultima cosa che voleva era stare da sola nei vicoli di Santo Domingo. Sarebbe stata ricatturata in un attimo. Era al sicuro con Arrow... Sentiva di poterlo aiutare.

Fece oscillare il pezzo di metallo e colpì ancora una volta uno degli uomini. Questa volta lo prese al braccio. Prima che avesse la possibilità di colpire di nuovo, lui si girò verso di lei e le sferrò un pugno. Lei si abbassò, ma lui riuscì a colpirla comunque sul lato della testa. Lei si inginocchiò, facendo cadere il pezzo di metallo.

Morgan brancolava per terra alla ricerca della sua arma, ma era troppo tardi. Il quinto uomo, quello che conosceva, la afferrò per i capelli e la trascinò via, tenendola davanti a sé come uno scudo.

Disse qualcosa agli altri, tutti smisero subito di lottare.

"Lasciami andare!" sbraitò la donna, contorcendosi alla presa dell'uomo.

"*Cállate, puta!*" fu la risposta dell'uomo, poi le avvolse un braccio intorno al collo.

Morgan sapeva che *cállate* significava stai zitta, dedusse che *puta* fosse una sorta di nome dispregiativo, era stata chiamata tante volte in quel modo nell'ultimo anno. Ma non sapeva cosa significassero le altre parole che uscivano dalla bocca dell'uomo tremendo.

Arrow non esitò un secondo, rispose con parole che suonavano altrettanto dure. Morgan non si fece prendere dal panico fino a quando l'uomo che la teneva in ostaggio non cominciò a retrocedere nel vicolo.

La stava portando via da Arrow. Lontano dalla sicurezza.

"No!" urlò lei, improvvisamente stanca di essere trascinata contro la sua volontà. Era più bassa degli uomini e non era così forte, ma aveva finito di essere la vittima. Non sarebbe tornata in quella casa, né in altre simili. Aveva avuto la fortuna di trovare Arrow e i suoi amici. Se le fosse stata portata via di nuovo questa gioia, non sarebbe stata così fortunata la volta successiva. Lo sapeva bene, ne era certa tanto quanto era sicura di essere al mondo.

Combatté con tutte le sue forze, freneticamente, mentre gli eventi dell'ultimo anno presero a ripetersi nella sua memoria. Sentiva vagamente i grugniti e il rumore dei combattimenti, ma non fece più caso a nulla. L'uomo la stava trascinando sempre più lontano nel vicolo, verso un'auto nera e malconcia.

Sapendo che se fosse entrata in quella macchina la sua vita sarebbe stata un inferno ancora peggiore di quello vissuto fino a quel momento, Morgan sentì la determinazione crescere dentro di lei.

"Vaffanculo!" gridò mentre l'uomo lottava per tenerla e aprire la portiera allo stesso tempo. Lui riuscì ad alzare la maniglia, ma Morgan tirò un calcio ben assestato e chiuse la portiera.

Il sequestratore borbottò alcune parole che Morgan non riuscì a capire, ma lei continuò a lottare. Alla fine, però, anche se stava combattendo con tutte le sue forze, l'uomo ebbe il sopravvento. Le strinse la mano sul naso e sulla bocca, schiacciò forte la presa.

Morgan gli artigliò la mano, cercando di rimuoverla, per far entrare aria nei polmoni, ma la presa era troppo forte. Con la mano libera, l'uomo si avvicinò e aprì la portiera della macchina.

Proprio quando pensava che la sua fortuna si fosse esaurita, Morgan sentì qualcuno gridare: "Giù!"

Senza pensarci, la donna cercò di fare come aveva ordinato Arrow. Anche se il tizio la teneva in piedi, si lasciò andare totalmente con il peso del corpo.

All'improvviso cambio di peso, l'uomo imprecò e lasciò andare il suo viso abbastanza a lungo perché Morgan riuscisse a respirare un po' d'aria.

Colpì il marciapiede con le ginocchia, sussultando per il dolore che le attraversò il corpo. In confronto a ciò che aveva già sopportato in passato, però, non era nulla. Istintivamente, Morgan cadde a terra, si chinò sulle ginocchia piegate e si coprì la testa.

Il suono dello svuotarsi di un caricatore riecheggiò oscenamente forte nel vicolo, che si illuminò rapidamente. Il peso del corpo dell'uomo le cadde addosso, Morgan sentì dell'umidità filtrare attraverso la sua maglietta sudicia.

Non appena l'uomo cadde a terra, su di lei, il suono terminò.

"Andiamo," disse Arrow con urgenza.

Anche se i polmoni continuano a bruciare, Morgan non esitò. Si alzò in piedi con l'aiuto di Arrow e poi corsero insieme fuori dal vicolo, in fondo alla strada, tra due edifici vicini. Arrow le aveva afferrato la mano, Morgan resisteva con tutte le sue forze. Era come se lui fosse la sua unica ancora di salvezza, in quel mondo terrificante, in cui era stata per un anno intero. Sapeva di essere a due secondi dallo sparire per sempre. Non aveva idea di come Arrow fosse sfuggito agli altri quattro uomini, ma per fortuna l'aveva fatto.

Non le importava nemmeno che lui avesse sparato a quell'uomo spietato, sperava che l'avesse ucciso, quell'uomo l'avrebbe torturata prima di consegnarla ai suoi amici. Non importava che lei fosse un essere umano, che respirava, con sentimenti, speranze e sogni. Tutto ciò che importava loro era il fatto che fosse una donna.

Soffocando il singhiozzo che minacciava di sfuggirle, Morgan fissò la testa di Arrow mentre i due correvano il più velocemente possibile attraverso i pericolosi vicoli di Santo Domingo. Non aveva idea di dove fossero, ma Arrow aveva ucciso per lei - lui era l'unica cosa che stava tra la morte certa e la libertà.

"Aspetta qui," le disse, spingendola contro un muro di mattoni a metà di quello che sembrava il centesimo vicolo in cui erano fuggiti.

Scuotendo la testa, Morgan sibilò: "No! Resto con te."

Come se sapesse che Morgan era appesa a un filo, Arrow si fermò. Le mise le mani sulle spalle e si chinò in modo che le loro fronti si sfiorassero.

Morgan ansimava molto, trovando difficile far entrare ossigeno nei polmoni. Le sue mani si alzarono per scavare negli avambracci dell'uomo. Non voleva lasciarlo andare. Impossibile.

"Devo dare un'occhiata a questo edificio e vedere se possiamo stare tranquilli e indisturbati."

"Vengo con te."

"Non permetterò che ti succeda niente," le disse.

"Giusto. Perché sarò proprio al tuo fianco."

Morgan sapeva che avrebbe dovuto essere più accondiscendente. Avrebbe dovuto fare qualsiasi cosa, senza dire una parola, per non infastidirlo o dargli un motivo per scaricarla a qualcun altro, o per lasciarla. Ma non ci riuscì. Non in quel momento.

Arrow sospirò e girò la testa per guardare da dove erano venuti. Poi, altrettanto velocemente, si voltò a guardarla.

"Bene. Ma non fare rumore. Fai un passo dove io faccio un passo. Se ti dico di fare qualcosa, tu la fai subito e senza fare domande. Capito?"

Morgan annuì rapidamente, sentendosi quasi stordita dal sollievo.

"Andiamo," disse Arrow. Le afferrò una mano e se la infilò nella cintura dei pantaloni. "Ho bisogno di entrambe le mani libere," aggiunse, a titolo di spiegazione.

Morgan avrebbe preferito tenergli la mano, ma andava bene anche così. La sua camicia era rimboccata, così lei non poteva sentirgli la pelle, ma poteva sentire il calore del suo corpo sulle dita. L'alba era calda e umida, proprio come la maggior parte delle mattine, in quel paese tropicale. Faceva ancora più caldo, quando il sole sorgeva sopra l'orizzonte.

Seguendo Arrow, Morgan fece del suo meglio per non emettere un suono, mentre si aggrappava a lui. Entrarono nel fatiscente edificio a due piani senza far rumore. Era abbandonato, con cianfrusaglie ovunque, pezzi di legno e scarti di metallo, spazzatura e persino cibo in decomposizione. C'era un odore tremendo, ma Morgan non si accorgeva quasi più degli odori della città.

Con un passo leggero sulla spazzatura e sui detriti, cercando di mettere i piedi esattamente dove li metteva Arrow, lei gli sbatté di nuovo contro la schiena quando non si accorse che Arrow aveva smesso di camminare.

Si voltò e le mise le mani sulle spalle. "Dobbiamo nasconderci qui per un po' di tempo," le disse.

Con gli occhi spalancati, Morgan lo fissò. "Ma pensavo che saremmo andati al rifugio con i tuoi amici e Nina."

"Sì. Ma dopo quello che è successo in quel vicolo, dobbiamo rintanarci. Non credo che i tizi con cui ho lottato rimarranno a parlare con i poliziotti, ma quel colpo di pistola farà sicuramente scattare le autorità. L'ultima cosa che voglio è avere a che fare con la polizia locale. Non con te che non hai un documento."

Morgan voleva chiedergli maggiori dettagli su come sarebbe uscita dal paese, ma al momento le interessava solo una cosa. Odiava se stessa per essere così fissata a non essere lasciata indietro, ma non poteva farci niente. "I tuoi amici ci lasceranno qui?

"No," rispose immediatamente Arrow. "Ma anche se lo facessero, non avrebbe importanza. Ho dei modi per comunicare con loro e con gli altri, là negli Stati Uniti. Potrebbero aver bisogno di far uscire Nina da qui, ma torneranno a prenderci."

Il pensiero che Nina tornasse a casa da sua madre rese gestibile il panico che Morgan provava all'idea di rimanere indietro. "Ok," sussurrò.

"Dobbiamo nasconderci, però," proseguì Arrow, guardandosi intorno. "Non c'è modo di arrivare al secondo piano, non con quelle scale malandate. Non che sia sicuro comunque stare lassù, al caldo e senza un tetto. Dovremo creare un nascondiglio qui sotto. Qualcosa che sembri naturale, se qualcuno ci sbircia dentro, ma non così pesante da soffocare."

Morgan fece un respiro profondo e si guardò intorno. C'era una tonnellata di detriti sul pavimento. Niente che potesse nascondere due adulti... soprattutto una di medie dimensioni e un gigante.

"Stai bene?" le chiese gentilmente Arrow.

Morgan lo guardò e annuì automaticamente.

Lui scosse la testa. "Penso che lo diresti anche se avessi un coltello conficcato nella pancia, non è vero?" Senza aspettare che lei rispondesse, le prese la mano e la portò in un angolo della stanza. "Resta qui."

Morgan gli si aggrappò. "Dove stai andando?"

Arrow si fermò immediatamente e si voltò per rassicurarla. "Da nessuna parte. Sarò qui nella stanza con te. Potrai vedermi per tutto il tempo. Vedrò cosa posso fare per crearci un rifugio."

Vergognandosi per la sua paura, Morgan gli lasciò andare la mano e annuì. "Ok, mi farai sapere se posso fare qualcosa per aiutarti?"

"Ma certo," rispose lui, poi le avvicinò una mano al viso e usò il pollice per pulirle la guancia. Morgan non aveva idea di cosa fosse... sporcizia, sangue, o qualcos'altro a cui non voleva pensare. Alla fine, non importava. Quello era uno dei pochi tocchi gentili che aveva avuto, in un anno.

Arrow si voltò e cominciò ad impilare tranquillamente legno e metallo in quello che sembrava un modo disordinato, ma che in realtà era molto preciso. Morgan stava in piedi contro il muro e lo guardava, senza togliergli gli occhi di dosso. Stava morendo di fame, ma quella sensazione non era una novità. Il più delle volte, i suoi rapitori si dimenticavano di darle da mangiare, solo quando volevano divertirsi le davano qualcosa come una ciotola di fagioli, senza posate. Aveva superato da tempo l'essere schizzinosa, quando si trattava di cibo. Mangiava di tutto e di più, anche cose che non avrebbe mai toccato nella sua vecchia vita.

L'acqua non era mai stata un problema, perché la stanza in cui era prigioniera aveva un lavandino in un angolo. Non sapeva quanto fosse pulita l'acqua, ma l'aveva tenuta in vita - era l'unica cosa che contava.

Avrebbe fatto di tutto per avere quel lavandino, in quel momento. Dopo tutto quello che era successo, aveva molta sete. Ma era libera. Beh, in un certo senso libera, inoltre si era ripromessa di non disturbare o infastidire Arrow.

"Credo che basterà," disse lui, più a se stesso che a lei, dopo circa mezz'ora.

Morgan guardò la pila che l'uomo aveva accatastato e non poté fare a meno di esserne impressionata. Sembrava del tutto robusta, aveva fatto un buon lavoro per tenere le tavole più sporche in cima. Riusciva a vedere uno spazio abbastanza grande sotto, dove potevano rimanere nascosti.

Arrow le sorrise, Morgan sentì il cuore balzare nel petto, ma si calmò. Lui era lì a fare un lavoro. Niente di più. Non le sarebbe servito affezionarsi al suo soccorritore. Non sarebbe stata in grado di avere di nuovo una relazione normale. Non dopo tutto quello che aveva passato.

"Va bene."

Le parole gli stavano ancora uscendo dalla bocca, quando sentirono delle voci forti dal vicolo. Arrow fu al suo fianco prima che Morgan potesse pensare. La prese tra le braccia e si avvicinò in modo rapido e silenzioso al nascondiglio, oltrepassando le tavole. Sistemò due tavole in fretta e furia e le fece un gesto per farla entrare.

Senza esitazione, Morgan si sedette e si mise il più lontano possibile sotto le macerie, sdraiata su un fianco. Arrow era accucciato sui talloni. Poi si sdraiò e si mise a retrocedere all'indietro, costringendola a fare lo stesso, spingendola contro il muro del loro rifugio di fortuna. Lui si voltò e si trovò di fronte all'ingresso del loro nascondiglio, lei era completamente nascosta dietro di lui. Morgan appoggiò la fronte contro l'ampia schiena di Arrow, non prima di aver visto la pistola che lui teneva in mano.

Il cuore le batteva quasi come quando stavano scappando dai teppisti nel vicolo. Morgan fece del suo meglio per rallentare il respiro e non emettere alcun suono. Quel buco era caldo, era scomodo stare così vicino ad Arrow e condividere il suo calore corporeo, ma lei non mosse un muscolo.

Nel giro di pochi secondi, la porta attraverso la quale erano entrati solo mezz'ora prima fu aperta a calci, con un forte botto.

CAPITOLO TRE

ARROW SERRÒ le labbra e si concentrò sull'apertura del loro nascondiglio. Non aveva avuto abbastanza tempo per ottenere l'aspetto casuale che aveva desiderato, ma sperava che andasse bene. Se chi aveva appena sfondato a calci la porta avesse fatto il giro della stanza, li avrebbe sicuramente scoperti.

Dietro di lui, Morgan non si mosse. Riusciva a malapena a respirare. Quando il tizio nel vicolo l'aveva afferrata, la vista le era diventata rossa. Sapeva chi era quell'uomo, questo l'aveva spaventata. Il loro tempo trascorso insieme non era stato piacevole. Arrow poteva solo immaginare quello che lei aveva passato nell'ultimo anno, ma sentire l'uomo dire che non vedeva l'ora di riprendersi la donna per lui e per i suoi amici aveva fatto perdere la testa ad Arrow.

Aveva combattuto come un uomo posseduto, era riuscito a raggiungerla prima che il tizio la spingesse nella sua auto e scomparisse, probabilmente per sempre.

Non aveva pianificato di ucciderlo, ma quando aveva visto il terrore e la disperazione assoluta sul volto di Morgan, mentre quell'uomo cercava di soffocarla, Arrow aveva agito senza pensare. Lei aveva fatto esattamente quello che lui aveva bisogno che facesse, il che aveva reso più facile uccidere quello stronzo... in modo più veloce. Lei era coperta di sangue e di sporcizia, ma lui non poté fare a meno di ammirarla e di sentire un pizzico di... qualcosa.

Arrow non aveva idea di come potesse essere attratto da lei. Non erano né il momento né il luogo adatto, sicuramente non era il tipo di donna che di solito gli piaceva, ma non poteva negare che ci fosse qualcosa in Morgan Byrd che gli faceva venire voglia di uccidere ogni figlio di puttana che osasse metterle le mani addosso.

Liberandosi da quei pensieri, Arrow si concentrò ad ascoltare e a tradurre ciò che si stavano dicendo gli uomini alla porta. Non era sicuro di quanti fossero, dato che le loro voci erano attutite dal suo nascondiglio sotto le macerie.

"Non c'è nessuno. Andiamo avanti."

"Aspetta. Dobbiamo cercare. Potrebbero nascondersi."

"No. Guardati intorno: questo posto è disgustoso. Non c'è nessuno. Dobbiamo continuare a cercarli prima che spariscano."

"Chi è l'uomo con lei?"

"Non ne ho idea. Ma se la perdiamo, non avremo i nostri soldi. Ci pagano per tenerla qui e viva."

"E la bambina?"

"Fanculo la bambina! Lei non conta, è un problema di José. A noi serve la donna."

"Non possono essere andati lontano."

"Parleremo con gli altri e ci assicureremo che tutti abbiano gli occhi aperti. Non potranno uscire da questa parte della città senza che qualcuno li veda. Li troveremo."

"L'uomo è un problema. Dobbiamo sbarazzarcene."

"Oh, lo faremo. Si pentirà di essersi messo in mezzo."

Arrow sentì delle deboli grida dall'esterno della stanza.

"Andiamo!" gridò qualcuno da quello che sembrava un vicolo. *"Sono da questa parte!"*

Il silenzio nella stanza si fece fitto e pesante, quando gli uomini se ne andarono bruscamente. Arrow sentì contro la schiena il cuore di Morgan battere all'impazzata, sperava che lei non decidesse di protestare improvvisamente contro i loro sgraditi ospiti. Ma era una preoccupazione inutile. Morgan non si mosse di un centimetro. Era immobile, al suo posto. Ogni muscolo era teso. Arrow pensò che lei non avesse capito quello che si erano detti gli uomini, perché non si era mossa quando avevano parlato di qualcuno che pagava per assicurarsi che fosse tenuta in vita.

Quello che Arrow non capiva era il perché. Perché qualcuno voleva che fosse portata lì, nella Repubblica Dominicana, e tenuta prigioniera? Non aveva senso. Il mandante del suo rapimento doveva sapere che sarebbe stata trattata male, ma a chiunque fosse, ovviamente, non importava.

Non era una sorpresa che la gente del posto facesse ciò che veniva loro chiesto. Santo Domingo era una città povera, in un paese povero. I soldi che ricevevano erano probabilmente almeno dieci volte superiori a quelli che potevano guadagnare con un normale lavoro onesto. Non c'era da stupirsi che fossero così determinati a trovare Morgan e a trascinarla di nuovo nel buco infernale in cui l'avevano nascosta. Perderla significava che il loro stipendio sarebbe scomparso... Per non parlare di qualsiasi altra cosa avessero fatto con lei.

"Se ne sono..."

Arrow si voltò rapidamente e le coprì la bocca. Morgan non si oppose, ma si mosse contro di lui. Non voleva spaventarla, ma non sapeva se qualcuno fosse ancora lì, in attesa di vedere se loro due fossero usciti dal nascondiglio. La posta in gioco era ovviamente molto più alta di quanto avesse creduto all'inizio. Morgan non era solo una vittima di un rapimento, c'era molto di più.

Arrow aveva conosciuto persone che pagavano altri per

uccidere qualcuno. Per rapirli e farli sparire. Ma pagare qualcuno per rapirla e tenerla in vita fuori dal paese, e nel frattempo rendere la sua vita un inferno per mesi e mesi, richiedeva un particolare tipo di follia. Non aveva senso, e ad Arrow non piacevano le cose che non avevano senso.

Le tolse la mano dalla bocca e le accarezzò leggermente la guancia, come per scusarsi. Come se avesse capito ciò che non osava dire ad alta voce, Morgan seppellì silenziosamente il viso nella sua schiena, stringendogli il giubbotto dalle mille tasche. Non emise un altro suono.

Ancora una volta, l'ammirazione che Arrow nutriva per la donna si mise a pulsare. Non si era fatta prendere dal panico. L'unica volta in cui aveva perso la calma era stato quando pensava che lui l'avrebbe lasciata nel vicolo. Aveva capito. Dopo quello che aveva passato, dopo essere stata salvata inaspettatamente, non voleva perdere di vista il suo salvatore.

Non aveva pianto. Non aveva chiesto niente da mangiare o da bere. Non aveva dato di matto quando lui aveva sparato a un uomo, a pochi centimetri da lei. Non aveva fatto rumore quando il sangue le era schizzato addosso o quando il morto le era caduto sopra. Non si era lamentata quando lui aveva iniziato a correre, aveva fatto tutto per bene, stando assolutamente in silenzio quando erano quasi stati scoperti. Era innaturale quanto bene stesse affrontando il tutto.

Morgan si comportava quasi come se avesse ricevuto un addestramento militare, ma secondo lui non era così. Non ricordava nessuno dei telegiornali che parlavano di lei come di una veterana. No, Morgan agiva più seguendo un istinto di autoconservazione. Era così da quando era stata rapita, probabilmente. Arrow aveva visto i lividi sulle braccia e sul collo. Aveva visto i segni degli abusi fisici e mentali che aveva subito. Non emettere un suono avrebbe potuto fare la differenza tra attirare l'attenzione di chi la teneva prigioniera o far sì che la ignorasse... la preferenza, ovviamente, era per l'ultima opzione.

Il pensiero fece stringere il cuore ad Arrow.

Ma era proprio questo che lui non capiva.

Aveva partecipato a centinaia di salvataggi. Aveva visto centinaia di donne e bambini in condizioni peggiori, molto peggiori di quelle di Morgan. Perché la sua situazione lo rendeva più emotivo di quanto non lo fosse mai stato in passato? Perché il pensiero che qualcuno abusasse di quella donna lo spingeva a uscire dal suo nascondiglio, a rintracciare gli uomini che erano appena apparsi a parlare di Morgan come se fosse una proprietà, per ucciderli tutti? Non era il suo modo di fare. Dannazione, non era il modo dei Mercenari di Montagna. Ma non poteva negare che quella sensazione aleggiasse su di lui.

Arrow attese altri dieci minuti, prima di osare proferire parola. Quando lo fece, le sue parole erano appena più forti di un sussurro. "Credo che se ne siano andati."

Morgan annuì immediatamente, ma non parlò.

"Non possiamo ancora muoverci. Dobbiamo aspettare fino a stasera."

"Ok." disse lei.

"Hai capito cosa stavano dicendo?" le chiese. Doveva esserne sicuro.

Morgan scosse la testa.

"Il punto è che ti stanno cercando... Ci stanno cercando. Hanno messo tutti i loro amici in allerta. È troppo pericoloso andare in giro di giorno, ci noterebbero subito. Dobbiamo nasconderci finché non sarà buio."

"Ok," disse lei di nuovo.

Arrow era perplesso. Non gli piaceva la sua immediata sottomissione, anche se era più o meno quello di cui aveva bisogno da lei, ciò che si aspettava in quel momento. Le vittime di rapimento, in genere, fanno fatica a pensare con la propria testa. Sono felici di attribuire la responsabilità della loro sicurezza a qualcun altro. C'erano stati dei momenti in cui Morgan aveva agito in modo stereotipato, ma poi aveva reagito, prendendo ad esempio un pezzo di metallo per mettersi a combattere nel vicolo. Secondo la sua esperienza, Arrow aveva notato che le vittime di un rapimento o scappavano, cercando di proteggersi, o si spegnevano completamente, non essendo di nessun aiuto quando la situazione si faceva critica.

Morgan non aveva fatto nessuna di quelle cose. Era un po' sorpreso dal fatto che lei fosse così obbediente, in quel momento. Soprattutto quando le aveva appena detto che erano ricercati.

Mentre si sforzava di trovare le parole giuste per rassicurarla, emerse un suono strano da dove lei aveva appoggiato la testa, contro la schiena di Arrow. Allarmato, si tirò indietro e guardò Morgan con incredulità.

Stava russando.

Si era addormentata contro di lui. Il caldo era opprimente, potevano essere catturati da uomini che volevano uccidere lui e sicuramente continuare ad abusare di lei nel peggiore dei modi, doveva essere affamata e assetata, eppure, si era addormentata.

Arrow la fissò, studiandola. I suoi capelli biondi erano sporchi, quasi castani, al posto del biondo brillante che aveva visto nei servizi televisivi. Aveva lividi dappertutto in vari stadi di guarigione, le sue labbra erano secche e screpolate, un odore sgradevole proveniva dai suoi vestiti... eppure non era mai stato così colpito da una donna in vita sua.

Scosse la testa per l'incredulità. Arrow non riusciva a credere che stesse dormendo. In tutte le missioni in cui era stato, non era mai successa una cosa simile. Neanche una volta. Le donne erano sempre come ipnotizzate. Consapevoli dell'ambiente che le circondava, agitate. Nessuna si era sciolta abbastanza per dormire, soprattutto prima di essere al sicuro.

Arrow si costrinse a sciogliere i muscoli dalla tensione e osservò tutto ciò che lo circondava. Con il passare dei minuti, catalogò ogni leggero rumore etichettando i vari suoni della città che si svegliava.

Non aveva idea di quanto tempo fosse rimasto lì sdraiato con Morgan mentre lei dormiva, ma alla fine l'aria calda e la donna accucciata dietro di lui fecero il loro effetto...Anche Arrow cadde in un sonno leggero.

Subito dopo, si ritrovò schiena a terra, il coltello che portava sempre con sé alla cintura era puntato contro la sua gola. Aprì gli occhi e vide quelli verdi, confusi e spaventati di Morgan.

"Sono io," disse in un sussurro tranquillo. "Arrow. Sei al sicuro, Morgan. Siamo scappati ieri sera." Avrebbe potuto facilmente disarmarla, ma rimase completamente immobile, voleva che lei si ricordasse chi era.

Il ricordo riaffiorò immediatamente, lei gli tolse il coltello dal collo. "Mi dispiace tanto," si scusò. "Mi sono svegliata e non sapevo dove mi trovassi." Si allontanò da lui, ma rimase al suo fianco, guardandolo con attenzione.

"Va bene," disse Arrow, con tono calmo. Non le disse certo che lei era solo la seconda persona ad aver avuto la meglio su di lui in tutta la sua vita. Si vantava di essere sempre vigile, ma ovviamente aveva abbassato un po' troppo la guardia mentre dormiva accanto a lei. Arrow decise di riflettere su questo episodio, ma più avanti. "Neanch'io posso dire di essere così entusiasta di essere qui."

Lei lo guardò confusa.

"Non mi piacciono gli spazi angusti," le disse, sorpreso da se stesso, visto che non lo ammetteva da molto tempo. La sua squadra lo sapeva, ma tutto lì.

Morgan non rispose immediatamente ma alla fine fece un

respiro profondo e disse: "Non posso dire di biasimarti. Neanche a me piacciono. Ma c'è una differenza tra l'essere in uno spazio angusto perché mi ci sono messa io, e l'essere spinta in un posto dove non voglio stare."

Fu Arrow ad apparire confuso. Si stava per caso riferendo a lui che la faceva strisciare in quel nascondiglio di fortuna?

Come se potesse leggergli la mente, lei gli mise una mano sul braccio e disse: "Non dico te, o questo posto. Inoltre, questo è aperto da un lato. Giorno e notte, Arrow. Notte e giorno."

Deglutendo rumorosamente e rimproverandosi mentalmente per essere saltato subito alla conclusione sbagliata, e reprimendo allo stesso tempo la sua rabbia nei confronti di chiunque avesse abusato di lei, Arrow le chiese: "Come stai?" Muovendosi, Arrow si mise seduto, con le gambe incrociate nel piccolo spazio, raccolse il coltello caduto a terra e lo rimise nella fondina sul fianco. Dovette chinarsi, ma era bello stare seduto.

"Sto bene."

"Hai fame?" Arrow osservò le narici della donna dilatarsi per un attimo, poi lei scrollò le spalle con nonchalance.

"Sto bene."

"Dobbiamo mettere subito in chiaro una cosa," disse Arrow con severità, senza distogliere lo sguardo da lei. "Devi smetterla di mentirmi. Non leggo nel pensiero. Se sei ferita, devo saperlo. Se hai fame o sete, devo saperlo, così posso fare qualcosa. Se non mi parli, l'intera missione potrebbe finire nel cesso. Aiutami ad aiutarti, Morgan."

Invece di arrabbiarsi, gli occhi di Morgan sembravano emanare scintille verdi mentre diceva: "Non mi interessa del cibo. O dell'acqua. O di pulirmi, sporcarmi o di avere urti e lividi. Tutto quello che voglio è andarmene da qui. Tutto qui. Se questo significa che ho fame, bene. Se questo significa che devo aspettare un po' per avere un po' d'acqua, nessun problema. Ma l'ultima cosa che voglio è che tu corra dei rischi inutili per cercare di provvedere a me e farti beccare. Sappiamo bene entrambi che senza di te, sono fottuta. Quindi sto bene. Benissimo."

Arrow non poté fare a meno di sorridere. Era questa la donna che aveva conosciuto in così poco tempo. La Morgan Byrd pratica e senza fronzoli che ammirava così tanto. "Quindi se ti dicessi che ho delle barrette proteiche in tasca, non saresti interessata?"

Morgan deglutì rumorosamente e si leccò le labbra secche. "Mi interessa," disse semplicemente.

Arrow si appoggiò con la schiena ad una parete e tirò fuori dalla tasca una delle barrette energetiche, in grado di sostituire un pasto. Ce n'erano varie centinaia sul mercato, ma non importava quante ne avesse provate, a lui sembravano tutte avere lo stesso sapore di cartone. Ma non poteva negare che fossero sane. Non andava mai in missione senza averne qualcuna in tasca. Gli avevano letteralmente salvato la vita, in passato.

Prima di dargliene una, le disse: "Non ho intenzione di lasciarti da sola finché non sarai al sicuro, Morgan. Farò del mio meglio per evitare di andare da qualche parte senza di te, anche per trovare cibo o acqua. Non mi sento a mio agio a lasciarti da sola, non finché non saremo su suolo americano. Inoltre, stasera usciremo da questi deliziosi alloggi e troveremo i miei compagni di squadra. Per quanto ne so, sarai immersa fino al collo in un bagno di bolle prima che passino altre ventiquattro ore."

Invece di sembrare entusiasta della prospettiva, Morgan sembrava molto riflessiva.

"Cosa c'è?" chiese Arrow.

Morgan lo guardò negli occhi, in quel momento Arrow non poté fare a meno di pensare all'espressione "vecchia anima." Sembrava che quella donna avesse vissuto mille vite.

"Ho avuto molto tempo per pensare a tutto quello che mi è successo, e non credo che sarò al sicuro, neanche negli Stati Uniti. Voglio dire, è da lì che mi hanno portato via. E se succedesse di nuovo?"

Arrow assunse un'espressione perplessa. "È improbabile." Disse le parole automaticamente, ma il fatto è che *poteva* anche succedere. Non aveva idea di chi l'avesse fatta rapire, né del perché. Sapere che qualcuno pagava dei delinquenti per impedire la fuga di Morgan significava che qualcuno era incredibilmente impegnato nel tenerla esattamente dov'era.

Pensò ad Allye, una delle donne dei suoi compagni di squadra. Era stata rapita non una, ma ben due volte. Qualcuno determinato a controllare o abusare di un'altra persona poteva sicuramente farlo, se lo voleva.

Morgan non aggiunse altro, ma si limitò a fissarlo.

"Non è che non ne voglia parlare. Io e il mio team abbiamo bisogno di conoscere ogni minimo dettaglio di quello che è successo un anno fa. Qualunque cosa tu possa ricordare può aiutarci a rintracciare chi c'era dietro il tuo rapimento. Ma, sfortunatamente, ora non sono né il momento né il luogo. Per ora siamo al sicuro, ma è meglio affrontare il discorso quando saremo a casa, non si sa mai."

Morgan annuì e si portò la barretta proteica alla bocca. Arrow la guardò sgranocchiarla per diversi minuti, come se dovesse farla durare a lungo.

Non poté fare a meno di dirle: "Ne ho altre. Non devi controllarti."

Morgan sospirò e distolse lo sguardo, lontano dagli occhi di Arrow. "So di non essere nella posizione di essere schizzinosa. Quello che sto per dire mi farà sembrare ingrata e stronza... Ma non ha un buon sapore."

Arrow fece del suo meglio per soffocare una risata. "Non si può discutere. So che alcuni le amano, ho provato quasi tutti i gusti in commercio, ma non ne ho mai trovata una che mi piaccia. Le butto giù solo quando non ho alternativa."

Morgan arricciò il naso. "E immagino che questo sia uno di quei momenti, eh?"

"Sembra di sì. Hai bisogno di calorie e di sostanze nutritive. Ma non è la notizia peggiore."

"Cosa?" chiese lei, portando finalmente lo sguardo in quello di Arrow.

"Non ho dell'acqua con cui puoi mandarla giù."

La donna fece un'altra smorfia, ma gli regalò un piccolo sorriso. "Va bene così. Me la caverò."

Arrow fu felice. L'aveva vista sorridere, prima, ma non ci aveva fatto caso. Gli piaceva vedere l'allegria genuina nei suoi occhi. Anche la piccola modifica delle sue labbra le cambiò tutto il volto. Lo sporco e la stanchezza sembravano diradarsi.

I pensieri che gli attraversavano la testa lo condussero ad un'epifania, del tipo che Arrow non aveva mai avuto.

Voleva fare tutto ciò che era in suo potere per mantenere quel sorriso sul suo volto. Per farla ridere e vederla rilassata, senza preoccupazioni. Non voleva che si preoccupasse che chiunque l'avesse rapita, una volta tornata a casa, riuscisse a farlo una seconda volta. Non voleva che temesse i teppisti di Santo Domingo che volevano rintracciarla e riportarla alla sua versione dell'inferno.

Perché lei?

Perché in quel momento?

Arrow non aveva risposte, ma aveva solo l'istinto che fosse destinato ad essere lì in quel momento. Non Black. Non Ball. Nessun altro della squadra. *Lui.*

"So che lo farai," disse finalmente lui a bassa voce. "Farò del mio meglio per procurarti dell'acqua potabile, non appena sarà sicuro andarsene."

"Ok," accettò lei. "Lo apprezzerei molto." Sollevò la barra

parzialmente mangiucchiata. "Con questa cosa, ne avrò bisogno," scherzò, con un altro piccolo sorriso.

Senza pensarci, Arrow si mosse e le sfiorò una guancia col dorso della mano.

Lei si bloccò, il sorriso si spense sul viso e spalancò gli occhi.

Prendendosi a calci mentalmente per averla spaventata, Arrow fece subito cadere la mano. "Quando hai finito, ti consiglio di dormire di nuovo, se puoi. Farà ancora più caldo qui dentro, non sono sicuro di cosa affronteremo stanotte."

Morgan annuì.

Un'ora dopo, Arrow era ancora suo fianco, lei gli si rannicchiò contro il petto. Dopo aver mangiato metà della barretta proteica, aveva detto di essere a posto, lui aveva mangiato ciò che ne era rimasto e si era sistemato più comodamente sotto il loro nascondiglio. Nel giro di pochi minuti, nonostante avesse detto di non essere stanca, Morgan iniziò a russare ancora una volta.

Arrow non dormì. Rimase desto a vegliare sulla donna tra le sue braccia. Nessuno le avrebbe fatto del male. Non sotto la sua sorveglianza.

CAPITOLO QUATTRO

MORGAN TRATTENNE il respiro e restò immobile quando Arrow alzò la mano con il pugno chiuso. Prima di lasciare il loro nascondiglio, le aveva spiegato brevemente cosa significassero i segnali della sua mano. La maggior parte erano auto esplicativi, o li ricordava da alcuni dei suoi programmi televisivi preferiti, che guardava prima di essere rapita.

Si era svegliata di nuovo disorientata, ma quella volta Arrow era già sveglio quando lei aveva aperto gli occhi. La rassicurò subito, facendo svanire la paura più velocemente rispetto all'ultima volta. Morgan pensava che non si sarebbe mai liberata di quella paura, ad ogni risveglio. Aveva vissuto nel terrore ogni giorno, nell'ultimo anno... Per quanti giorni fossero stati. Da qualche parte, durante gli eventi, Morgan aveva perso la cognizione del tempo. Tra lo spostamento da una baracca all'altra e l'essere tenuta in stanze senza finestre, era stato impossibile contare i giorni.

Da quanto avevano detto Arrow e i suoi amici, era passato almeno un *anno*.

Un anno.

Cinquantadue settimane.

Trecentosessantacinque giorni.

Era difficile da credere, perché le sembrava che fosse passato più tempo. Un'eternità.

Si sentiva come invecchiata di dieci anni.

Nina era stata sbattuta in camera sua una settimana prima. Era la prima volta che gli uomini che la tenevano in ostaggio avevano messo qualcun altro nella sua stanza. Morgan fu sollevata dal fatto che non sembravano interessati a Nina... in quel modo.

Morgan aveva cercato di prendersi cura di lei dal momento in cui gli occhi terrorizzati di Nina avevano incontrato i suoi. La bambina era stata così sollevata nel sentire qualcun altro parlare inglese che Nina si era attaccata a Morgan, come a una sorta di madre surrogata. Da quanto Morgan poteva capire dalla bambina, era stata portata nel paese da suo padre, che poi l'aveva lasciata per lo più da sola. Era stata messa in una stanza con dei giocattoli, le era stato permesso di uscire solo per usare il bagno, e poi, come Morgan, era stata trascinata da una casa all'altra, incapace di comunicare con chiunque.

Morgan aveva incontrato il padre di Nina, una volta. Era venuto a parlare con la figlia, ed era più che ovvio che quell'uomo non si preoccupava del suo benessere. Aveva detto alla bambina che la madre non la voleva più e che d'ora in poi avrebbe vissuto nella Repubblica Dominicana. Avrebbe scaricato Nina con la nonna dall'altra parte del paese, mentre lui viveva nella capitale e guadagnava soldi per mantenerla.

Nina non ne era stata felice e aveva iniziato a singhiozzare. Suo padre l'aveva picchiata, dicendole di smettere di piangere. Morgan era saltata in difesa della bambina e aveva ricevuto le stesse botte, come risposta.

Basandosi sulle poche informazioni che Morgan che aveva raccolto, il padre di Nina conosceva alcuni degli uomini che la tenevano in ostaggio, aveva pianificato di lasciare la bambina sotto la loro custodia, mentre lui guadagnava denaro per potersi recare nella città dove viveva sua madre.

Morgan aveva lasciato a Nina la maggior parte del cibo e dell'acqua che le davano, perché era ovvio che la bimba non era stata nutrita a sufficienza, o forse era stata troppo traumatizzata per mangiare o bere molto. Morgan seguiva anche gli uomini che andavano a prenderla senza combattere, per cercare di minimizzare la violenza fisica a cui la bambina potesse assistere, dormiva con il suo corpo tra Nina e la porta. La bambina era sconvolta per essere stata separata dalla madre, ma non aveva subito abusi sessuali. Almeno non da quanto Morgan era stata in grado di accertare, grazie al cielo.

Arrow e i suoi amici che erano comparsi nel cuore della notte erano il miracolo per cui Morgan aveva pregato da quando era stata rapita. Ci era voluto un anno, ma finalmente qualcuno era arrivato. Non erano lì per lei, ma alla fine non aveva importanza. Era libera... Avrebbe fatto tutto il necessario per rimanere tale.

Strisciare per le strade di Santo Domingo di notte avrebbe dovuto essere terrificante. Ma con Arrow al suo fianco non era stato così spaventoso. C'era qualcosa, in quell'uomo, che era riuscito a raggiungere la sua psiche vulnerabile e la faceva sentire al sicuro.

Era molto più alto di lei, aveva occhi color nocciola e capelli scuri che non si distinguevano tanto quanto i suoi capelli biondi. Portava un taglio molto corto, militare, il che lo rendeva unico; nessuno portava quel taglio, in quel posto. Ma probabilmente furono i suoi abiti, tutti neri, a colpirla. Era ovviamente molto più tosto delle poche persone che aveva incontrato fino a quel momento, per strada.

Morgan non sapeva quanti anni avesse, ma stimò che fosse un po' più grande di lei e dei suoi ventisei... No....Ventisette anni. Forse Arrow ne aveva trentacinque. Lei intuì che era un militare di qualche tipo, semplicemente per i suoi modi di fare e per il suo modo silenzioso e competente di affrontare le cose. Non sarebbe stata sorpresa di scoprire che in un momento o nell'altro aveva affrontato una guerra di qualche tipo.

Ma il punto era che si sentiva al sicuro con lui. Quando Morgan non gli teneva una mano infilata nella cintura dei pantaloni, Arrow le teneva la mano stretta. Morgan non aveva idea di dove fossero o di dove stessero andando, ma si accontentava di lasciarlo condurre. Lui si rimetteva gli occhiali per la visione notturna e ogni volta che lei inciampava nei suoi stessi piedi, lui era lì per sorreggerla in piedi.

Arrow si voltò verso di lei e sollevò gli occhiali sulla fronte. "Ho bisogno che tu rimanga qui mentre io vado a creare una distrazione."

Morgan gli strinse subito la mano. Voleva scuotere la testa. Voleva gridare e supplicarlo di non lasciarla, ma si sforzò di lasciarlo andare e annuì.

Ovviamente non aveva nascosto la sua angoscia così bene come aveva sperato, perché Arrow le portò subito le mani al viso e le accarezzò le guance. "Non ti lascerò sola a lungo, Morgan. Ma devo farlo. Per quanto ne so, siamo praticamente circondati. Non sono così stupidi come speravo. Ovviamente sospettavano che avremmo cercato di sfuggirgli quando si sarebbe fatto buio. Non solo, ma sono disperati."

"Perché?" chiese Morgan a bassa voce.

"Soldi."

"Soldi?"

"Purtroppo, sì. Qualcuno li paga per farti restare qui."

Morgan scosse la testa nella confusione e nella frustrazione. "Non sono nessuno," disse. "sono un'apicoltrice, per l'amor di Dio!"

Arrow si illuminò. "Un'apicoltrice? Ma davvero?"

Lei annuì. "Sì, ho tanti alveari e raccolgo il miele. Lo vendo online e nei negozi locali..." La sua voce si spense, guardò il terreno sudicio. "Almeno, lo facevo. Sono stata via così a lungo che le mie api probabilmente sono morte o sono volate via, tutti i miei contatti hanno sicuramente voltato pagina, ormai."

Morgan sentì il dito di Arrow sotto il mento, le alzò la testa.

"Che bello," le disse, con un piccolo sorriso.

Morgan non poté fare a meno di restituirlo. Era piuttosto fico. Non aveva mai avuto paura degli insetti. Era più che altro affascinata da loro. Una volta scoperto quanto fossero preziosi e necessari per la società e per la catena alimentare, Morgan aveva deciso di fare ciò che poteva per aiutarli.

"Non so chi ci sia dietro al tuo rapimento, ma ti prometto che lo scoprirò."

Voleva chiedergli perché. Perché doveva importargli? Ma non voleva guardare in bocca a caval donato. La verità era che era pietrificata all'idea di tornare a casa. Se qualcuno stava pagando quei delinquenti nella Repubblica Dominicana per tenerla lì, poteva certamente farla rapire appena arrivata a casa. Non aveva idea di chi potesse fidarsi...Esclusi Arrow e la sua squadra.

"Dobbiamo parlare," continuò lui. "Ho bisogno di sapere tutto della tua famiglia, dei tuoi amici, delle persone con cui lavori, dei venditori... diavolo, persino del tizio del supermercato che ti impacchetta la roba. Io e la mia squadra restringeremo il campo per trovare chi potrebbe volerti fuori dai piedi, e perché. Ma prima dobbiamo uscire da questo vicolo e uscire da questo paese."

Morgan annuì. "Per farlo, devi andare a fare la tua routine da uomo invisibile, e non puoi farlo con me appesa ai pantaloni come una bimbetta, eh?" Scherzò lei sulla situazione, per nascondere il suo nervosismo e la sua riluttanza a lasciarlo andare.

"Se ti fa sentire meglio," le disse Arrow "non voglio

lasciarti qui, tanto quanto tu non vuoi essere lasciata. Ma giuro sul mio onore che tornerò a prenderti. Niente mi terrà lontano."

"Non puoi prometterlo," gli disse lei.

"Posso. Lo farò," giurò Arrow.

Facendo un respiro profondo, Morgan annuì. "Ok, dove dovrei nascondermi?"

Arrow fece una smorfia. "Non è esattamente il Ritz."

Morgan si guardò intorno e vide alcune forme grandi e scure, non riusciva a capire niente. Era incredibile quanto poca luce ci fosse a Santo Domingo. Pensava che fosse a causa del livello di povertà. Era abituata ai lampioni e alle luci all'esterno degli edifici, ma lì era tutto così buio!

Arrow le mise la mano sul braccio e la guidò accanto a un contenitore di plastica. L'odore che emanava era orrendo, ma a Morgan non importava. Infatti, più era puzzolente, meglio era per lei, perché chiunque sarebbe stato meno incline a controllarlo. Ovviamente, anche Arrow pensò la stessa cosa.

"So che fa schifo, ma il fatto che questo ristorante sia specializzato in frutti di mare freschi e quindi abbia un sacco di spazzatura puzzolente andrà a nostro favore. Non ho dimenticato di averti promesso un bel bagno pieno di bolle. Dopo questo, te ne devo almeno due."

Si capiva che Arrow si sentiva malissimo per il fatto di farla nascondere tra le budella di pesce marce, ma lei scosse la testa con veemenza. "Non sei in debito con me, Arrow. Semmai sono io ad essere in debito con te."

"Non abbiamo tempo per questa discussione, adesso, ma fidati quando ti dico che non mi devi un bel niente. Non hai chiesto di essere qui. Non hai chiesto di essere rapita e maltrattata. Non l'hai chiesto tu."

Morgan pensò alle sue parole, per un attimo. Poi riemerse una parte della sua personalità. Arrow aveva ragione. Aveva avuto molto tempo per pensarci, anche se aveva fatto qualcosa di stupido come andare ad Atlanta, non meritava quello che le era successo. "Hai ragione. Non ho chiesto io di essere qui. Quindi sei in debito con me. Il mio bagnoschiuma preferito è la camomilla. Se riesci a procurarmene un po', te ne sarò grata."

Quando Arrow ridacchiò, Morgan si stupì di sentirsi subito meglio, al cento per cento. La loro situazione non era ancora buona, ma in qualche modo, ridere nel bel mezzo di un vicolo malandato dei Caraibi rese tutto migliore. Ridere con Arrow aveva reso tutto migliore.

"Affare fatto," le disse. Poi la sorprese, chinandosi e baciandole la fronte. Prima che lei potesse rispondere, si tirò indietro e si voltò verso la spazzatura che traboccava dal bidone. "Vediamo come renderlo il più sopportabile possibile."

Non c'era molto su cui lavorare, le ci vollero alcuni minuti per infilarsi sotto un mucchio di spazzatura. Era bassa, così poté facilmente sdraiarsi dietro l'ampio bidone di plastica e nascondersi sotto i giornali, le interiora dei pesci e altri rifiuti. Arrow ricavò una copertura per la sua testa da una scatola di cartone, tenendo la spazzatura lontana dalla sua faccia. Era sdraiata sulla schiena, sapeva che non appena Arrow le avrebbe messo la scatola sulla testa, sarebbe stato tutto buio come la pece, ancora più buio di quanto non fosse camminando nei vicoli della città, sarebbe rimasta sola. Non voleva che Arrow se ne andasse, ma allo stesso tempo voleva che se ne andasse per potersi sbrigare a tornare.

"Non andartene da qui, qualunque cosa senti. Capito? Non riesco a vederti, indosso gli occhiali per la visione notturna. Se rimani in silenzio e non ti muovi, chiunque cammini in questo vicolo ti passerà accanto. Quindi non farti prendere dal panico."

Morgan annuì. Lo faceva sembrare così facile, ma lei sapeva che se qualcuno fosse passato dal suo nascondiglio, sarebbe stato estremamente difficile rimanere immobile. "Cosa hai intenzione di fare?"

"Non ne sono sicuro. Lo scoprirò strada facendo."

Non sapeva cosa rispondere, così si limitò a fissarlo.

"Mi stai uccidendo, bellezza."

"Non sto facendo niente," protestò lei, sorpresa che lui l'avesse definita *bella*. Pensò che forse chiamasse così ogni donna, perché in quel momento lei era tutt'altro che bella. Non si vedeva allo specchio da settimane, ma sentiva quanto i suoi capelli fossero sporchi e vedeva quanto la sua pelle fosse sudicia. Ma il fatto che Arrow avesse usato un termine "affettuoso" era ancora più piacevole e confortante. Era passato molto tempo dall'ultima volta che aveva avuto a che fare con un uomo gentile. Arrow era decisamente simpatico.

"Lo so," le rispose. "Non devi fare un bel niente. Ecco perché mi stai uccidendo. Se tu piangessi o protestassi, o discutessi con me, questo sarebbe in qualche modo più facile."

Morgan lo guardò e disse con faccia seria: "Posso urlarti contro, se vuoi."

Arrow sorrise. "Probabilmente non è una buona idea. Ora ti copro," la avvertì. "Tornerò il prima possibile. Non muoverti da qui, qualunque cosa accada. Capito?"

"Sì, mi sdraio qui e sogno di mangiare un'enorme bistecca. Non sono sicura di volere di nuovo i frutti di mare."

Arrow la fissò con uno sguardo che lei non riuscì a decifrare, prima di annuire. Le mise la scatola di cartone sulla testa, facendola sentire subito claustrofobica. Sentì il tanfo della spazzatura accatastata sulla scatola che la seppelliva completamente.

Morgan chiuse gli occhi e pensò a tutto tranne a dove si trovava e a cosa stesse succedendo. Pensò alle sue api. Si chiese, non per la prima volta, se fossero ancora vive, se qualcuno si fosse preoccupato di svuotare il miele negli alveari.

Pensò a sua madre. Doveva essere così preoccupata per lei. Morgan odiava che sua madre fosse stata sottoposta all'agonia del rapimento della sua unica figlia.

Fu sorpresa nel sentire che era stato il padre a spingere la stampa a mantenere attivo il suo caso.

Morgan aveva cercato di ottenere l'approvazione del padre per tutta la vita. I suoi genitori avevano divorziato quando lei era giovane, nonostante il fatto che lei non vivesse con lui, suo padre non era mai stato soddisfatto di quello che faceva. I suoi voti, la sua scelta di attività extracurriculari, i suoi amici, persino il suo attuale lavoro. Viveva nella zona di Atlanta, quindi lo vedeva spesso, ma non aveva ancora capito come ottenere la sua approvazione.

Il divorzio dei suoi genitori era stato molto difficoltoso. Aveva imparato fin da piccola a non parlare del padre alla madre, e viceversa. Pensava che non si fossero nemmeno scambiati una parola, da quando era piccola.

Morgan si chiedeva se la sua scomparsa avesse riunito i suoi genitori per farli dialogare. Si chiedeva se avessero fatto qualche conferenza stampa insieme, chiedendo informazioni su dove si trovasse.

Scuotendo la testa, Morgan respinse l'idea. Non riusciva a vedere nessuno dei suoi genitori piegarsi abbastanza da tollerare di stare vicino al suo ex... Nemmeno per lei.

Cambiando il corso dei pensieri, per la prima volta dopo mesi Morgan si trovò a pensare alle altre persone che avevano fatto parte della sua vita, prima che la rapissero. Usciva con un bravo ragazzo, Lane Buswell. Aveva qualche anno più di lei. Lui era un mediatore di mutui, e il suo esatto opposto; forse era per quello che andavano d'accordo. Aveva i capelli rossi, gli occhi verdi e non era troppo alto per i suoi gusti... Almeno, per quelli che erano i suoi gusti.

Morgan aveva pensato più e più volte alla notte in cui la sua vita era cambiata, esaminando le sue azioni e cercando di decidere se avrebbe potuto fare qualcosa per causare un risultato diverso. Era stupido giocare al gioco dei "se", ma aveva avuto molto tempo per pensarci.

Quella sera era uscita con Lane e un gruppo di loro amici. Erano andati in un locale notturno e lei se n'era andata presto. Era andata a piedi alla sua auto, che era parcheggiata in un garage pubblico, quando qualcuno l'aveva strappata via da lì.

Morgan pensò che ormai Lane si fosse probabilmente allontanato, supponendo che fosse morta. Non che lei potesse biasimarlo. Anche la casetta che aveva affittato era probabilmente la casa di qualcun altro, ormai. Era stata così contenta di trovarla. Era costruita su un terreno di due ettari, perfetto per i suoi alveari. Ma ormai la sua roba era probabilmente in discarica, o era stata venduta.

Pensare alla sua vecchia vita era estremamente deprimente, Morgan si costrinse a rivolgere la sua attenzione alla situazione attuale. Era nascosta, sì, ma questo non significava che fosse al sicuro. Bastava una sola persona in combutta con i suoi carcerieri e sarebbe tornata da dove era venuta... O peggio. Il denaro faceva girare il mondo, rendeva la gente disperata ancora più disperata.

"Per favore, fai in fretta" sussurrò, in modo quasi impercettibile.

CAPITOLO CINQUE

ARROW SI INFILÒ SILENZIOSAMENTE tra due edifici fatiscenti, passando inosservato i due uomini che si trovano nelle vicinanze. Nei venti minuti trascorsi da quando aveva lasciato Morgan, aveva contato nei vicoli quindici uomini pronti ad aggredirlo, circolavano senza altro motivo apparente che non cercarlo.

Aveva sentito alcune delle loro conversazioni. Circa la metà degli uomini pensava che Morgan se ne fosse andata da tempo, che fosse una ricerca inutile, l'altra metà era convinta che la *puta* fosse ancora in zona e che si stesse solo nascondendo.

Questo fatto rese Arrow ancora più nervoso, l'ultima cosa che voleva era che iniziassero una ricerca a tappeto. Lei era ben nascosta, ma quando si trattava di uomini disperati, non esisteva nulla di perfettamente nascosto. Sapeva che nessun piano era infallibile al cento per cento, fin dai tempi nei marine e dal lavoro con i Mercenari di Montagna. Non era disposto a rischiare la vita di Morgan per scoprirlo.

Aveva studiato la conformazione del terreno, era tempo di mettere in atto il suo piano.

Arrow era riuscito a comunicare con Black e Ball tutta la giornata. Loro erano usciti dalla zona povera della città, dove avevano trovato Nina e Morgan. Alloggiavano in un albergo dall'altra parte della baia, dove di solito attraccano le navi da crociera. Non era una zona così ricca, ma era il paradiso rispetto a dove lui e Morgan si stavano nascondendo.

Era riuscito a contattare anche Rex, lui e Meat stavano lavorando alla logistica per far uscire Morgan dal paese. Il piano era che Arrow e Morgan si incontrassero con i compagni di squadra quella sera, ma se non fosse stato possibile avrebbero prenotato una stanza per il signor e la signora Coldwater in un modesto motel. Li avrebbero fatti passare per sposini. In quel modo avrebbero avuto una scusa per non lasciare la stanza e per aspettare che Rex escogitasse la prossima mossa. Arrow non aveva detto a Morgan i dettagli, sperando che potessero unirsi ai suoi compagni di squadra e a Nina.

Nina sembrava non passarsela molto bene. Black e Ball si comportavano nel modo più dolce possibile, ma la bambina era scossa e continuava a piangere per Morgan. Arrow era determinato a fare tutto il possibile per riunire Morgan e Nina... Per il bene di entrambe.

Arrow sorrise, ricordando una delle conversazioni avute con Morgan quel giorno. Erano sdraiati sotto le macerie dell'edificio e dopo che Morgan aveva accennato a quanto fosse opprimente il caldo, lui aveva tirato fuori un piccolo ventilatore a mano pieghevole. Lei lo aveva guardato con incredulità e gli aveva chiesto scherzosamente cos'altro avesse in tasca. Arrow si era messo a ridere e le aveva dato un'altra barretta proteica, un paio di tagliaunghie e persino un laccio da scarpa in più per sostituirne uno rotto.

In realtà, Arrow aveva in tasca ogni sorta di diavoleria. Nel corso degli anni, aveva imparato che alcuni oggetti potevano rivelarsi essenziali durante una missione. Oltre a cibo, pastiglie per sanificare l'acqua, ago e filo - potevano essere usati per cucire sia tessuti che carne umana, se necessario - e contanti in caso di necessità, aveva anche oggetti per ferire o distrarre.

Arrow aveva impiegato ben venti minuti per rimettere tutto a posto, ma una volta finito si sentì soddisfatto di aver fatto tutto il possibile per fare in modo che lui e Morgan avessero una chance per fuggire da quella parte della città senza essere scoperti.

Accovacciato tra i due edifici, Arrow attese l'esplosione del primo detonatore.

Quando accadde, fu contento di vedere i due uomini in agguato nelle vicinanze correre verso la fonte del rumore.

Tornando verso Morgan, Arrow sentì echeggiare le altre esplosioni che aveva preparato. Durarono il tempo necessario per distrarre gli stronzi e condurli lontano dalla via di fuga.

Non appena entrò nel vicolo dove aveva lasciato Morgan, Arrow si rilassò. Riuscì a vedere il mucchio di spazzatura esattamente come l'aveva lasciato poco prima. Si chinò e sussurrò: "Morgan? Sono io, Arrow. È ora di andare."

Rovistò tra i rifiuti e le tolse la scatola che le aveva messo in testa. Lei lo guardò con grandi occhi inquieti.

"Vieni, bella. È ora di andare."

Lei uscì lentamente dai rifiuti ma quando lui le sfiorò le dita, Morgan gli afferrò la mano con molta forza.

Proprio in quel momento, udirono una forte esplosione provenire da ovest. Quella era l'ultima esplosione che aveva sistemato Arrow, sperando che i loro nemici si confondessero abbastanza da perdere le loro tracce. Arrow aveva scelto con cura i posizionamenti per le esplosioni. Era pronto a uccidere, se fosse stato necessario, ma non avrebbe mai fatto del male alla cieca. Aveva messo un po' di C-4 vicino a degli edifici abbandonati, assicurandosi che non ci fosse nessuno all'interno, poi aveva impostato un timer.

Arrow sperava anche che la polizia e i vigili del fuoco sarebbero intervenuti per contrastare quegli uomini.

"Immagino che questa sia opera tua," disse Morgan.

Lui avvertì spavento e sollievo, nelle sue parole. Era stato via più a lungo del previsto, ma era stato necessario. Aveva dovuto posizionare gli esplosivi un po' più lontano di quanto immaginasse. "Non so di cosa stai parlando, bella. Sono solo andato a fare due passi nella notte."

Morgan sorrise, mettendo in mostra denti molto bianchi.

"Andiamo. Stammi vicino e non parlare. Sono abbastanza sicuro che dovremmo essere al sicuro, ma non voglio correre rischi."

Morgan annuì e fece un respiro profondo. Arrow guardò le loro mani intrecciate, poi sentì che lei stava iniziando ad allentare la presa. Lui stava per protestare, ma lei gli mise di nuovo la mano sulla cintura. Anche attraverso la camicia, sentiva le sue dita fredde. Lei gli si aggrappò saldamente alla cintura, pronta a procedere.

"Resisti, bellezza. C'è un bagno di schiuma che ti sta aspettando."

Poi, senza dire altro, uscirono dal vicolo per andare a mettersi in salvo.

———

Ci vollero due ore, dato che Arrow prestò la massima attenzione al tragitto, ma alla fine si trovarono davanti al motel dove Rex aveva prenotato una stanza a nome loro. Se fosse stato per Arrow, avrebbe proseguito fino all'hotel dove alloggiavano Black e Ball, ma Morgan era davvero stanca. Inciampava spesso e gli stringeva i pantaloni così forte da scavargli nella pelle.

Fu impressionato dalla resistenza di quella donna. Si era fermato molte volte per ascoltare l'ambiente circostante, lei non aveva mai detto una parola. Non faceva domande. Gli lasciava fare tutto, senza interruzioni. Non conosceva molte persone, a parte gli uomini della sua squadra, che si sarebbero comportati così bene.

Ogni minuto che passava, Arrow era sempre più incuriosito dalla donna al suo fianco. Ma non poteva permettersi di abbassare la guardia finché non fossero tornati sul suolo americano. Non sapevano chi fosse coinvolto nel complotto per tenere Morgan bloccata a Santo Domingo.

Era ancora buio, ma la città iniziava a svegliarsi. L'alba era dietro l'angolo, quando Arrow guardò Morgan. Era esausta ma faceva di tutto per non darlo a vedere, nonostante fosse ovvio dalle sue occhiaie e dal modo di tenere le spalle ricurve.

Un'ondata di sentimenti lo travolse. Rabbia verso chi l'aveva messa in quella posizione. Rimorso per averla messa a dura prova nelle ore precedenti. Rimpianto di non essersi fermato di più per farla riposare.

"Tieni duro ancora un po', bella, ti ritroverai con il mento immerso nell'acqua calda in men che non si dica."

Lei gli sorrise, il che colpì Arrow. Anche se era coperta di sporcizia e puzzava come una fabbrica di pesce, il sorriso le illuminava il volto e la rendeva la donna più bella che Arrow avesse mai visto.

"Come ce la giochiamo? Neanche l'impiegato più stupido riuscirà a trascurare l'*eau de fish* che indosso. Non crederà mai che siamo in luna di miele."

Arrow le aveva raccontato il piano lungo il tragitto, li stava aspettando una stanza, per gentile concessione del suo capo. Le aveva spiegato come dovevano fingersi il signore e la signora Coldwater, dalla California.

"Fidati di me...?" rispose lui, più come domanda che come affermazione.

Lei non distolse mai lo sguardo da lui, gli sorrise di nuovo.

Arrow ebbe un nuovo tuffo al cuore. Le mise il braccio

intorno alle spalle e la spinse verso di sé. "Tieni gli occhi bassi e fingiti devastata," le disse.

Morgan rise. "Non sarà difficile."

L'uomo resistette all'impulso di scherzare con lei. "Andiamo. Andrà tutto bene."

Entrarono nell'atrio del motel un po' malandato, tintinnò un campanellino sopra le loro teste, mentre la porta si chiudeva alle loro spalle. Morgan si strinse saldamente ad Arrow, lui la sentì inciampare mentre camminavano verso la reception.

Arrow strinse il braccio intorno a lei e fu preso dalla rabbia perché sapeva che Morgan non stava recitando. Stava soffrendo *davvero*.

Un uomo trasandato e assonnato apparve da una stanza sul retro. "*Hola*."

"*Hola*," disse Arrow. Poi, parlando ancora in spagnolo, aggiunse: "*Abbiamo una prenotazione per il signor e la signora Coldwater*."

Senza dire una parola, l'uomo si girò verso il computer e cliccò alcune volte sul mouse accanto alla tastiera. Poi alzò lo sguardo, squadrò Morgan e Arrow prima di chiedere: "*Contanti o credito?*"

Senza lasciar andare Morgan, Arrow mise una mano in tasca ed estrasse la mazzetta di dollari americani che teneva nascosta. Sapeva che il denaro parlava molto chiaro in quella parte del mondo. "*Contanti*."

Gli occhi del commesso si illuminarono, non riusciva a distogliere lo sguardo dai soldi.

Immedesimandosi nella storia fittizia, Arrow gli disse che lui e la moglie appena sposata avevano avuto dei problemi mentre andavano al motel. Avevano preso un taxi e avevano avuto una brutta esperienza con l'autista, che li aveva portati continuamente in giro per Santo Domingo chiedendo sempre più soldi. Quando finalmente li aveva lasciati andare, si era portato via le loro valigie e la coppia era stata costretta a camminare per chilometri fino al motel. Arrow spiegò anche che si erano dovuti nascondere dietro i bidoni della spazzatura per stare lontani dalle bande di teppisti che uscivano dopo il tramonto.

L'impiegato non sembrò minimamente interessato o dispiaciuto. Gli importava solo dei soldi in mano ad Arrow, questi si rese conto che tutta la sua tiritera era completamente inutile. A quell'uomo non gliene fregava un cazzo. Voleva alzare gli occhi al cielo per lo sdegno, voleva chiedere un po' di compassione per la loro situazione, ma si limitò a consegnare i soldi. C'erano cento dollari in più rispetto al costo della stanza, l'impiegato li prese senza dire una parola.

Gli consegnò una chiave antiquata e spiegò dove fosse la loro stanza. "*Gracias*," disse Arrow con un cenno del capo. Ma l'uomo era già scomparso nella stanza dietro il bancone, con il denaro extra nascosto in tasca.

Quando l'uomo chiuse la porta, Morgan chiese: "Sospettava qualcosa?"

Si era dimenticato che lei non capiva lo spagnolo, le rispose: "No, gli importavano solo i soldi."

"Bene."

Arrow notò che Morgan era proprio al limite. Era riuscito a rubare una bottiglia d'acqua per lei, ma sapeva di doverle portare del cibo e altra acqua. Faceva caldo, entrambi avevano sudato più del dovuto. Avevano bisogno immediato di idratarsi.

Si diressero verso una fila di stanze, Arrow usò la chiave per entrare nella penultima. Spingendo la porta, sussultò per le condizioni della stanza. Sembrava abbastanza pulita, anche se l'arredamento era fermo agli anni Ottanta, le pareti e il piumone del letto matrimoniale erano tremendi.

Arrow si rese conto che il commesso aveva sicuramente creduto alla loro storia di copertura. Rex aveva detto ad

Arrow che aveva prenotato una stanza con due letti, ma l'impiegato non aveva alcuna ragione per dar loro più di un letto, dato che in teoria erano due sposini, a meno che il vecchio divano malconcio nell'angolo non fosse stato un divano-letto.

Aspettandosi che Morgan protestasse per il letto, rimase colpito quando lei lo ignorò per dirigersi verso il bagno. Una volta raggiunta la porta, si voltò verso di lui e gli chiese: "Devi usare il bagno, prima che io lo monopolizzi?"

Arrow sorrise e scosse la testa. "No, bella. È tutto tuo."

"Grazie." Poi, senza dire altro, Morgan entrò nella stanzetta e chiuse la porta. Arrow sentì l'acqua del lavandino aprirsi quasi subito, all'improvviso gli venne in mente di prenderle dei prodotti da bagno come uno spazzolino da denti, dentifricio, shampoo...Bagnoschiuma alla camomilla...

Scrollandosi di dosso quei pensieri ridicoli – erano riusciti a sfuggire agli uomini che volevano costringerla a tornare in cattività; non avevano tempo di fare acquisti, santo cielo – Arrow estrasse la minuscola radio che aveva usato per comunicare con Black e Ball. Mandò loro un breve messaggio criptato per far sapere che erano al motel e che li avrebbero raggiunti il giorno dopo. Poi iniziò ad agitarsi.

Arrow non si agitava mai. Generalmente, era un uomo calmo. Poteva aspettare per ore il momento giusto prima di fare la sua mossa, in combattimento. Quindi non si spiegava quell'improvvisa inquietudine.

Sentì l'acqua nella doccia avviarsi e immaginò subito Morgan, in piedi sotto il getto, senza vestiti.

Scosse la testa con disgusto. Doveva darsi una regolata. L'ultima cosa di cui quella povera donna aveva bisogno era che lui ci provasse con lei. Chissà quante ne aveva passate; potevano volerci anni prima che lei si lasciasse avvicinare da un uomo... Non poteva certo biasimarla.

Concentrato sul suo odio per gli uomini che abusavano di donne e bambini, Arrow si spaventò quando sentì un forte schianto provenire dal bagno. Si mosse ancor prima di pensare a cosa stesse facendo. Si scaraventò in bagno con la pistola in mano, pronto a far saltare in aria chiunque avesse osato provare a prendere Morgan.

Si bloccò per la visione davanti a lui.

Senza un attimo di esitazione, appoggiò la pistola al lavandino e si tolse il giubbino. Poi si tolse camicia e pantaloni, rimase in canotta e boxer. Per fortuna ne indossava un paio largo, sperava di non spaventare Morgan.

Lei non disse una parola, si limitò a fissarlo con occhi enormi e copiose lacrime lungo le guance. Sembrava esausta, ad Arrow si strinse il cuore.

Ovviamente era scivolata nella vasca, atterrando sul sedere. La tenda della doccia era di traverso, dandogli una chiara visione della figura rannicchiata sul fondo della vasca. Arrow cambiò rapidamente il getto dell'acqua, dalla doccia alla vasca, poi mise il tappo impedendo all'acqua di fuoriuscire. L'acqua era ancora calda, una bella sorpresa.

"Spostati un po', bella," le disse dolcemente.

Morgan fece quanto richiesto, tirandosi le ginocchia fino al petto. Arrow entrò nella vasca, posizionandosi dietro di lei, e si sedette. Distese le gambe, circondando i fianchi della donna, e attese.

Ci volle un po' di tempo, ma alla fine, quando l'acqua li aveva coperti fino alla pancia, Morgan si lasciò andare all'indietro, appoggiandosi al suo petto.

"Ecco," mormorò Arrow. "Rilassati, Morgan. Sono qui con te."

Lei sospirò e chiuse gli occhi. Teneva ancora le braccia incrociate sul petto, tremando mentre piangeva.

Correndo un rischio, Arrow le abbassò delicatamente le braccia e poi le mise un braccio intorno al petto, coprendola con il suo grosso avambraccio.

La mossa ebbe buon esito. Morgan si rilassò completamente contro di lui, appoggiandogli le mani sulle ginocchia. Il petto di lei si gonfiava di singhiozzi, il respiro si bloccava mentre continuava a piangere. Non commentando le sue lacrime, Arrow rimase immobile e attese che l'acqua raggiungesse il bordo prima di usare i piedi per chiudere i rubinetti.

Alla fine, Morgan smise di piangere e si limitò a stendersi ancora di più tra le braccia di lui. Rimasero in silenzio per diversi minuti prima che lui le chiedesse gentilmente: "Stai bene? Non ti sei fatta male quando sei caduta, vero?"

Lei scosse la testa contro di lui, ma non parlò.

Arrow sospirò. Voleva esortarla a parlare, ma nonostante il fatto che lei fosse sdraiata nella vasca da bagno con lui, erano ancora degli estranei. Le osservò il fisico e detestò i lividi che aveva su tutto il corpo, in vari stadi di guarigione. Non gli piaceva il modo in cui poteva vederle le costole. Non gli piaceva il modo in cui aveva le ginocchia graffiate e piene contusioni. Ma l'ultima cosa che voleva fare era chiederle di parlare con lui. Voleva la sua fiducia più di quanto volesse il suo prossimo respiro, ma lei doveva concedergliela liberamente; non poteva strappargliela via controvoglia.

L'acqua si raffreddò, Arrow usò un piede per riaprire l'acqua calda. Lo fece altre due volte, facendo scaricare un po' d'acqua prima di riaprire il rubinetto.

Alla fine, Morgan disse: "Sono pronta per uscire, adesso."

Il corpo di Arrow era indolenzito per essere stato disteso in quella vasca angusta, ma non si lasciò sfuggire neanche un lamento mentre si alzò in piedi. Afferrò un asciugamano e lo diede a Morgan. Si girò di schiena, concedendole la sua privacy, poi si tolse la canottiera inzuppata. Si asciugò alla buona e attese il via libera per girarsi verso di lei.

"Sono coperta," gli disse gentilmente.

Arrow si girò e rimase senza fiato.

Era già bella quando era sporca e spettinata, ma pulita e con la pelle resa rosa dall'acqua calda, Morgan era bellissima.

I capelli avevano ancora bisogno di un sacco di lavoro. Di certo Morgan aveva fatto del suo meglio con la boccetta di shampoo fornita dal motel, ma doveva disfarsi del groviglio di nodi rimasti.

Lei lo guardò con grandi occhi verdi, aspettando che dicesse o facesse qualcosa. Reggeva l'asciugamano intorno al busto, tenendolo chiuso con una mano. Lui riuscì a intravedere una piccola apertura nell'accappatoio di fortuna.

Arrow prese un'altra camicia. Non era proprio pulita, ma aveva un odore migliore rispetto agli altri vestiti. "Puoi indossare questa, se vuoi. Laverò le nostre cose qui dentro, mentre ti sistemi a letto."

Dal momento che lei non si mosse e non rispose, continuando a fissarlo, Arrow aggiunse: "So che c'è un solo letto, ma fidati, dovevano essercene due. Immagino che il commesso si sia davvero bevuto la nostra storiella. Mi dispiace. Posso dormire sul pavimento, oppure posso scendere a chiedere una stanza diversa, se questo ti fa sentire più a tuo agio. Io..."

"La stanza è perfetta," lo interruppe Morgan. Non ti voglio sul pavimento. Mi sentirei più sicura se tu fossi sul letto con me."

"Sarò lì," le disse Arrow.

"Io..." Morgan si interruppe, poi si leccò le labbra in modo incerto. "Posso lavarmi le mie cose."

"So che puoi, bella. Ma lascia che lo faccia io. Voglio prendermi cura di te."

"Lo stai facendo. L'hai già fatto," gli disse. "Ma non sono debole e indifesa, a prescindere da quello che è appena successo." Indicò la vasca dietro di lei, ma non gli tolse gli occhi di dosso.

Arrow non riuscì a trattenersi e ridacchiò. Notando lo sguardo confuso della donna, le spiegò subito: "Non sto ridendo di te. Sto ridendo del fatto che tu potessi pensare che ti avrei ritenuta debole o impotente. Morgan, ti prego di credermi quando ti dico che sei incredibile. Ho visto tante donne in situazioni simili alla tua, la maggior parte di loro non ha gestito bene le cose. Non le biasimo per le loro reazioni, che sia chiaro, ma molte erano isteriche. Piangevano, tremavano, non ascoltavano quello che gli chiedevamo di fare per la loro sicurezza. E santo cielo, se qualcosa andava storto, si lasciavano andare completamente. Hai fatto tutto nel modo giusto. Non ti sei fatta prendere dal panico, hai mantenuto il sangue freddo, hai mantenuto il controllo anche se eri spaventata. Gli ultimi trenta minuti mi hanno fatto sentire molto meglio riguardo al tuo stato mentale."

"Come ti fa sentire meglio il vedermi crollare?" chiese lei, stringendosi più forte nell'asciugamano.

"Perché stai reagendo. Stai esprimendo emozioni. Detesto quello che ti è capitato, non so nemmeno cosa ti sia successo. Ma sopprimere tutti i sentimenti non ti servirà, a lungo termine. Se hai bisogno di piangere, piangi. Se vuoi infuriarti contro l'ingiustizia di ciò che è successo, sono qui per farti sfogare. Se ne vuoi parlare, ti ascolterò. Ma spegnere tutti i tuoi sentimenti non è il modo migliore per superarlo."

"Sembra che tu abbia un'esperienza diretta in queste cose."

"Ero un marine, bella. Ho visto e fatto cose che hanno cambiato radicalmente la mia persona. Ci è voluto molto tempo, ma ho imparato che se ne parlavo, scaricando le sensazioni che mi stavano martoriando dentro, mi sentivo più leggero. Parlare non cambia quello che è successo, certo, ma in qualche modo mi ha fatto capire che non sono le cose che mi sono successe e le cose che ho fatto a fare di me una brutta persona."

"Non sono pronta a parlarne. Non so se sarò mai pronta," ammise lei.

"Datti tempo," disse Arrow con delicatezza. "Ora non

sono né il momento né il luogo adatti, ma alla fine credo che arriverai a un punto in cui dovrai spurgarlo dal tuo sistema. Ma non voglio che pensi di non essere forte, o di non stare gestendo bene le cose. Davvero. Sei stata fantastica. Sono così fottutamente orgoglioso di te che non riesco nemmeno a esprimerlo, a parole. Il fatto che tu mi permetta di confortarti, anche con piccoli gesti come poco fa, mi aiuta molto ad affrontare quello che faccio per vivere."

"Che cosa intendi dire?"

"Non ho passato tragedie come la tua, ma ne vedo sempre le conseguenze. Donne e bambini spezzati, maltrattati al di là di ogni immaginazione. Ho visto persone allontanarsi al semplice tocco della mano. Distogliere lo sguardo da me. Io e i miei compagni di squadra siamo spesso trattati con diffidenza e disprezzo. Non diamo la colpa alle vittime, chiaro, ma è dura, soprattutto quando abbiamo il massimo rispetto e la massima simpatia per le persone che aiutiamo."

"Non l'avevo mai vista in questo modo," disse Morgan.

"Non ci devi pensare infatti," le disse Arrow. "Ma lasciarti confortare da me, poco fa, è stato davvero un dono. Grazie. Quindi basta dire che sei debole o impotente. Ok?"

"Ci proverò."

"Bene. Ora... Vai. Ficcati sotto le lenzuola, ti raggiungo appena finisco qui."

"Grazie."

"Non c'è di che." Arrow guardò Morgan uscire dal bagno e si prese un attimo per tranquillizzarsi. Era incazzato oltre ogni immaginazione. Non con Morgan, ma con gli stronzi che le avevano fatto del male, nel corpo e nella mente. Lei era forte, non c'erano dubbi, ma stava soffrendo.

Dandosi da fare, Arrow lavò tutti i loro vestiti. Ci sarebbe voluta un'eternità per farli asciugare, voleva che Morgan si sentisse a suo agio il più possibile mentre dormivano. Questo significava non essere nudi nello stesso letto insieme.

Una volta stesi i vestiti, Arrow tornò nell'altra stanza. Controllò la porta per assicurarsi che fosse ben chiusa. Vi posizionò davanti una sedia, per sicurezza, prima di guardare verso il letto.

Morgan era sotto le coperte; vedeva sporgerle solo la testa. Sorridendo, Arrow si avvicinò e prese l'asciugamano che aveva gettato sul pavimento. Lo stese in bagno prima di dirigersi verso l'altro lato del letto. Si sdraiò sopra le coperte e si voltò verso Morgan. "Va bene così? Posso davvero dormire sul pavimento, se preferisci."

"Te l'ho detto, va bene," rispose lei, poi si voltò per guardarlo.

"Hai abbastanza acqua?" le chiese Arrow.

Morgan annuì. "Ne ho bevuta abbastanza durante la doccia, prima di fare quella scenata."

Confuso da quella descrizione dell'accaduto, Arrow si limitò a farle un cenno con la testa. "E il cibo? Hai bisogno di un'altra barretta proteica? Avremo cibo vero, più tardi, ma non voglio che tu vada a dormire affamata."

"Sto bene."

Arrow la osservò per un momento. I capelli erano sparsi sul cuscino, il solo guardarla gli fece venire voglia di piangere e di infuriarsi per quello che le era successo. Però si trattenne.

"Puoi..." iniziò Morgan, ma si bloccò.

"Posso cosa?" le chiese. "Farò tutto quello che vuoi o di cui hai bisogno." Sapeva di essere totalmente sincero. Qualsiasi cosa le servisse, lui avrebbe spostato mari e monti per accontentarla.

"Possiamo dormire come nel nascondiglio?" gli chiese.

Probabilmente lui fece una faccia strana, perché lei aggiunse: "Questa volta mi abbracci, da dietro?"

Arrow fu sorpreso dalla quella richiesta e ci mise troppo tempo a rispondere, perché la donna disse: "Non importa. Questo è troppo. Lascia perdere."

Prima che lei avesse finito la frase, Arrow le si era già avvicinato. La girò delicatamente su un fianco e la abbracciò. Lei si incastrava perfettamente con lui. Si sentiva ancora più piccola, tra quelle grandi braccia. La sua personalità e la sua forza le avevano in qualche modo impedito di sembrare così minuta, quando si aggiravano furtivamente per la città.

Morgan sospirò soddisfatta e si strinse a lui.

Arrow aveva difficoltà a rimanere distante da quella donna. Voleva che lei si fidasse di lui. L'intera squadra dei Mercenari di Montagna aveva imparato a stare in guardia dalle vittime che si attaccavano troppo al loro soccorritore, ma per una volta Arrow non pensò affatto al suo addestramento.

Per la prima volta nella sua carriera professionale, fece sparire la sua obiettività.

Era troppo piacevole avere Morgan tra le braccia.

Il suo culetto incollato all'inguine.

La sensazione della pancia di lei sotto la mano.

La testa appoggiata nella cavità della sua gola.

Passarono diversi minuti e Arrow si rese conto che Morgan non stava dormendo. Avrebbe dovuto crollare. Erano stati sul filo del rasoio per ore, avevano affrontato un viaggio stressante per le strade di Santo Domingo fino al motel.

"Che succede?" chiese Arrow con calma.

"Non so cosa succederà più tardi oggi, o domani, o la prossima settimana. Nell'ultimo anno ho pensato che quello che mi è successo fosse solo una brutta coincidenza. Che fossi nel posto sbagliato al momento sbagliato. Ma... Dopo aver sentito alcune delle cose che hai detto da quando mi hai salvato, sia a me che ai tuoi amici, so che non è stata una coincidenza, dopo tutto. Che qualcuno mi volesse morta, a quanto pare senza uccidermi veramente, e questo mi spaventa molto... Voglio capire chi mi odia così tanto. Mi aiuterai?"

"Sì." Non c'era altra risposta che Arrow potesse darle.

"Adesso?"

"No. Ora hai bisogno di dormire, bella. Sei al sicuro. Non lascerò che ti succeda nulla. Ma voglio anche aspettare e fare questa chiacchierata quando saremo con la mia squadra. So che non li conosci, ma sono davvero i migliori. Se c'è qualcuno che può aiutarci, sono proprio loro."

"Ok."

Arrow si sentì infastidito dalla nota di freddezza percepita nella voce di Morgan.

"L'altra ragione per cui non voglio parlare della tua vita in Georgia, in questo momento, è perché sono egoista. Mi piace averti tra le braccia, so che se inizi a parlare delle persone nella tua vita che potrebbero o non potrebbero volere che tu te ne vada, mi farà incazzare, e ti stresserai. Non voglio che tu debba ripetere due volte qualcosa di angosciante, quindi preferisco godermi il fatto di averti qui rilassata e non stressata. Se per te va bene."

"Voglio solo assicurarmi che qualcuno sappia che sono viva... Non si sa mai," rispose lei.

"Ho capito. Ma Morgan, non ti sto prendendo in giro. Ti porterò fuori da questo paese sana e salva. Lo giuro sulla mia vita, non me ne andrò senza di te."

Le sue parole sembravano esattamente quelle che lei aveva bisogno di sentire, perché Arrow sentì ogni muscolo del corpo di Morgan rilassarsi. Finalmente. Lei si sciolse tra le sue braccia e lasciò uscire un lungo sospiro di sollievo.

"Credimi, voglio sapere di tutte le persone che hai incontrato, non importa quanto poco importanti pensi che siano state, semplicemente per avere un quadro completo di chiunque possa avercela con te. Ma in questo momento voglio che tu dorma sapendo che sono qui a vegliare su di te."

"E se fosse stato un rapimento da parte di uno sconosciuto?" chiese lei.

"È possibile, ma improbabile," le disse onestamente

Arrow. "Uno sconosciuto non farebbe tutto il possibile per trattenerti qui...Viva. Prometto che ne parleremo presto. Cerca di dormire ora, ok?"

"Ok."

"Ok," ripeté Arrow.

Tra un respiro e l'altro, Morgan si lasciò andare. Cominciò quasi subito a russare, nel suo modo così carino.

Arrow non dormì, neanche un secondo. Prendeva le sue responsabilità e le sue promesse molto sul serio. Nessuno avrebbe torto un altro capello della testa di quella donna, per quanto lo riguardava. Lui e i suoi compagni di squadra sarebbero riusciti a capire chi fosse lo stronzo che voleva schiacciare quella bella donna sotto la sua scarpa...E loro lo avrebbero schiacciato.

Morgan Byrd sarebbe stata libera di vivere la sua vita comunque e ovunque volesse. Arrow avrebbe fatto in modo che ciò accadesse, o sarebbe morto provandoci.

CAPITOLO SEI

ORE DOPO, Morgan passò dal sonno all'essere immediatamente sveglia, proprio come le era sempre successo, nell'ultimo anno. Non poteva permettersi di svegliarsi lentamente. Doveva essere sempre pienamente cosciente, in ogni momento.

Si mise seduta, tenendo le coperte tirate sopra di lei, e sospirò di sollievo quando vide Arrow seduto alla rozza scrivania nell'angolo. Stava armeggiando con la radiosveglia, con pezzi sparsi dappertutto sulla scrivania davanti a sé.

"Cosa stai facendo?" gli chiese tranquillamente.

Arrow alzò lo sguardo, Morgan rimase stupita nel vedere un leggero rossore diffondersi sulle guance non rasate dell'uomo. "Sei sveglia," le disse.

"Sì."

Arrow sorrise. "Non riuscivo a dormire e non volevo disturbarti o lasciarti qui da sola. Avevo bisogno di pensare, lo faccio meglio quando ho le mani occupate."

"Quindi hai deciso di smontare la radiosveglia?"

Arrow sorrise. "Sono un elettricista, a Colorado Springs.

Mi piace armeggiare con le cose. Ho acceso la radio per cercare di mascherare i rumori dall'esterno, in modo da poter dormire più a lungo, non sono riuscito a beccare nessuna stazione in modo chiaro. Ho pensato che forse avrei potuto aggiustarla." Scrollò le spalle. "Una cosa tira l'altra... Ed eccomi qui."

Morgan osservò divertita l'espressione ludica sul volto di Arrow e poi il groviglio di fili e plastica sulla scrivania di fronte a lui. Riusciva a immaginarlo come un bambino, che smontava continuamente le cose per vedere come funzionavano. "Hai capito perché le stazioni non erano chiare?"

"No," le disse con un sorriso.

Morgan ricambiò il sorriso. Sentiva i muscoli del viso rigidi, come se fosse passato così tanto tempo da quando aveva sorriso che aveva dimenticato come fare.

"Ti avrei svegliata comunque tra una decina di minuti," continuò Arrow, spingendo da un lato i fili e alzandosi in piedi. "Dobbiamo andare e incontrarci con gli altri."

Morgan annuì.

"I tuoi vestiti sono quasi asciutti. Puoi farti un'altra doccia e vestirti. Poi usciamo, prendiamo qualcosa da mangiare, qualcosa di meglio delle barrette proteiche, e andiamo nell'altro albergo. Black ha detto che ha degli articoli da bagno per te, compresa un'intera bottiglia di balsamo. Se ti fidi di me, posso cercare di aiutarti a sciogliere quei nodi prima di ricorrere alle forbici."

Morgan si portò una mano ai capelli, in modo protettivo, come se quel gesto potesse impedire a chiunque di tagliarli. La sera prima, sotto la doccia, aveva immaginato che sarebbe stato necessario. Era passato troppo tempo da quando aveva visto una spazzola o un pettine, non era sicura di poter ignorare la situazione. Non si sarebbe dovuta arrabbiare per quel motivo - era viva, i capelli sarebbero ricresciuti - ma in qualche modo, perdere i lunghi capelli biondi le sembrava l'ennesimo tiro mancino da parte dell'universo. Come se non ne avesse già passate abbastanza!

Costringendosi a far cadere la mano e facendo oscillare le gambe sul lato del letto, borbottò: "Va bene."

Prima ancora che potesse alzarsi, Arrow era già al suo fianco. Non la toccò, ma l'espressione seria sul suo volto la inchiodò, costringendola a guardarlo.

"Se preferisci, possiamo trovare un parrucchiere."

Lei apparve sorpresa. "Un parrucchiere? Qui?"

"Sì, non ho idea di dove ne troveremo uno, ma posso chiedere a Meat di cercarne uno per te. È uno dei miei compagni di squadra, negli Stati Uniti. È un genio del computer, non ho dubbi che ci riuscirebbe. Potremmo far venire il parrucchiere in albergo. In effetti, è una buona idea. Lo contatterò non appena..."

Morgan appoggiò delicatamente una mano sul braccio di Arrow, fermando le sue parole mentre stava per alzarsi. "Mi fido di te," gli disse. "Non c'è bisogno di chiamare un professionista. Voglio solo andarmene da qui il prima possibile. Inoltre, non sento di potermi fidare di nessuno, se non di te e dei tuoi amici."

Arrow si risedette immediatamente. "Ok, anche se preferirei tagliarmi la mano piuttosto che fare qualcosa per farti del male, bella. Questo include qualsiasi cosa che possa disturbarti emotivamente."

"Lo so. Va bene. Sono solo capelli. Ricresceranno."

"Non dire così," le ordinò. "Non fare finta che questo non ti infastidisca. Hai tutto il diritto di essere preoccupata per i tuoi capelli."

Morgan lo guardò a lungo prima di annuire. "Grazie."

"Non ringraziarmi. Non ringraziarmi per qualsiasi cosa io faccia per aiutarti. Uno, tecnicamente è il mio lavoro, due, il fatto che io ti aiuti non ha nulla a che fare con il mio lavoro.

Ora, forza, vai a farti una doccia. Fai attenzione, è scivoloso lì dentro."

Arrow disse l'ultima frase sorridendo, Morgan non poté fare a meno di sorridere ironicamente al ricordo della sera precedente, quando aveva avuto quel piccolo esaurimento nervoso. Voleva chiedergli cosa intendesse quando diceva che "aiutarla non aveva niente a che fare con il suo lavoro." Voleva forse dire che di solito non aiutava le altre donne che aveva salvato, tanto quanto aiutava lei? Morgan non poteva saperlo. Anche se lo conosceva da poco, aveva la sensazione che Arrow facesse di tutto per far sentire ogni donna a proprio agio, in sua presenza.

Quindi non capì cosa intendesse... Ma non era sicura di essere pronta per la risposta. Era libera da un giorno e mezzo. Non provava nulla per il suo salvatore, se non gratitudine... Vero?

Arrow si voltò dall'altra parte, per rispetto nei confronti di Morgan. La camicia la copriva fino alle cosce, ma era comunque un gesto premuroso. Lei andò in bagno e chiuse la porta.

Evitò di guardarsi allo specchio, si spogliò rapidamente e si infilò sotto la doccia. Sapeva di aver passato troppo tempo sotto l'acqua calda, ma la sensazione era così bella, era passato un anno da quando era riuscita a ripulirsi senza doversi preoccupare di chi potesse irrompere nella stanza, cogliendola di sorpresa.

Nel giro di venti minuti, si vestirono e lasciarono il motel. Arrow non si era preoccupato di informare l'impiegato che stavano uscendo, ma aveva lasciato una banconota da venti dollari sotto i resti della radiosveglia che aveva smontato. Le aveva detto che avrebbe potuto rimetterla a posto, ma ci sarebbe voluto troppo tempo.

Dopo alcuni minuti, dato che Arrow non diceva nulla, Morgan gli chiese: "Dove stiamo andando?"

Lui usò il mento per puntare davanti a loro. "Dall'altra parte della baia, laggiù. Ma prima... Il pranzo."

Morgan sapeva che era mezzogiorno passato. Erano arrivati al motel nelle prime ore del mattino, lui l'aveva lasciata dormire. Lei era affamata, ma onestamente non ci faceva troppo caso perché si sentiva come se avesse fame da un anno. I suoi rapitori le davano cibo a sufficienza per tenerla in vita, ma nulla di più. Non aveva nemmeno osato chiedere cibo ad Arrow perché si era abituata a sentirsi dire di no o a essere derisa, quando implorava di mangiare qualcosa.

Decisa a rompere quell'abitudine e a chiedere ciò di cui aveva bisogno quando ne aveva bisogno, Morgan gli disse: "Dimmi che non mangeremo frutti di mare."

Arrow si fermò e la fissò.

Sentendosi a disagio per quell'improvvisa squadrata, Morgan fece del suo meglio per sostenere lo sguardo e non scusarsi per la battuta un po' fuori luogo.

L'uomo curvò le labbra in un sorriso. I suoi denti bianchi sembravano ancora più luminosi, alla luce del giorno. Arrow le rispose: "Recepito, bella." Poi le strinse la mano e ricominciò a camminare. "Mentre ti facevi la doccia, mi sono messo in contatto con Meat. Ha fatto una perlustrazione della zona e del percorso che avremmo fatto per arrivare fino a Ball e Black, si è preso la briga di ordinarci del cibo. Sarà pronto quando arriveremo."

"Davvero?" chiese lei meravigliata. "È possibile?"

Arrow ridacchiò. "Tutto è possibile con Meat. È un genio con il suo computer... Non è bravo come Rex, ma d'altra parte sono convinto che Rex abbia più contatti clandestini dei russi."

"Rex?" Morgan stava provando a tenere a mente i nomi dei suoi amici, ma non era facile.

"Sì. Rex è il nostro... capo, in mancanza di una parola migliore. È lui che decide quali casi seguire."

"Quindi vi ha mandati a salvare Nina?"

"Esattamente. Nina e sua madre sono di Colorado Springs. Lei aveva sentito parlare di quello che facciamo ed era abbastanza disperata da contattarlo. Rex ha ascoltato il suo caso, ha fatto delle ricerche e ha accettato di aiutarla."

"Wow, quindi ha dovuto solo telefonargli?"

"No. Non funziona così. Ha fatto in modo che il detective che indagava sul caso della figlia scomparsa lo contattasse. Rex è molto conosciuto nella polizia e negli ambienti degli investigatori privati. Non prende tutti i casi. Sceglie solo quelli con le informazioni più solide e le maggiori possibilità di successo."

Morgan assorbì l'informazione, poi disse: "Sapevi chi ero nel momento in cui ti ho detto il mio nome. Hai detto che mio padre ha fatto pressioni per trovarmi, da quando sono scomparsa. Ha contattato questo Rex? Sono stata considerata un caso difficile, è per questo che nessuno è venuto a cercarmi?"

Arrow si fermò di nuovo così all'improvviso che Morgan sarebbe caduta, se lui non si fosse girato tempestivamente per tenerle le spalle. "No, Morgan. Assolutamente no."

Morgan scosse la testa. "Non puoi saperlo."

"Voglio saperlo."

Lui disse quelle parole con così tanta convinzione che Morgan volle credergli, ma non ci riuscì. "Sono così confusa. Io e mio padre non andiamo molto d'accordo. Ha tradito mia madre quando ero piccola, per questo hanno divorziato. Ci vedevamo mentre crescevo, ma era una specie di papà da weekend. Non era davvero lì per me. Non capisco perché sia stato lui a parlare con il telegiornale e a fare pressioni per trovarmi, quando il più delle volte non ero nemmeno sicura di piacergli davvero. Ma se fosse stato così disperato nel cercarmi come dici tu, non avrebbe esplorato tutte le possibilità? I poliziotti non gli avrebbero parlato di Rex? Ha mentito per tutto il tempo e non voleva davvero trovarmi davvero, ma ha fatto finta di sì?"

"Non ho risposte alle tue domande, bella mia," le disse Arrow. "Ma le otterrò. So senza dubbio, però, che se Rex fosse stato contattato per il tuo caso, l'avrebbe accettato e avrebbe fatto tutto ciò che era in suo potere per trovarti."

"Perché?"

Arrow serrò le labbra, come se stesse lottando con i propri pensieri, prima di dire: "Ti dirò una cosa che i miei amici non sanno. Per ora, ho bisogno che questo rimanga un segreto tra noi due. Puoi mantenerlo?"

Lei annuì immediatamente.

"Sono un membro di un gruppo chiamato i Mercenari di Montagna. Rex è il capo. Manda me e i miei compagni di squadra a salvare donne e bambini in situazioni difficili. Abusi, rapimenti, terrorismo, eccetera. Ma quello che i miei amici non sanno è il motivo per cui Rex ha fondato il gruppo. Perché è così determinato ad aiutare le donne. È perché è scomparsa proprio sua moglie. Ha fatto tutto il possibile per trovarla, ma la polizia non aveva indizi. I detective privati che aveva assunto hanno perso le tracce quando è stata portata via dagli Stati Uniti. Si è scontrato con un muro e non è riuscito a trovare nessuno che lo aiutasse."

"Oh mio Dio," gemette Morgan. "L'ha ritrovata?"

Arrow scosse la testa lentamente. "Non che io sappia. Ha scoperto molto, nella sua ricerca, su ciò da cui le leggi possono e non possono proteggere le persone. Ha imparato a operare sottotraccia e ad ottenere informazioni dalle persone senza lasciare alcun indizio. Usa queste informazioni per aiutare gli altri. Era devastato quando non riusciva a trovare nessuno con le capacità e le conoscenze per trovare sua moglie, così è diventato quella persona. Ma purtroppo non è ancora riuscito a trovarla."

"Come fai a saperlo? Te l'ha detto lui?"

"Non parla molto di sé. Infatti, io e i miei compagni non l'abbiamo mai incontrato di persona. Ci ha riuniti tutti per un colloquio di lavoro, quando non si è presentato, ci siamo sentiti tutti fregati. Ma ovviamente ci aveva tenuto d'occhio tutto il tempo, perché ore dopo ci ha contattato e ci ha offerto il lavoro come Mercenari di Montagna, se lo volevamo."

"Ma non sei davvero un mercenario," osservò Morgan. "Sei un salvatore. Un eroe."

Arrow sorrise.

"Cosa?"

"È solo che sia Allye che Chloe hanno detto la stessa cosa a Gray e Ro."

"Chi?"

Arrow agitò la mano nell'aria. "Te ne parlerò più tardi. Comunque, non abbiamo mai incontrato Rex. Lui camuffa la voce quando ci chiama per darci degli incarichi. Ma una sera mi ha chiamato, dopo una missione. Eravamo andati in Venezuela per salvare un gruppo di donne che erano state catturate dopo aver risposto a degli annunci online come domestiche. Erano per lo più ispaniche, ma avevamo detto a Rex che ci avevano rivelato la presenza di una donna americana che era stata lì, quando erano arrivate. L'abbiamo cercata, ma non siamo riusciti a trovarla."

"Rex mi ha chiamato e mi ha fatto ogni sorta di domande sull'americana scomparsa. Che aspetto aveva, quanto era alta, cose del genere. Quando ho ammesso che non lo sapevo, ha perso la testa. Mi ha fatto una lavata di capo, completamente fuori luogo. Così gli ho chiesto perché questa donna fosse così importante. Sorprendentemente, mi ha raccontato della moglie scomparsa. Di come fosse costantemente alla sua ricerca. Di come, ad ogni caso che affrontava, si chiedesse se avrebbe trovato qualche collegamento con la sua donna scomparsa."

"Dio, è terribile," disse Morgan. "Da quanto tempo è scomparsa?"

"Non ne sono sicuro. Lavoriamo per lui da qualche anno. Quindi direi che è scomparsa da un po' di tempo."

"Pensi che sia ancora viva?"

Arrow la guardò negli occhi: "Credi che qualcuno pensi che tu sia ancora viva, dopo un anno trascorso senza indizi?"

Morgan annuì. Quella era proprio un'ottima osservazione. Forse suo padre aveva provato a tenere vivo il ricordo della sua scomparsa, ma non sembrava che qualcun altro l'avesse fatto. Pensò ai suoi amici, al suo ex, a sua madre... l'avevano tutti archiviata come morta? Era un pensiero deprimente.

"Comunque, per chiudere il cerchio della conversazione, Meat ci aiuta con le stronzate sul computer. Guarda i video di sorveglianza, hackera gli account di posta elettronica se ne abbiamo bisogno... Trova un posto sicuro a migliaia di chilometri di distanza da Colorado Springs per ordinarci un bel pranzetto."

Morgan voleva parlare ancora di Rex e della moglie scomparsa. Voleva parlare del suo caso. Ma percepì la necessità di Arrow di cambiare argomento. Così annuì. "Ok. Che cosa mangiamo?"

"Non ne ho idea. Ho appena ricevuto un indirizzo. Ma ti garantisco che non si tratta di frutti di mare."

"Se posso essere sincera... Mangerei qualsiasi cosa. Ho imparato a non essere schizzinosa, da quando sono qui. Se lo fossi stata, sarei morta di fame. Ma devo ammettere che sono sollevata di non dover mangiare pesce."

Arrow si chinò in avanti e le diede un bacino sulla testa. Non la abbracciò, le lasciò tutto lo spazio necessario. Morgan sapeva che avrebbe potuto svignarsela e lui glielo avrebbe permesso. Ma averlo così vicino a lei era una bella sensazione. Davvero bella.

Morgan provò a dirsi che, non appena tornati negli Stati

Uniti, lui se ne sarebbe andato, ma sapeva di mentire. Arrow non la stava trattando come tutte le altre vittime che aveva salvato. Lei lo sentiva nel profondo. Non aveva idea di cosa li aspettasse. Tutto ciò che sapeva era che lui la faceva sentire più se stessa di quanto non si sentisse da molto tempo.

"Mi stupisci, Morgan," le sussurrò. Poi Arrow si tirò indietro e le prese di nuovo la mano. "Avviamoci. Andiamo a vedere cosa ci ha trovato da mangiare Meat. Poi ti riportiamo da Nina. Lei ha bisogno di te. Non la sta prendendo bene."

Venti minuti dopo, Morgan fissava incredula le luci al neon dell'edificio.

"L'Hard Rock Café?" chiese con una risata.

Arrow inarcò un sopracciglio. "Te l'avevo detto che non avremmo mangiato pesce."

Morgan si sentiva come intrappolata in qualche strana dimensione onirica. Non era la sua vita quella, giusto?

Senza dire altro, Arrow le strinse la mano e si diresse verso la porta d'ingresso.

Ma lei restò immobile, rifiutando di fare un altro passo.

"Cosa?" le chiese Arrow, allarmato, guardandosi in giro alla ricerca di pericoli.

"Non ci vado lì dentro!" sibilò Morgan.

"Perché no?"

"Perché? Guardami! Sono disgustosa. Puzzo ancora di pesce. Penso che quella puzza mi resterà tra i capelli per sempre."

"Hai fame?" chiese Arrow.

Morgan lo fissò e si morse l'interno della guancia prima di ammettere: "Sì."

"Allora entriamo. Non ti lascerò fuori, Morgan, quindi non pensarci neanche. Nessuno dirà niente. Meat ha già ordinato da mangiare per noi. Tutto quello che dobbiamo fare è andare al bancone e dire loro che siamo qui per ritirarlo. Pagherò e ce ne andremo. Dieci minuti al massimo."

Morgan voleva continuare a rifiutarsi, ma i deliziosi profumi che si sentivano nell'edificio erano troppo forti per resistere. "Non mi piace," gli disse.

"Lo so. Vorrei poterti far entrare come se fossimo ad un appuntamento. Con te che indossi un vestito nero sinuoso che mette in mostra gambe e seno, imbambolandomi tutta notte. Vorrei poter essere un uomo diverso in questo momento, non uno che conosce otto modi diversi per uccidere un uomo, senza contare le mani nude. Ma se fossi un uomo diverso, allora probabilmente ti lascerei qui un attimo per andare dentro a recuperare il nostro cibo, ma questo ti renderebbe vulnerabile a chiunque ti passi di fianco, che potrebbe essere alla ricerca della bella donna americana che qualcuno vuole disperatamente tenere tra le grinfie. Quindi entriamo insieme. Ti proteggerò da chiunque osi pensare di poterti portare via da me. Prendiamo il cibo e andiamo in albergo, dove potrai vedere Nina, inizieremo a capire chi c'è dietro l'ultimo anno d'inferno che hai passato, e sistemeremo i tuoi bellissimi capelli. Va bene?"

"Non credo di aver mai avuto un vestito nero sinuoso," commentò lei.

Lo sguardo di Arrow cambiò, assunse un'espressione divertita. Morgan si lasciò sfuggire un respiro profondo. Quello sguardo era intenso, era come se in qualche modo lui potesse leggerle nel profondo, tutte le sue insicurezze, i suoi dubbi.

"Allora farò in modo che tu ne abbia uno nell'armadio quando ti chiederò di uscire. Ora andiamo. Sto morendo di fame."

Così Morgan seguì Arrow nel conosciuto ristorante americano.

Esattamente dieci minuti dopo, uscirono dalla stessa porta. Morgan portava un sacchetto gigante di cibo tra le braccia. Arrow si era scusato, aveva detto che l'avrebbe portata lui, ma voleva entrambe le mani libere, per fronteggiare qualsiasi eventualità. Lei non si era minimamente opposta, felice di lasciare a lui il compito di proteggerla. Avrebbe portato volentieri il cibo.

Le venne l'acquolina in bocca mentre camminavano sul marciapiede, cercando di mimetizzarsi con gli altri turisti che girovagavano. Si domandò perché gli amici di Arrow non si fossero rintanati nel Marriott Hotel vicino all'Hard Rock, ma non glielo chiese. Arrow aveva le sue ragioni per tutto, fino a quel momento era andato tutto bene, quindi lei non aveva intenzione di questionare. Quella era un'area molto diversa rispetto a quella in cui era stata tenuta prigioniera. Era una zona turistica, le trasmetteva un po' più di sicurezza.

Ma sapeva che anche a un isolato di distanza le cose potevano cambiare molto rapidamente. Un attimo prima potevano essere circondati da stranieri in vacanza o uomini d'affari, l'attimo dopo potevano finire nei bassifondi.

Camminarono per diversi isolati sul lungomare, prima di svoltare a sinistra e dirigersi verso un edificio che stonava completamente, in quel paese povero.

"Un casinò?" chiese Morgan incredula.

"Sì," rispose Arrow. "È un posto perfetto per mimetizzarsi."

"Nascondersi in piena vista, eh?"

"Esattamente."

Arrow la guardò con così tanto orgoglio che lei arrossì. Camminarono sotto l'insegna luminosa che pubblicizzava albergo e casinò e si diressero dritti verso l'ascensore. Morgan suppose che Arrow sapesse in quale stanza si trovassero i suoi amici e rimase sorpresa quando lui premette il pulsante per l'ultimo piano.

"Pensavo che avresti preferito una stanza al piano inferiore, per avere una via di fuga più facile, se necessario."

"Bella pensata, ma più alto è il pavimento, più è difficile

che qualcuno ci sorprenda. Abbiamo installato telecamere nascoste wireless sulle scale e negli ascensori. Nessuno ci prenderà alla sprovvista."

"E se anziché agire furtivamente fanno un attacco lampo?" chiese Morgan.

Di nuovo, Arrow la premiò con uno sguardo di approvazione. "Allora se ne pentiranno. Credimi tra me che sono un ex marine, Black che era un Navy SEAL, e Ball, un ex ufficiale della Guardia Costiera... Nessuno metterà le mani su di te o su Nina molto facilmente."

Morgan sapeva che Arrow voleva rassicurarla, e ci era riuscito. Sapendo che anche gli altri due uomini erano capaci di proteggere lei e Nina tanto quanto Arrow, si lasciò andare un pochino.

Mentre camminavano lungo il corridoio, si aprì una porta e una bambina uscì di corsa. Corse verso Morgan tanto velocemente quanto le permettevano le gambette.

Lasciando cadere la borsa, Morgan aprì le braccia e prese Nina. Per fortuna, Arrow era lì per tenerla in piedi, impedendole di cadere di nuovo sul sedere.

Nina non disse una parola, ma Morgan la sentì tremare tra le braccia.

"Vieni, bella. Entriamo nella stanza," le disse Arrow all'orecchio.

Morgan annuì e si mise in piedi, con l'aiuto di Arrow, poi mise le braccia sotto il sedere di Nina, tenendola in braccio, mentre camminava lungo il corridoio nella direzione da cui la bambina era arrivata.

Un uomo estremamente alto, ancora più alto di Arrow, stava sulla porta della stanza settecento quarantotto. Aveva i capelli biondi e gli occhi azzurri come il ghiaccio. Morgan rabbrividì dopo averli visti, anche se solo per due secondi. Era quasi spaventoso, ma sentì Arrow rilassato al suo fianco, quindi sapeva di non avere nulla da temere da quel tipo.

L'altro uomo nella stanza non era alto come i suoi compagni di squadra. Aveva i capelli neri e gli occhi castani, la fissava con sguardo intenso. Non era nemmeno muscoloso come i suoi amici, ma lei ebbe la sensazione che fosse il più letale del gruppo. Come lo sapeva, Morgan non ne aveva idea, ma si fece un appunto mentale di non farlo mai arrabbiare.

"È bello vederti," disse il biondo ad Arrow.

"Lo stesso per me, Ball. Va tutto bene qui?" chiese.

Morgan seguì gli uomini con lo sguardo, poi si sedette in fondo a uno dei letti, con Nina ancora in braccio.

"È... sconvolta," disse l'altro uomo. Per eliminazione, Morgan ipotizzò che si chiamasse Black.

"Avrà bisogno di cure mediche?" chiese Arrow, accovacciato davanti a Morgan e Nina.

Morgan vide gli occhi di Black, quando rispose. "Non da quel che ho visto. Ma non avevo intenzione di spaventarla ancora di più, controllandola come avrei voluto."

Lei capì cosa volesse dire. Nina aveva visto quegli uomini minacciosi e si era spaventata. Black non voleva toglierle i vestiti per esaminarla e sconvolgerla ulteriormente.

Nina piagnucolava e Morgan la sistemò più in alto, in modo da poterla guardare bene. "Shhhhh, piccola. Va tutto bene. Questi sono i buoni. Non ti faranno del male."

La bambina mosse la testa finché riuscì a vedere gli occhi di Morgan. "Non sono gli uomini cattivi?"

"No, piccola. Ci hanno salvati dagli uomini cattivi. Vedi? Sto qui e sto bene. Ho anche fatto la doccia. Non vorresti lavarti anche tu?"

Morgan sentì la mano di Arrow sul ginocchio, anche se era un piccolo gesto le diede forza. Si sentì in grado di affrontare i demoni di Nina.

La bambina annuì.

"Che ne dici di un po' di cibo, prima?" intervenne Arrow.

"So che Morgan ha fame, anche io. Vuoi vedere cosa abbiamo per pranzo?"

Nina appoggiò la guancia sulla spalla di Morgan e fissò Arrow con grandi occhi spaventati.

Morgan sospirò. "Va tutto bene, Nina. Non è come tuo padre. Non ti farà del male, se rovesci qualcosa."

"Ti farà fare qualcosa, se vuoi mangiare? Come facevano i cattivi?" chiese la bambina con calma, in un modo che rendeva limpido il fatto che Morgan avesse fatto tutto il necessario per tenere i loro rapitori lontani da Nina.

Ignorando i versi di rabbia provenire degli uomini, si concentrò sulla bambina in braccio. "No. Qui sei al sicuro. Io sono al sicuro. Questi sono i buoni," disse di nuovo. Fece un gesto verso Arrow. "Lui è Arrow. Il suo nome di battesimo è Archer. Ecco perché lo chiamano così. Un arciere è uno che tira con arco e frecce."

"Come la principessa Merida?"

Morgan sorrise. "Proprio come la principessa Merida." Guardò Arrow, che sembrava divertito, ma confuso. " È l'eroina del film d'animazione Ribelle,[1]" gli spiegò.

"Non l'ho mai visto," confessò Arrow. "È bello?" chiese a Nina.

Lei annuì con vigore. "È davvero ribelle."

Morgan sorrise per la tenerezza della bimba.

"Quindi ti assomiglia molto, eh?" le chiese Arrow. "Scommetto che sarebbe super orgogliosa di quanto sei stata coraggiosa."

Nina non rispose, ma Morgan capì che stava pensando a quello che le aveva appena detto Arrow. Lui continuò: "Anche Black e Ball sono bravi ragazzi. Non ti faranno del male. Stanno facendo tutto il possibile per farti tornare dalla tua mamma."

"Mi manca la mamma," pigolò Nina.

"Certo, piccola. Ma per tornare da lei, dobbiamo fare

quello che ci dicono Black, Ball e Arrow. Terranno lontani i cattivi. Dobbiamo anche prenderci cura di noi stesse, però. Questo significa essere pulite e mangiare il cibo che ci portano."

"Ho fame," sussurrò Nina.

"Anch'io. Vuoi vedere cosa abbiamo portato per pranzo?"

Nina annuì.

Morgan alzò lo sguardo e notò che Arrow la stava fissando in modo strano.

"Cosa?"

Lui scosse la testa e prese il sacco dell'Hard Rock Cafe. Tirò fuori un cartone dopo l'altro, fino a quando non ricoprì tutto il letto.

"Porca vacca," gemette Morgan. "Immagino che il tuo amico Meat pensasse che eravamo davvero affamati, eh?" chiese.

Black ridacchiò. "Sa cosa vuol dire essere in un paese straniero e desiderare il buon vecchio cibo spazzatura americano."

"Beh, ci ha preso," osservò Morgan. C'erano patatine fritte, un hamburger, bastoncini di pollo, bucce di patate, un'insalata Caesar di pollo, maccheroni al formaggio, tre bistecche, un hot dog e tre pezzi di torta al cioccolato per dessert. "Qui c'è abbastanza cibo per una settimana!"

"Non con tre uomini grandi come noi," le disse Arrow. "Prego," le disse, premendole leggermente un ginocchio con il suo. "Scegliete quello che volete. Noi prenderemo quello che non mangiate."

Sinceramente, Morgan voleva tutto. Vedere quel cibo davanti a lei le fece venire l'acquolina in bocca. "Cosa vuoi, Nina?"

La bambina scelse l'hot dog, delle patatine fritte e un bastoncino di pollo. Morgan scelse l'hamburger, le patatine fritte, metà dell'insalata e mezza fetta di torta. Sapeva che non sarebbe mai riuscita a finire tutto, ma il solo fatto di avere tutto davanti a sé era un paradiso.

Trenta minuti dopo, tutto ciò che rimaneva del cibo erano poche patatine fritte e un paio di bocconcini di torta al cioccolato. Nina si era addormentata a metà del suo pranzo. Black disse che la bimba non aveva dormito niente la notte prima, perché aveva tanta paura di lui e di Ball.

Morgan si sentiva scoppiare, era così piena, non riusciva a ricordare di essere mai stata così contenta. Due giorni prima non avrebbe mai pensato di trovarsi in una stanza d'albergo in un casinò del paese. Non solo, ma ora si sentiva al sicuro e protetta. Era quasi un miracolo.

Sentì le palpebre pesanti, nella stanza con tutta quell'aria condizionata aveva persino un po' freddo.

Proprio quando decise di sdraiarsi accanto a Nina e di fare un pisolino, Black le disse: "Rex vuole sapere dove ti portiamo, dopo aver portato Nina a casa da sua madre."

CAPITOLO SETTE

ARROW LANCIÒ UN'OCCHIATACCIA al suo amico per aver guastato l'umore rilassato di Morgan. Era la prima volta che la vedeva abbassare completamente la guardia, ma le parole di Black la fecero irrigidire, era tornata tesa e preoccupata.

Senza pensarci, Arrow le mise una mano sul ginocchio. Nina dormiva tranquillamente sul letto accanto a lei, Morgan seduta al centro del letto matrimoniale con la schiena contro la testiera, lui era seduto sul bordo del letto, al suo fianco.

"Io... Credo che tornerò a casa, ad Atlanta," rispose Morgan esitando.

"Prima di prendere una decisione, forse dovremmo sapere tutto delle persone della tua vita, per vedere se riusciamo a capire chi potrebbe esserci dietro il tuo rapimento," disse Arrow con delicatezza.

Morgan annuì, ma lui notò che si stava mordendo il labbro per l'agitazione.

Arrow voleva allungare una mano e tenerle quel labbro, strofinando il dito sul pezzo di carne maltrattato, ma riuscì a trattenersi. Per un pelo.

"Morgan, ti andrebbe bene se chiamassimo il resto della

squadra e li facessimo ascoltare, mentre parliamo?" le chiese Black. "Abbiamo scoperto che lavoriamo meglio quando facciamo brainstorming tutti insieme."

Lei annuì, ma non smise di tormentarsi il labbro.

Arrow non lo sopportava più. Si alzò e usò il pollice per tirarle fuori il labbro dai denti. "Se hai ancora fame, posso portarti qualcos'altro da mangiare," le disse scherzando.

Lei lo fissò quasi spaventata e scosse la testa. "No, sono pienissima. Ho appena mangiato in una sola volta più di quanto mangiassi di solito in una settimana."

Arrow sentì l'impulso di tornare in città e dare la caccia agli stronzi che avevano trattenuto lei e Nina. "Puoi fidarti degli altri tanto quanto ti fidi di me," le disse tranquillamente. "Affiderei loro la mia vita. L'ho già fatto, a dire il vero."

"Quanti ne mancano?" chiese Morgan.

Arrow assunse un'espressione sorpresa, si rese conto solo in quel momento che non le aveva mai parlato degli altri. "Tre. Quattro, se includiamo Rex. Ci sono Gray, Ro e Meat. Ti ho già parlato un po' di Meat. È il nostro guru del computer, ma realizza anche i mobili più incredibili che tu abbia mai visto. Gray è un contabile, quando non accompagna la sua ragazza, Allye, ai suoi vari recital di danza. Ro è un meccanico. Lui e Chloe si sono conosciuti non molto tempo fa, quando abbiamo sistemato quello stronzo del fratello di lei."

Morgan lo fissò per un attimo. Poi disse: "Oh... ehm... Ok. Posso gestire tre o quattro persone che ascoltano. Temevo di dover parlare di fronte a tipo dieci ragazzi, che avrebbero ascoltato la mia umiliante esperienza."

Ball era appoggiato al muro più distante, ma a quelle parole si raddrizzò e si mosse verso di loro. Arrow notò che Morgan si mosse di scatto, al rapido movimento di Ball, ma nascose rapidamente lo spavento e alzò il mento in modo quasi provocatorio. Era orgoglioso di lei, perché non si nascondeva, ma odiava il fatto che si sentisse minacciata dai suoi amici.

"Niente di quello che ti è successo è umiliante," le disse Ball in modo rassicurante. "Non hai chiesto di essere rapita. Non hai chiesto di essere portata qui. Non hai chiesto nulla di quello che ti è successo, mentre eri qui. Francamente, sono più che stufo di uomini che sfruttano la loro forza fisica per fare del male a donne e bambini. Soprattutto a qualcuno come te."

"Come me?" chiese Morgan.

"Sì. Sembri una principessa disneyana. Se qualcuno è in grado di farti del male, non c'è letteralmente nessuna speranza per lui. Nessuna."

Arrow voleva ridere per l'espressione di Morgan, ma si trattenne. Ball aveva ragione. Morgan sembrava un personaggio uscito direttamente da un film della Disney. Piccola e delicata... Ma Arrow aveva sperimentato in prima persona che era anche una donna dai nervi d'acciaio.

"Chiamerò prima Rex," disse Black. "Si metterà lui in contatto con gli altri."

"Pulisco questo casino," si offrì Ball mentre iniziava a raccogliere i contenitori di cibo ormai vuoti.

Arrow si girò fino a trovarsi di fronte a Morgan. Le sfiorò di nuovo un ginocchio e fu felice quando lei non si spostò. "Se senti troppa pressione, puoi prenderti una pausa," le disse.

"Sto bene," rispose subito Morgan.

"Va bene, ma ricorda che questo non è un interrogatorio," insistette Arrow.

Morgan fece un respiro profondo, guardò Nina, ancora profondamente addormentata, poi tornò a guardare l'uomo di fronte a lei. "Lo so. Voglio capirlo più di te, Arrow. A dire la verità, ho una paura folle di tornare a casa. Non posso fare a meno di pensare che la persona che mi ha fatto questo è lì ad aspettarmi. Ovviamente non si aspettava che io sfuggissi ai miei rapitori, ma ora che l'ho fatto, probabilmente sarà ancora più determinato a rimandarmi indietro. Senza di te e i tuoi amici, so che non riuscirò a capirlo se non troppo tardi. Quindi, anche se non sono entusiasta di raccontarvi gli errori che ho commesso nella mia vita e le cose stupide che ho fatto, so che mi serve. Devo farlo."

"Morgan, io..."

"Non avevo finito," gli disse, interrompendolo. "Ogni giorno, nell'ultimo anno, volevo arrendermi. Volevo trovare il modo di uccidermi per non dover affrontare quello che stavo passando. Ma poi ho capito che se l'avessi fatto, nessuno avrebbe mai saputo cosa mi era successo. Mia madre, i miei amici, Lane e persino mio padre... Se lo sarebbero chiesti per sempre. Non volevo lasciare loro un tale peso. Così ho fatto quello che potevo per combattere la depressione. Ho vissuto un giorno alla volta. Un'ora alla volta. A volte anche un minuto alla volta."

"So che i miei sentimenti in parte sono dovuti alla situazione, ma... Non mi sono mai fidata di nessuno nel modo in cui mi fido di te. Se pensi che sia meglio che non torni ad Atlanta, mi sentirò davvero sollevata, andrò ovunque mi dirai di andare, se questo mi terrà al sicuro. Tu e i tuoi amici avete tutta l'esperienza del mondo. Sono disposta a fare tutto il necessario per andare fino in fondo, per poter tornare alla mia vita."

Arrow non era mai rimasto così colpito da nessuno. Glielo aveva già detto prima, ma ogni volta che lei apriva bocca, lui restava sempre più impressionato. Si stava già affezionando a lei, ma era troppo presto per incasinare la situazione con i suoi sentimenti. "Troveremo una soluzione, così potrai andare dove vuoi e fare quello che vuoi."

"Grazie."

"Non devi mai ringraziarmi," le disse, prendendole la mano e baciandole il palmo, prima di richiuderle le dita, come per farle trattenere quel bacio. "Farti vivere la tua vita è un ringraziamento sufficiente. Sono così felice che tu non ti sia mai arresa."

"Sei pronta?" le chiese Ball.

Arrow alzò un sopracciglio guardando Morgan.

Lei fece un respiro profondo e non distolse lo sguardo da quello di Arrow, dicendo: "Sono pronta."

"Morgan?" chiese una voce alterata digitalmente, proveniente da un bel cellulare che Ball aveva appena appoggiato ai piedi del letto. Prima, Ball le aveva spiegato che si trattava di una sorta di telefono satellitare che non poteva essere intercettato.

"Sì. Sono qui."

"Sono Rex. Prima di tutto vorrei dire quanto siamo felici di averti trovato."

"Grazie. Ma azzarderei un'ipotesi: sono più felice di te," disse Morgan.

Udirono diverse risate di uomini provenire dal telefono, riecheggiavano nella stanza d'albergo.

"Sono Gray," disse una voce profonda. "Mi scuso a nome mio e degli altri ragazzi che non sono lì con te, in questo momento."

"Va tutto bene," gli disse Morgan.

"Sono Ro," disse un uomo con accento inglese. "Tutto quello che ti serve, basta chiedere e te lo faremo avere."

"E io sono Meat," disse un altro uomo. "Se per te va bene, farò delle ricerche mentre parliamo. Quindi, se ti faccio domande apparentemente casuali, porta pazienza. Sto cercando di verificare le informazioni che sto raccogliendo al computer mentre parliamo."

"Lo apprezzo," disse loro Morgan. "Ma seriamente, non sono così interessante." Ho vissuto una vita davvero normale. Non capisco perché qualcuno vorrebbe farmi questo."

"Occupiamoci di questo," le disse Rex. "Il tuo compito è

di dirci tutto, non importa quanto stupido o insignificante pensi che sia."

Arrow detestò l'aspetto stressato di Morgan, ma sapeva che non c'era molto altro da fare. Avevano bisogno di informazioni. Informazioni che aveva solo lei. Senza sapere nulla, avrebbero brancolato nel buio. Allungò lentamente una mano e la appoggiò su quella di Morgan, sulla pancia di lei. La vide rilassarsi ed ebbe un moto di tenerezza. Morgan stava facendo tutto per se stessa. Aveva giurato di fare tutto ciò che era necessario per rendere tutto più facile.

"Raccontaci del giorno in cui sei stata rapita," le ordinò Rex.

"Cavolo," disse Morgan sottovoce. "Vedo che non iniziamo con qualcosa di facile, eh?"

"È meglio far fuori subito le cose difficili," le rispose Rex.

Morgan fece un respiro profondo, poi cominciò a parlare. "Era una notte normale, almeno così pensavo. Sono uscita con un gruppo di amici e noi..."

"Chi?" interruppe Meat. "E dove?"

"Sarah Ellsworth e il suo ragazzo, Thomas Huntington. Karen Garver e il suo ragazzo, Lance Buswell. E il mio ragazzo di allora, Lane Buswell. Eravamo in una discoteca in centro, chiamata Harlem Nights."

"Quindi Lance e Lane sono fratelli?" chiese Black.

Morgan annuì. "Sì, Lance è quattro anni più giovane di Lane, ma sono molto legati."

"Che cosa fanno per vivere?" chiese Meat.

"Ehm... Lane è un mediatore di mutui, suo fratello lavora con una specie di impresa edile, credo. Non ricordo il nome, mi dispiace."

"Non preoccuparti. Posso trovarlo," la rassicurò Meat. "E le loro fidanzate? Cosa ci puoi dire delle ragazze?"

"Karen ha la mia età ed è proprietaria di un negozietto.

Vende specialità alimentari e cosmetici ecologici, candele e altre cose. È stata una delle mie prime clienti, quando ho iniziato a vendere il miele delle mie api. Siamo amiche da qualche anno e sono stata io a presentarla a Lance. Sarah ha qualche anno meno di me. L'ho incontrata una sera, quando io e Lane eravamo fuori. Faceva la barista e siamo andate d'accordo. Il suo ragazzo, Thomas, non lo conosco bene. Avevano iniziato a frequentarsi da poco, e se devo essere sincera, è sempre stato abbastanza distaccato. Non si è mai comportato come se gli piacesse uscire con noi. Come se fossimo al di sotto di lui o qualcosa del genere." Morgan scrollò le spalle. "Ma non riesco a immaginare che qualcuno di loro volesse farmi del male."

"A volte l'ultima persona che pensi possa avercela con te è quella che ti odia di più," disse Rex con tono piatto. "Allora, cos'è successo quella notte? Come ti hanno preso?"

"Quindi, come ho detto, eravamo all'Harlem Nights. Era un giovedì, pensavamo che sarebbe stato meno affollato, dato che non era il fine settimana, ma ci sbagliavamo. Il posto era affollato. Riuscivamo a malapena a muoverci. Siamo riusciti a prendere un tavolo in un angolo sul retro, ma la musica era così alta che avevo un gran mal di testa. Volevo andarmene prima, ma gli altri si stavano divertendo. Non volevo fare la guastafeste, così ho detto loro di restare e che li avrei raggiunti un'altra volta."

"Il tuo ragazzo ti ha lasciata andare via da sola?" le chiese Arrow, sentendosi estremamente irritato. Fu ancora più sconvolto dal fatto che Morgan sembrava sorpresa dalla sua domanda.

"Certo. Siamo arrivati in auto separate."

"Ti prego, dimmi che almeno ti ha accompagnato alla macchina," continuò Arrow.

Morgan scosse la testa. "Si è offerto, ma gli ho detto di restare lì e di divertirsi."

"Stronzo," sbottò qualcuno dei ragazzi all'altro capo del telefono.

"Vai avanti," le disse Black. "Ignora i commenti del pubblico."

"Non è stata colpa sua," disse Morgan, difendendo Lane. "Ci eravamo allontanati, a quel punto eravamo praticamente solo amici, anche se non ci eravamo ufficialmente lasciati. Avevo la sensazione che avesse messo gli occhi su una delle ragazze del club, credo che fosse sollevato quanto lo ero io, quando me ne sono andata. Comunque, sono uscita dal locale e mi sono diretta verso la mia auto. Avevo parcheggiato in un garage pubblico, non troppo lontano dal locale. C'erano diverse persone in giro, non ho notato nessuno di strano. Sono arrivata alla mia auto e avevo le chiavi in mano. Ho aperto la portiera, mi sono seduta. Questa è... l'ultima cosa che ricordo. Qualcuno mi ha attaccata da fuori, o era nella mia macchina, comunque non appena mi sono seduta, hanno fatto qualcosa per mettermi fuori combattimento."

Arrow sentì la mano di lei iniziare a tremare, così la prese e la mise tra le sue. La strinse forte e fu ricompensato con un piccolo sorriso, prima che Morgan continuasse a parlare.

"Sono stata priva di sensi per un po' di tempo. Non saprei dire quanto. Pensavo di sognare. Ricordo voci intorno a me e persone che litigavano, ma non chi o cosa dicessero. Il mio rapitore voleva proprio portarmi via, perché quando final-mente mi sono svegliata, ero su un veicolo in movimento. Credo che fosse una sorta di camion, qualcosa di simile. Era buio pesto, ero in una specie di gabbia. Non ho idea di quanto a lungo abbiamo viaggiato, ma quando finalmente la porta si è aperta, un poliziotto è venuto verso di me. L'ho implorato di aiutarmi, ma non ha detto una parola, ha solo sollevato una pistola e mi ha sparato."

Arrow ebbe un sussulto e Ball chiese quello che si stavano chiedendo tutti. "Ma che cazzo? Ti ha sparato?"

"Con una specie di pistola a dardi," continuò subito lei. "L'ho tirato fuori il più velocemente possibile, ma era troppo tardi. Qualunque droga ci fosse dentro, ha funzionato in fretta, così sono svenuta di nuovo. Comunque, questo è successo diverse volte. Sono stata tenuta in quella gabbia per quelli che ho stimato essere giorni. Non mi era nemmeno permesso di uscire per andare in bagno."

Gli occhi le caddero sulle ginocchia e, ancora una volta, Arrow sentì l'impulso di tornare nella casa dove avevano trovato Nina e Morgan e di uccidere tutti.

"Mi hanno trattato peggio di un cane," continuò. "Mi era concessa una bottiglia d'acqua al giorno e solo occasionalmente si prendevano il disturbo di darmi da mangiare. A un certo punto, devo essere stata caricata su un aereo, ma a quel punto ero così fuori di me e così devastata che non ho prestato molta attenzione. Mi hanno portata qui a Santo Domingo... e alla fine siete arrivati voi."

Arrow apparve confuso. C'era molto che stava tralasciando... Un anno intero di dettagli. Per quanto non volesse farle rivivere giorni da incubo, avevano bisogno di sapere tutto. Non solo per aiutare a capire chi potesse esserci dietro il suo rapimento, ma anche per aiutarla emotivamente.

"Ti hanno tenuta nella stessa casa per tutto il tempo?" le chiese Ro.

"No, sono stata... portata in giro... per mancanza di una parola migliore. Sono stata tenuta in una casa per un po', poi di nuovo mi hanno drogata, rimessa in gabbia, caricata su un camion e trasferita in un'altra casa. Non ho idea di cosa sia stato detto tra le persone che mi hanno avuta in carico, perché non conosco lo spagnolo. Avrei voluto studiarlo, almeno al liceo: avrei potuto capire qualcosa. Alcuni degli uomini che mi prendevano in carico erano più gentili di altri. Alcuni mi hanno nutrito più spesso di altri e non mi hanno... sapete. Ma come un orologio, mi muovevo ogni due settimane, finché non iniziavo a riconoscere gli uomini che mi possedevano."

"Che cosa intendi dire?" chiese Gray.

"Era una sorta di programma a rotazione," disse Morgan. "Ne ho contati dieci. Dopo un po' ho persino riconosciuto le stanze in cui mi tenevano."

"Mhmm. Ok, c'era un gruppo di dieci uomini che avevano il compito di trattenerti, per poi trasportarti alla persona successiva nella lista. Intelligente," commentò Gray. "Quindi questi dieci uomini sono probabilmente quelli che si dividevano i soldi ricevuti per tenerti qui."

"Dobbiamo portarti in ospedale," disse Rex. "Dobbiamo farti controllare, soprattutto considerando quello che hai passato per mano degli uomini che ti hanno tenuta prigioniera."

"No!" esclamò Morgan. "Voglio solo andarmene da Santo Domingo."

"Morgan..." iniziò Rex, con una nota empatica percepibile anche attraverso la voce meccanicamente alterata.

"Guarda. Non sono un idiota," disse Morgan con fermezza. "So che ho bisogno di essere controllata per qualsiasi malattia che potrebbero avermi trasmesso, ma tutto ciò che non va in me oggi non andrà via anche se vedrò un dottore stasera. Non ho alcuna obiezione a vederne uno, ma non stasera. E non qui."

Ci fu un lungo silenzio nella stanza. Arrow sentì la rabbia che gli opprimeva il petto. Morgan non aveva detto loro nulla che non avesse già dato per scontato che fosse successo, ma all'improvviso apparve tutto molto più personale. Si pentì di non aver incontrato altri rapitori durante il salvataggio. Li voleva tutti morti. Fino all'ultimo.

"Capisco la riluttanza, ma potremmo far controllare a Rex qualsiasi medico che vedrai, per assicurarci che tu sia in buona salute. Hai ragione, vedere un dottore stasera non farà scomparire improvvisamente nessun problema, ma potrebbe impedire che qualcosa peggiori," disse Arrow nel modo più delicato possibile.

"Per favore," sussurrò lei. "Non posso. Non qui."

Sospirando, Arrow annuì. Non era contento di quella decisione, ma non poteva obbligarla a vedere un medico.

"Parlaci dei tuoi genitori," le disse Rex, cambiando argomento.

Arrow si sentì sollevato. Morgan detestava parlare del suo periodo di prigionia. Nessuno chiese dettagli su cosa avesse passato per mano di quei dieci uomini. Ma lo sapevano. Arrow decise che l'avrebbe portata a vedere un terapista il più presto possibile, dopo essere tornati negli Stati Uniti... ma non prima di aver visto un medico.

"I miei genitori?" chiese Morgan, confusa. Fu un bel salto in avanti, ma Arrow sapeva che Rex l'aveva fatto per tirarla fuori dai brutti ricordi che probabilmente le stavano turbinando in testa.

"Sì. Sono divorziati, giusto?"

"Sì. Decisamente divorziati. Mia madre odia mio padre, nemmeno mio padre è così affezionato a mia madre. Si sono sposati un po' troppo giovani, credo che per un po' le cose siano andate bene, ma poi, dopo che sono nata io e le cose si sono fatte difficili, si sono allontanati. Mio padre ha tradito mia madre, e anche lei lo ha tradito. Ci è voluta un'eternità per arrivare al divorzio, perché litigavano per ogni stupidata. Alla fine, mio padre ha dovuto pagare gli alimenti a mia madre, il che lo ha fatto incazzare, mia madre era arrabbiata che lui potesse chiedere di vedermi quanto voleva, visto che pagava gli alimenti.

"Non ero così affezionata a mio padre, dato che ero cresciuta ascoltando le storie terribili che mamma mi raccontava su di lui. Andavo a stare con lui nei fine settimana, ma quando ero molto giovane, piangevo tutto il tempo. Solo da grande mi sono resa conto di quanto l'atteggiamento amaro di mia madre mi avesse influenzata nei suoi confronti. Ho fatto dunque uno sforzo per cercare di conoscerlo meglio."

"E ha funzionato?" chiese Arrow gentilmente.

Morgan scrollò le spalle. "Più o meno. Voglio dire, non eravamo ancora così vicini. Ma ci stavamo sforzando entrambi. Lui era impegnato a dirigere una società della Fortune 500, io ero impegnata tra college, amici e far funzionare la mia attività di apicoltrice."

"Com'era la vostra relazione quando ti hanno rapita?" chiese Meat.

"Media. Non lo chiamavo spesso per chiacchierare, ma pranzavamo insieme, non sembrava che ci fossero rancori," rispose Morgan.

"E tua madre?" chiese di nuovo Meat.

"E lei, cosa?"

"Cosa pensava del fatto che tu cercassi di avere un rapporto migliore con tuo padre?"

"Le andava bene. Voglio dire, sono adulta. Non voleva sapere quando lo vedevo o di cosa parlavamo, ma alla fine ha ammesso che, visto che era mio padre e che lo sarebbe sempre stato, era bello il fatto che avessi cercato di ristabilire un qualche tipo di rapporto con lui."

"Cosa fa tua madre per vivere?" chiese Ball.

"È un'igienista dentale."

"Non avete lo stesso cognome, vero?" chiese Meat.

"No, è tornata a usare il suo cognome da nubile, Jernigan, a divorzio ultimato. Voleva cambiare ufficialmente anche il mio nome, ma mio padre si è opposto," disse Morgan.

"Sai dov'era tuo padre, la notte in cui sei stata rapita?" chiese ancora Meat.

Morgan apparve confusa. "No. Non ne ho idea. Non eravamo abbastanza legati per tenerci d'occhio l'un l'altro in quel modo. Ho pranzato con lui la settimana prima, finita lì."

"Secondo i rapporti della polizia, non ha un alibi. Almeno, non uno che possa essere confermato," intervenne Rex. "Ha lasciato il lavoro verso le sei, come ha verificato un suo impiegato, la sua auto è stata vista da una telecamera di sorveglianza mentre lasciava il parcheggio. Tuo padre ha detto di essere andato dritto a casa e di essere rimasto solo tutta la notte, ma anche in questo caso non c'è nessuno che possa garantire che stia dicendo la verità."

"Pensate che sia stato mio padre?" chiese Morgan incredula. "Non è possibile."

"Perché no? Il padre di Nina l'ha rapita dall'unica casa che conosceva e non aveva intenzione di restituirla," disse Black. "Succede, Morgan. Spesso."

"Non mio padre," insistette lei.

"Tu stessa hai detto che non lo conosci così bene," disse Rex senza emozioni nel tono. "Forse l'ha fatto per vendicarsi di te per averlo snobbato per tutti quegli anni. Oppure l'ha fatto per vendicarsi di tua madre per averlo tradito. Gli esseri umani possono serbare rancore per molto tempo, Morgan. Non possiamo escludere nessuno."

"Bene," sibilò Morgan, sparando occhiatacce al telefono. "In questo caso, forse Lane l'ha fatto perché non voleva che vedessi nessun altro, anche se non mi amava più. Forse Lance aveva una cotta per me e mi voleva tutta per sé, o era arrabbiato perché stavo per rompere con suo fratello. No, io ho... Forse Karen e Sarah ci sono dentro, volevano solo qualcuno che mi spaventasse, la cosa è sfuggita loro di mano. O qualcuno quella sera mi ha visto al club e ha pensato di prendermi."

Ansimava, come se avesse corso un miglio a tutta velocità.

Arrow le mormorò: "Rilassati, bella."

Morgan gli si rivolse con rabbia. "No! È una follia."

"Solo perché tiriamo fuori un nome non significa che

pensiamo necessariamente che sia stata quella persona," le disse Meat in modo rassicurante.

"Allora perché menzionarli?" esclamò Morgan, agitata. "Voglio dire, tanto vale accusare ogni singola persona a cui ho venduto il miele, o il senzatetto a cui do i soldi quando vado in centro prima di incontrare mio padre, o il mio insegnante di seconda media per cui avevo una cotta quando avevo dodici anni. Tanto vale accusare mia madre, o il mio postino, o il buttafuori del locale quella sera. Dove si ferma? Quando inizia a diventare più piccola la lista? Se accuserete mio padre di avermi fatta rapire, potrà essere letteralmente chiunque abbia mai parlato con me in vita mia."

"È proprio così," disse Rex in modo severo. "Potrebbe essere chiunque, Morgan. Prima lo capisci, prima sarai in grado di pensare con chiarezza e di aiutarci a capirlo. Le persone possono essere malvagie. Alcuni lo nascondono molto meglio di altri. Non stiamo ancora puntando il dito contro nessuno. Stiamo solo parlando. Cerchiamo di ottenere informazioni sulle persone più vicine a te in modo da poterle eliminare. Non faremmo il nostro lavoro se escludessimo qualcuno solo perché pensiamo che sia innocente. Siamo bravi in quello che facciamo perché non siamo emotivamente legati ai protagonisti."

Arrow tenne d'occhio Morgan. Voleva prenderla tra le braccia e rassicurarla che avrebbero capito tutto. Che era al sicuro. Ma non ci riusciva. Non ne aveva il diritto. Doveva stare seduto lì a guardarla, mentre il mondo di lei veniva di nuovo dilaniato.

Ma avrebbe dovuto sapere che lei sarebbe scesa nel profondo di se stessa e avrebbe trovato la stessa forza che aveva usato per superare il calvario fino a quel momento. Morgan chiuse gli occhi e fece un respiro profondo. Poi un altro.

Arrow si sarebbe seduto più lontano per darle un po' di

spazio, ma lei gli strinse la mano così forte che sapeva avrebbe portato i segni delle sue unghie per un po'.

"Hai ragione. Mi dispiace. È solo che... Tutto questo è così sconvolgente."

"Sì, certo," disse Rex. "Stai andando benissimo. E ancora una volta, siamo così sollevati e felici di averti trovato. Non ti annoierò con le statistiche, ma immagino che tu sappia che in genere le persone che scompaiono per tanto tempo non vengono trovate, e se le trovano non camminano e non parlano, se capisci cosa intendo."

"Sì. Grazie," gli disse Morgan.

Nina si mosse sul letto e cominciò a lamentarsi in preda all'angoscia. Morgan si voltò immediatamente verso di lei e le sfiorò la testa con una mano. "Va tutto bene," le disse tranquillamente. "Sei al sicuro. Torna a dormire, piccola. Sono qui."

Quelle parole funzionarono. Nina si calmò, senza svegliarsi completamente.

"Come sta?" chiese Gray con calma.

"Non ne sono sicura," replicò Morgan.

"Ha avuto una notte difficile," disse Black. "Si è svegliata urlando ogni ora, circa. Niente di quello che abbiamo fatto ha funzionato, e lei era spaventata a morte da noi."

"Il fatto che Morgan sia qui è stato di grande aiuto," aggiunse Ball. "Credo che il fatto che sia una donna stia giocando a suo favore."

"C'è di più, non è solo per questo," disse Arrow. "È Morgan. Ha protetto Nina quando erano insieme in quelle case infernali. Nina sa, nel profondo, che Morgan era l'unica cosa che si frapponeva tra lei e il pericolo estremo. Ci vorrà un po' di tempo perché quella sensazione di vulnerabilità svanisca."

"Il che ci porta a un altro punto," disse Rex. "E il cerchio si chiude in questa conversazione. Dove porteremo Morgan quando tornerete tutti negli Stati Uniti?"

Nessuno disse nulla.

"Mentre parlavamo, ho cercato Ellie Jernigan," disse Meat.

"Mia mamma? Perché? Cosa c'è che non va? Sta bene?" chiese Morgan.

"Sta bene," disse Meat in fretta "Ma non vive più ad Atlanta. Si è trasferita."

"Davvero?" chiese Morgan. "Dove?"

"Albuquerque, New Mexico," la informò Meat. "Sembra che si sia trasferita lì qualche mese dopo il tuo rapimento. Sembra che volesse allontanarsi dalla città, da tuo padre e dalle continue notizie sulla tua scomparsa. Ha chiamato i detective incaricati ogni settimana, però, per sapere quali nuove informazioni potevano avere, se avevano qualche indizio sulla tua scomparsa insomma. Ha detto a un giornalista che era rimasta ad Atlanta solo perché c'eri anche tu. Ha accettato un lavoro da un dentista di Albuquerque e poi ha vissuto una vita tranquilla."

"Wow, non avrei mai pensato che si sarebbe trasferita," disse Morgan.

"Albuquerque non è così lontana da Colorado Springs," disse tranquillamente Arrow. "Sono solo cinque, cinque ore e mezza."

Lei lo fissò, Arrow notò che lei aveva capito esattamente il motivo per cui aveva detto quella cosa. Alla fine, Morgan chiese: "Qualcuno ha detto ai miei genitori che sono viva?"

"Non ancora," rispose Rex.

"Dopo la nostra discussione di oggi, su come uno qualsiasi dei miei amici potrebbe celarsi dietro il mio rapimento, non mi sento molto a mio agio a tornare ad Atlanta," disse Morgan. "Ho la sensazione che mi guarderei sempre alle spalle, chiedendomi se qualcuno mi sta seguendo. Ogni volta che potrei parlare con Lane o con Karen, o con chiunque lavorasse con me, mi chiederei se stanno complottando per farmi tornare qui. Mi piace l'idea di ricominciare da capo, in una nuova città, come Albuquerque. Non ci sono mai stata."

"Fa molto caldo, lì," disse Black con un sorriso.

Morgan ridacchiò, Arrow si sentì sollevato. Era una risatina nervosa, ma si stava sforzando. Era così orgoglioso di lei. "Tua madre sarebbe contraria al fatto di vivere con lei, mentre ti rimetti in sesto?" le chiese.

Lei scosse la testa lentamente. "Non credo proprio. Voglio dire, ha pianto il giorno che sono partita per il college. Anche dopo il diploma, voleva che tornassi a vivere con lei. Le piaceva molto venirmi a trovare, parlavamo per ore delle mie api e dei miei affari. Non riesco a immaginare che ora si opponga al fatto che io mi trasferisca da lei. Soprattutto quando sono praticamente tornata dal regno dei morti."

"La chiamerò e le parlerò," si offrì volontario Gray. "Le dirò tutto quello che posso su come stai e dove sei stata. Poi le chiederò se va bene che tu stia con lei."

"Probabilmente dovrei tornare ad Atlanta, però," disse Morgan. "Almeno per un po'. Devo controllare le mie api e i miei affari. Probabilmente dovrei anche vedere Lane. E mio padre. Ho bisogno di..."

"Ci occuperemo di tutto il lato economico, come possiamo," le disse Rex. "Ovviamente, vorrai vedere tuo padre e i tuoi amici, ma non preoccuparti dei tuoi effetti personali e delle cose legali. Ci occuperemo noi di farti spedire le tue cose in New Mexico. Se qualcosa è stato venduto o regalato, ti faremo avere cose nuove."

Arrow detestò il dolore che riemerse negli occhi di Morgan al pensiero della vendita della sua roba, ma si sforzò abbastanza per ringraziare Rex.

"Grazie. Probabilmente dovrò calcolare le tasse per l'azienda, ma spero solo che le mie api stiano bene."

"Ti aiuterò a trovare nuove api," le disse Arrow. Odiava quegli animaletti. Fin da quando, da piccolo, gli era capitato di seguire un programma televisivo sulle api assassine, non sopportava nessun tipo di api, vespe, calabroni... Persino i bombi gli davano i brividi. Ma per Morgan avrebbe superato la sua avversione.

"Grazie," sussurrò lei, e lo fissò con gratitudine negli occhi. Arrow si stava proprio affezionando a lei, sì.

"Credo che questa conversazione sia finita," disse poi al suo capo. "Morgan è distrutta, è stata una lunga giornata."

"Capito," disse Rex. "Allora, Morgan, un'altra domanda... Ti va bene tornare per un po' a Colorado Springs? Darò un'occhiata a quello che mi hai detto, sono sicuro che avrò altre domande. Una volta che ti incontrerai con la squadra, potremo accompagnarti ad Albuquerque e da tua madre."

"Sì, mi sta bene," disse Morgan. "Ma come pensi di farmi uscire dal paese? Non ho nessun documento d'identità."

"Ho lavorato con Rex e abbiamo tutto sotto controllo," disse Meat. "E se qualcuno te lo chiede... sei stata tu a firmare il modulo per ottenere una copia del tuo passaporto dall'ambasciata americana a Santo Domingo."

Arrow fu sollevato nel vedere un leggero sorriso sul volto di Morgan.

"Capito. Grazie, Meat."

"Non devi ringraziarmi, cara. Basta che ti prenda cura di te stessa e che torni a casa. Non vedo l'ora di conoscerti."

"Lo stesso vale per me," disse lei.

Dopo altri convenevoli, Rex riagganciò. Avevano programmato un volo per il giorno successivo. Sarebbero partiti da Santo Domingo per volare direttamente a Colorado Springs, dove la madre di Nina li avrebbe aspettati. Arrow sapeva che sarebbe stata necessaria una chiacchierata con Morgan su cosa aspettarsi e come comportarsi con la stampa, ma per il momento voleva solo che si rilassasse e che si sentisse finalmente sicura. Al sicuro con lui.

"Ti va di fare un pisolino?" le chiese Arrow.

"Direi proprio di sì," rispose lei.

"Bene. Black e Ball andranno a cercare altre cose, sia per te che per Nina. Altri articoli da toilette, qualche vestito. Va bene qualsiasi cosa o vuoi qualche marca in particolare?"

Arrow aveva parlato brevemente con i suoi compagni di squadra prima di chiamare Rex, avevano concordato non solo di tornare nel quartiere dove lui e Morgan erano stati inseguiti per vedere quali informazioni potessero raccogliere, ma anche di fare la spesa.

"Non è necessario," iniziò Morgan, ma Black la interruppe.

"Non sono un fanatico delle spese," le disse. "Già è tanto se vado al negozio di alimentari del mio paese, una volta ogni due settimane. Preferisco molto di più fare shopping online, ma per te andrò volentieri al negozio per prendere quello che ti serve per sentirti meglio. Lascia che lo facciamo per te, Morgan. Lascia che ti aiutiamo."

"Beh, cavolo, se la metti così, come posso rifiutare?" scherzò lei.

"Non puoi" disse Black. "Ma non ti ci abituare. Posso garantire che quando torneremo a Colorado Springs, Allye e Chloe ti aiuteranno a fare acquisti."

"Sono le fidanzate di Gray e Ro, giusto?" chiese lei.

"Sì," le disse Arrow. "E sono incredibili e toste proprio come te."

Arrow adorò il lieve rossore sulle guance della donna.

"Non vedo l'ora di incontrarle," disse Morgan con calma. "È passato molto tempo dall'ultima volta che ho avuto la compagnia di una donna."

"C'è qualcosa di specifico che vuoi, mentre siamo fuori?" chiese Ball.

Morgan scosse immediatamente la testa. "No, è passato così tanto tempo dall'ultima volta che ho indossato qualcosa di diverso da questo," disse indicando la maglietta e i jeans a brandelli che indossava, "che qualsiasi cosa sarebbe il paradiso. Ma... Nina è ossessionata da Elsa, dal film Frozen. Abbiamo parlato di lei qualche volta, di quanto sarebbe stato bello far apparire una tempesta di neve nella stanza soffocante in cui eravamo prigioniere." Sorrise. "Se riuscite a trovare qualcosa di simile a quel film, potrebbe essere molto utile per far sì che lei si fidi un po' di più di voi."

"Consideralo fatto," disse Black. "Odio vedere quello sguardo di terrore negli occhi di qualsiasi bambino, specialmente quando tutto quello che vogliamo fare è aiutare."

Detto ciò, i due uomini fecero un cenno e uscirono dalla porta della suite, lasciando Morgan e Arrow da soli, con Nina addormentata.

CAPITOLO OTTO

MORGAN SI SVEGLIÒ un paio d'ore dopo, momentaneamente confusa e spaventata. In realtà aveva freddo, il che era insolito, quello era il primo indizio che non era più prigioniera.

Aprì gli occhi...

E subito si gettò a sinistra, lontano dall'uomo che le stava sopra.

"Merda, Morgan. Mi dispiace! Sono io. Arrow. Tranquilla. Cazzo!"

Arrow. Morgan sbatté le palpebre e si sedette lentamente sul letto. Nina non era più accanto a lei, lei e Arrow erano soli nella stanza.

"Sei sveglia? Mi dispiace tanto, bella. Pensavo avessi sentito Nina svegliarsi e scendere dal letto. È nell'altra stanza con Ball e Black... È un enorme passo avanti per lei. Hanno trovato un DVD del film Frozen, oltre ad alcuni giocattoli. Al momento è nel paradiso delle bambine, a guardare il film e a giocare con i pupazzetti."

Morgan apprezzò il fatto che Arrow avesse parlato per darle il tempo di riprendersi. "Non l'ho sentita andare via," disse poi, sbalordita. "Non posso crederci. Quando eravamo in quella casa, se si muoveva anche solo di un centimetro accanto a me, mi svegliavo subito. Non potevo correre il rischio che uno degli uomini decidesse di volere lei al mio posto."

Arrow si sedette lentamente sul bordo del materasso, lasciandole molto spazio. "Credo che una parte di voi sappia che siete entrambe al sicuro, qui. Black e Ball non farebbero mai del male a lei, o a te, o a qualsiasi persona sotto la loro custodia."

"Lo so. È solo che..." La voce di Morgan si spezzò.

"Rex lavora con una terapista specializzata in crimini contro le donne. Penso che ti farebbe molto bene parlare con lei."

Morgan voleva protestare immediatamente. Voleva dire ad Arrow che stava bene e che non aveva bisogno di parlare con nessuno di quello che le era successo. Ma sapeva che si stava prendendo in giro da sola. Aveva passato l'inferno. E se mai avesse voluto una vita normale, avrebbe dovuto purgare l'odio e la paura nel suo cuore. Per i suoi rapitori, per chi c'era dietro il suo rapimento, e persino per se stessa. Voleva essere orgogliosa di essere sopravvissuta. Ma in quel momento tutto ciò che riusciva a provare era il disgusto.

Odiava aver fatto quello che aveva fatto. Odiava aver smesso di combattere contro i suoi rapitori. Era più facile, e meno doloroso, cedere e lasciare che si prendessero quello che volevano, piuttosto che combattere.

Se parlare con qualcuno l'avrebbe convinta di aver fatto quello che doveva fare per sopravvivere, e le avrebbe permesso un giorno di godersi di nuovo il sesso e addirittura una relazione con un uomo, sarebbe andata in terapia.

Sbirciando Arrow di sottecchi, Morgan sospettò che lui fosse una parte importante del motivo per cui lei voleva sentirsi di nuovo normale. Tutto ciò che lo riguardava le piaceva. La sua altezza. I suoi muscoli. La barbetta incolta sulle guance. Il fatto che avesse ammesso liberamente di essere claustrofobico. Il modo in cui la teneva stretta quando ne aveva bisogno e le volte in cui si teneva anche a distanza. Era incredibilmente perspicace quando si trattava di lei, e il modo in cui metteva i suoi bisogni così facilmente e liberamente al primo posto era una sensazione inebriante. A nessuno era mai importato di lei, da molto tempo.

La paura di provare quei sentimenti per Arrow semplicemente perché era stato lui a salvarla era l'unica barriera che le impediva di gettarsi tra le sue braccia. Lei voleva farlo, però; oh sì, come voleva farlo. Non si era mai sentita così al sicuro come quando si rannicchiava tra quelle braccia possenti.

"Ok," gli disse dopo troppi minuti. "Non mi sento completamente a mio agio a parlare di quello che mi è successo, ma non voglio che questo mi abbatta. Non voglio essere una senzatetto, una donna pazza, tra dieci anni, ancora alle prese con il mio rapimento."

"Cosa vuoi?" chiese seriamente Arrow.

"Voglio avere una famiglia. Una bambina a cui insegnare a difendersi e ad essere empatica con chiunque sia diverso da lei. Voglio un figlio a cui insegnare a essere altruista e protettivo."

"E un marito?" chiese Arrow.

"Anche quello," sussurrò Morgan, senza mai abbassare gli occhi. "Voglio qualcuno di cui potermi fidare per aiutarmi con i bambini e con le faccende domestiche." Voglio sposare il mio migliore amico, che mi faccia ridere anche quando le cose vanno male. Voglio ballare un lento nella mia cucina a mezzanotte, semplicemente perché possiamo. Voglio vivere, Arrow. Qualcuno ha cercato di togliermi questa opportunità, e mi rifiuto di lasciarglielo fare."

Arrow non ha disse nulla per un lungo momento, ma poté vedere chiaramente il desiderio e l'orgoglio riflessi negli occhi di Morgan, mentre la fissava. "Avrai la tua famiglia," le disse.

"Non riesco a immaginare che qualcuno o qualcosa si metta in mezzo a quello che vuoi."

"Grazie," sussurrò lei, sentendosi ubriaca, mentre si perdeva in quei profondi occhi scuri. Era passato molto tempo, da quando non provava altro che disgusto, in presenza di un uomo. Non era pronta per nessun tipo di relazione, ma non poteva negare che le piacesse quello che vedeva, quando guardava Arrow.

Schiarendosi la gola, le disse: "Sono venuto qui per vedere se volevi provare a toglierti quei brutti nodi dai capelli. I ragazzi hanno trovato del balsamo." Le mostrò una bottiglietta bianca.

Morgan si toccò i capelli con attenzione. Sapeva quanto fossero brutti, li aveva visti allo specchio. Non voleva tagliarli, ma temeva che fosse inevitabile.

"Certo, ma non so se servirà a molto," gli disse onestamente.

Arrow si alzò e le porse una mano. "Ma noi possiamo provarci."

Le piacque quella frase. *Noi.*

Morgan gli porse una mano e si lasciò aiutare per alzarsi. Mentre camminavano verso il bagno mano nella mano, Arrow le disse: "Oh, e i ragazzi hanno comprato dei vestiti per te e per Nina mentre erano fuori. Non posso garantire che siano vestiti all'ultimo grido, ma penso siano meglio di quelli che hai ora."

Morgan si fermò, Arrow si voltò per vedere quale fosse il problema.

"Mi hanno preso dei vestiti?"

"Sì. Dei jeans. Un paio di tute. Un pigiama per dormire. Mutandine e un reggiseno sportivo. E qualche camicetta per farti decidere cosa ti piace di più. Hanno preso a Nina le stesse cose... compresa una camicia da notte con sopra Elsa di Frozen." Sorrideva come un bimbo.

Morgan sentì le lacrime sgorgarle dagli occhi. Provò a frenarle, cercando di ottenere il controllo delle sue emozioni.

"Va tutto bene," disse Arrow, calmo. "So che sembra molto."

"No," rispose Morgan senza aprire gli occhi. "È *tutto*. Sono mesi che nessuno fa niente di carino per me. Niente che non avesse dei vincoli, ecco tutto."

Lei sentì le dita di Arrow sfiorarle una guancia in una delicata carezza, prima che lui le tirasse la mano, esortandola a camminare ancora una volta verso il bagno. "Abituati, bella," le disse. "Trovo che fare cose belle per te potrebbe essere la mia nuova missione nella vita."

Morgan rise. In qualche modo, il pensiero che Arrow facesse delle cose per lei non la metteva a disagio, come a volte succedeva in passato quando degli uomini facevano di tutto per cercare di impressionarla. Forse era stato il tempo trascorso in cattività a farle apprezzare di più le piccole cose.

Arrow prese il secchiello del ghiaccio mentre entrava in bagno. Morgan era lì in piedi e si sentiva a disagio, mentre osservava Arrow mettere il flacone del balsamo sul bordo della vasca da bagno, per poi mettersi le mani sui fianchi e studiare la stanza. Si voltò verso di lei e fece un gesto verso la vasca. "Siediti lì dentro. Mi siederò sul bordo e lavorerò sui tuoi capelli."

"Ehm... Non sono sicura..." Morgan non sapeva come dirgli che non c'era modo di farla stare nuda con lui lì dentro, nonostante l'incidente della vasca da bagno della notte precedente.

Sorprendentemente, Arrow arrossì. "Non volevo dire che dovresti spogliarti. Ho pensato che dopo che avremo finito, puoi buttare via quella camicia e quei jeans. Puoi tenerli addosso mentre lavoro sui tuoi capelli. Magari dopo ti andrà di farti una doccia, io andrò a prendere le cose che i ragazzi hanno comprato per te oggi."

"Sì, dovrebbe funzionare," disse lei con sollievo.

Arrow fece un passo verso di lei e Morgan si costrinse a non fare un passo indietro.

"Non farei mai niente di proposito per metterti a disagio, Morgan. So che è difficile per te. E onestamente è difficile anche per me. Di solito non sono un uomo gentile. Impreco troppo, dico e faccio stronzate che non sono accettabili nella società civile. Non mi interessa molto la moda. Ma farò tutto il possibile per rendere il ritorno alla tua vecchia vita il più facile possibile."

"Non sono sicura di voler tornare alla mia vecchia vita," squittì Morgan.

Invece di sembrare scioccato o preoccupato, Arrow si limitò ad annuire. "Non sono sorpreso. Sei una persona completamente diversa da quella che eri un anno fa. E non è una cosa negativa. Hai passato momenti di merda che pochissime persone passano, e sei emersa dall'altra parte. Una Morgan Byrd diversa."

"Mi sento già in colpa," ammise lei.

"Non farlo," rispose subito Arrow. "Tu sei quello che sei. Se i tuoi vecchi amici non ti staranno vicino, allora ne troverai di nuovi che sapranno farlo. Non devi dimostrare il tuo valore a nessuno, non devi rispondere a nessuno se non a te stessa."

"Grazie," sussurrò Morgan.

"Prego. Ora, andiamo." Le allungò una mano. "Diamoci da fare."

Morgan permise ad Arrow di aiutarla a fare un passo sopra il bordo della vasca, poi si sedette a gambe incrociate con la schiena rivolta verso di lui. Lo sentì sistemarsi dietro di lei, con le gambe che le sfioravano le spalle.

"Ti bagnerai," la avvertì.

"Sì," disse lei.

Arrow si avvicinò e aprì l'acqua, aspettando che si scaldasse prima di riempire il secchiello del ghiaccio che aveva messo a portata di mano. "Chiudi gli occhi e inclina la testa all'indietro," le disse.

Morgan obbedì e sospirò soddisfatta mentre l'acqua calda le cadeva sulla testa. Le colò anche sulla fronte, sul viso e sulla camicia che indossava, ma non le importava. In pochi istanti, i suoi capelli erano fradici, sentì Arrow stappare il flacone del balsamo. La crema era fredda contro il cuoio capelluto ormai caldo, ma fu stupita di quanto Arrow fosse paziente e gentile mentre le massaggiava i capelli.

"Sei bravo," osservò lei dopo alcuni minuti.

"Ho fatto un po' di pratica."

Morgan si irrigidì. Oh, *merda*. Non gli aveva nemmeno chiesto se fosse sposato, con figli o altro. Era attratta da un uomo sposato? Aveva interpretato male i segnali che lui le mandava? E se sì, perché si comportava come se gli piacesse? La considerava più di una ragazza che stava salvando?

Prima che potesse spaventarsi ancora di più, lui disse: "Mia sorella ha sette anni meno di me. Era proprio un maschiaccio. Si rotolava continuamente nella sporcizia e nel fango. Mio padre è morto quando ero giovane, mamma lavorava molto per sbarcare il lunario, quindi toccava a me mettere Kandi a letto la maggior parte delle sere, questo significava aiutarla a fare il bagno e a togliersi tutto lo sporco dai capelli."

Morgan si rilassò un po'. Poi girò la testa per poterlo guardare mentre gli chiedeva: "Tua sorella si chiama Kandi?"

Arrow sorrise. "Sì, non ho idea di cosa pensasse mia madre. A scuola è stata presa in giro senza pietà, per questo. Ora voltati, sto ancora lavorando."

Facendo come ordinato, Morgan non poté trattenere una risatina. "I ragazzi sono brutali, ma con un nome come Kandi Kane, non mi sorprende."

"Non sentirti troppo dispiaciuta per lei," le disse Arrow. "Le ho insegnato a difendersi."

"Scommetto che l'hai fatto, certo." Di nuovo, Morgan si sentì triste.

"Cosa?" le chiese Arrow, perspicace come al solito.

"Ho sempre desiderato avere un fratello," gli disse.

"Kandi è una spina nel fianco," le disse Arrow. "Puoi averla."

Morgan ridacchiò di nuovo. Sentiva molto affetto nella voce di quell'uomo quando parlava di sua sorella. "Vive a Colorado Springs?"

"No, grazie a Dio. Diventerei pazzo a preoccuparmi per lei continuamente. Vive in Michigan con mia madre. Esce con lo stesso ragazzo da anni, io continuo a minacciarla di andare lassù a prenderlo a calci in culo se non si sbriga a chiederle di sposarla."

"Ti piace?"

"Sì. È un ragazzo fantastico. Dà una mano a mia madre perché io non posso esserci. Le mando dei soldi, ma questo non aiuta, quando deve montare i paraventi in estate o farsi tagliare l'erba. Odio non essere presente per lei."

"Scommetto che è orgogliosa di te," disse Morgan.

"Sì. Sono entrato nei marine subito dopo il liceo. So che non voleva che lo facessi, ma non me l'ha mai detto. Mi ha sempre sostenuto in qualsiasi cosa volessi fare. Mi sono laureato quando sono stato arruolato, lei mi ha incoraggiato ad ogni passo del cammino."

"I miei genitori mi vogliono bene, ma non così," disse Morgan.

"Che cosa intendi dire?"

Lei chiuse gli occhi mentre Arrow continuava ad accarezzarle il cuoio capelluto, facendo del suo meglio per sciogliere i nodi ostinati dai capelli. "È solo che per tutta la vita sono stato un pomo della discordia tra loro. Cercano sempre di usarmi...una contro l'altro. Mio padre ha un sacco di soldi, e non ha mai esitato a usarli per far sentire mia madre in colpa, perché non riusciva a farmi avere le cose che mi prendeva lui. Le vacanze erano la parte peggiore. Voglio dire, mi piaceva il fatto che papà mi comprasse giocattoli, vestiti e cose del genere, ma sapevo che li comprava solo per irritare mia madre. Mamma non ha mai perso un'occasione per lamentarsi di papà. Si lamentava di qualsiasi donna con cui usciva e la chiamava sgualdrina, mi diceva in faccia che papà non mi amava davvero, che mi dava roba solo per comprarmi. Era... dura."

"Cazzo, bella. Mi dispiace. Che schifo."

Lei scrollò le spalle. "Sì. Ma alla fine hanno smesso di comportarsi come bambini di tre anni, e le cose sono migliorate. Mio padre ha iniziato a darmi dei soldi per i compleanni e le vacanze, così non avrei dovuto cercare di nascondere a mia madre regali stravaganti. E lei ha imparato a tenere per sé i suoi risentimenti per lui."

"Sono contento che la faccenda sia migliorata. Non sopporto di sentir parlare di bambini che si trovano in mezzo a battibecchi tra adulti."

"Come Nina," osservò Morgan.

"Esattamente."

"Non posso credere che suo padre l'abbia rapita."

"Succede spesso. Sono solo contento che siamo riusciti a risolvere il caso in fretta e a venire a prenderla."

"Anch'io," sussurrò Morgan.

Sentì Arrow avvicinarsi, fu sorpresa nel sentire le labbra di lui sulla guancia. Non disse nulla, continuò semplicemente a lavorare sui suoi capelli, ma Morgan sapeva che stava arrossendo.

"Posso chiederti una cosa?" sbottò, determinata a togliersi ogni dubbio.

"Certo. Qualsiasi cosa."

"Sei sposato? O ti vedi con qualcuna?"

Voleva dirgli di più. Che cominciava a piacerle, che se lui

le avesse detto che non era disponibile o che non voleva più avere niente a che fare con lei, sarebbe stato meglio allontanarsi in quel momento, non dopo.

"Guardami," le ordinò Arrow.

Lei non voleva, ma si irrigidì e si voltò per poterlo guardare negli occhi.

"Non sono sposato e non mi vedo con nessuna. Non ho un vero appuntamento da anni, ed è da tanto tempo che non sto con una donna. Non ho mai provato per qualcuna quello che provo per te, Morgan. E no, non posso dirti di cosa si tratta, perché non l'ho ancora capito io stesso. Ma so che voglio vederti, quando torneremo negli Stati Uniti... E non per assicurarmi che tu stia bene. Voglio dire, sì, certo, ma è più... merda, sto rovinando tutto," disse agitato, poi abbassò le spalle e distolse lo sguardo da lei.

"Non è vero," rispose Morgan, sentendosi dieci chili più leggera. "Non sono sicura di fare molto meglio. Alterno l'essere spaventata a morte a l'essere incazzata con il mondo per quello che mi è successo. Ma...quando sono con te, le cose non sembrano così spaventose. Mi fido di te più di quanto non mi sia mai fidata di qualcuno nella mia vita, non credo che sia perché sei stato tu a salvarmi. Voglio dire, mi fido di Black e Ball, ma non come mi fido di te. Ha senso?"

"Sì, bella, è così." Arrow le sostenne il collo mentre lo guardava. "Abbiamo una strada dissestata davanti a noi," la avvertì. "Tra la tua salute mentale e il tentativo di risolvere il mistero di chi ti ha fatto questo... il mio lavoro, e il fatto che vivremo in due città diverse... tante cose ci remano contro."

Morgan annuì, non sapendo cosa dire. Stava cercando di deluderla gentilmente? Voleva avvertirla che non avrebbe funzionato tra loro, farle perdere le speranze? Non era sicura. Non aiutava certo il fatto che fosse passato un anno intero, da quando aveva dovuto affrontare qualsiasi tipo di problema di coppia.

"Ma nonostante tutto questo," continuò Arrow, "voglio provarci. Perché vedo in te qualcosa che non ho visto in nessun'altra donna che ho incontrato. Sì, mi sento protettivo nei tuoi confronti. Sì, mi rendo conto che parte di ciò che provo è dovuta alla nostra situazione. Ma, onestamente, penso che sia qualcosa di più. Voglio che continui a fidarti di me. Non importa cosa vuoi fare. Raccogliere il miele dalle api o sferruzzare calze a maglia in casa tua... io sarò lì, a sostenerti e a fare il tifo per te. Che sia come amico o altro, si vedrà. Ma spero che ci sarai anche tu, per me."

"Ho paura di non essere all'altezza delle tue aspettative," ammise Morgan a bassa voce.

"Ma smettila. Le hai già superate, bella. L'unica cosa che devi fare è essere te stessa. Troveremo una soluzione a tutto il resto."

Morgan annuì, poi si leccò le labbra e chiese: "Pensi che ci stiamo muovendo troppo velocemente? Voglio dire, ci conosciamo solo da due giorni. Forse è la situazione. Le cose potrebbero essere diverse, quando torniamo a casa."

"È possibile," ammise Arrow. "Ma non credo. Nel caso tu stia pensando che questo sia una sorta di complesso del protettore che ho o che mi senta responsabile per te perché ti ho salvato, ripensaci. Non riesco nemmeno a contare il numero di donne che ho salvato. Per loro non ho provato nemmeno una briciola di quello che provo per te. Va bene?"

"Ok."

Si chinò e le baciò la fronte, prima di dire: "So che dobbiamo rallentare. Che ci vorrà un po' prima che uno di noi due sia a suo agio con qualsiasi tipo di intimità seria. Dormire l'uno accanto all'altra è una cosa, ma fare l'amore è qualcosa di completamente diverso. Ti darò tutto il tempo che ti serve, ma sappi che, alla fine, questo è il tipo di rapporto che spero di avere con te."

"Non puoi saperlo."

"Lo voglio. Non sto dicendo che le cose tra noi non cambieranno. Potremmo tornare a casa e decidere che è meglio essere amici, piuttosto che amanti. O che semplicemente non siamo compatibili. Oppure potresti dare un'occhiata alla mia bella casa e decidere che non vuoi avere niente a che fare con me. Oppure Kandi potrebbe raccontarti una storia di troppo sugli orrori della mia infanzia, e tu correrai via urlando." Sorrise, per farle sapere che stava scherzando. "Ma il punto è che ci voglio provare."

"Anch'io," disse lei. "Ma credo di essere io quella con più zavorra di te. E se non scoprissimo mai chi mi ha fatto questo? Dovrò passare il resto della vita a guardarmi alle spalle, chiedendomi se non aspettino solo di saltar fuori. E i miei genitori non sono esattamente i vincitori del premio madre e padre dell'anno."

"Scopriremo chi ti ha catturata," rispose Arrow. "Se non ci riusciremo, amen. Sarò lì a proteggerti. E gestirò i tuoi genitori."

Si fissarono per un attimo, prima che lei chiedesse: "Allora... stiamo insieme, ora?"

Lui ridacchiò. "Non sentivo quest'espressione dai tempi delle medie. Tirerò fuori l'anello e la giacca della classe del liceo e te li darò, così tutti sapranno tutti che sei mia."

"Grazie," sussurrò Morgan. "In qualche modo parlare con te mi rilassa sempre... Mi fai sentire quasi normale."

"Questo perché *sei* normale," le disse Arrow. "Costruiremo la nostra normalità insieme."

"Mi piacerebbe," gli disse.

"Bene. Ora voltati e lasciami continuare a lavorare. Ho quasi finito questa sezione. Non era così male come pensavo."

Ci vollero altri quarantacinque minuti, Morgan stava tremando sul fondo della vasca, ma Arrow ce l'aveva fatta. I capelli erano finalmente liberi da nodi e tutto il resto, le cadevano liberamente sulla schiena.

"Fatti una doccia, bella. Vado a prendere i tuoi vestiti. Ti sentirai come una persona nuova di zecca, quando uscirai di qui."

Le mise una mano sopra la testa e uscì dal bagno.

"Lo sono già," disse Morgan sommessamente, quando Arrow era già uscito.

Si tolse camicia e jeans, rimase in piedi sotto il getto caldo della doccia per almeno dieci minuti prima di insaponarsi, sciacquarsi e chiudere l'acqua. Una pila di vestiti nuovi l'aspettava sul bordo del lavandino, lei li fissò a lungo prima di asciugarsi e di indossarli.

Si fissò allo specchio. Sembrava proprio come si ricordava. Un po' più magra, forse, ma altrimenti nessuno sarebbe stato in grado di dire cosa aveva passato, osservandola. Sembrava una benedizione e una maledizione, perché sapeva di essere fondamentalmente cambiata dal suo anno a Santo Domingo.

"Un giorno alla volta", sussurrò a se stessa, prima di aprire la porta per raggiungere agli altri.

CAPITOLO NOVE

Lasciare Santo Domingo fu sorprendentemente facile. L'aereo privato che Rex aveva predisposto per loro li attendeva all'aeroporto. Morgan era in mezzo tra Nina e Arrow, tenendo entrambi per mano.

La bimba non si fidava ancora del tutto dei grandi, ma i giocattoli, i vestiti e il film di Frozen le avevano fatto fare enormi passi avanti. Inoltre, la vicinanza di Morgan era un altro grande aiuto.

Arrow le aveva detto che Black e Ball non avevano trovato nulla di utile, quando erano tornati di nascosto nella casa dove avevano trovato lei e Nina. La casa era stata saccheggiata e praticamente distrutta dall'interno. Tutto sommato, era stato un vicolo cieco abbastanza frustrante.

Atterrarono al piccolo aeroporto di Colorado Springs dopo diverse ore di volo. Arrow teneva sempre d'occhio la sua bella per assicurarsi che stesse bene.

Appena atterrati, a Black squillò il cellulare. Lui rispose, Arrow lesse l'espressione sul volto dell'amico. Era inconfondibile: la persona all'altro capo della linea gli stava dicendo qualcosa che non gli piaceva.

Black terminò la comunicazione e senza battere ciglio disse: "Era Rex. Morgan, lui ha chiamato e informato tuo padre della tua situazione... Ed è qui."

"Rex?" chiese Morgan, inclinando la testa di lato, confusa.

"No. Tuo padre."

Arrow aveva appoggiato la mano sulla schiena di Morgan mentre stavano in piedi nel corridoio dell'aereo, in attesa di scendere. La sentì tremare, ma quando lei parlò, la voce risuonò forte e ferma.

"Sul serio?"

"Sì."

"E mia madre? Ti prego, dimmi che non c'è anche lei. Sarebbe un casino...averli entrambi nello stesso posto, nello stesso momento."

Black ridacchiò. "No, per quanto ne so, non è qui in questo momento. Anche se Rex l'ha chiamata e l'ha informata su di te."

Morgan annuì e si voltò verso Arrow. "Mio padre è qui," gli sussurrò.

"Ti va bene?"

Lei annuì lentamente. "Sì."

"Non mi sembri convinta," osservò lui.

"È solo che..." Si interruppe, la voce si abbassò. "Non riesco a spiegare come mi sento."

"Emozionata di vederlo. Sei in trepidazione perché è passato tanto tempo. Sei nervosa per quello che gli stai per dire," indovinò Arrow.

Morgan accennò un lieve sorriso. "Sì. Esatto."

"Ti è permesso di sentire tutto questo, e molto di più. Non pensare che ci sia un modo corretto o scorretto di agire e sentire. Ne hai passate tante, nell'ultimo anno. Sei cambiata. Probabilmente è cambiato anche lui."

"Voi, ragazzi... resterete nelle vicinanze? Vedere qualcuno che conoscevo prima mi rende nervoso. Voglio dire, è mio padre. Non tirerà fuori un coltello per sgozzarmi nel bel mezzo di un aeroporto pubblico, ma..." Ancora una volta, le morirono le parole in gola.

"Certo che saremo nelle vicinanze," disse Ball.

Nello stesso momento, Black esclamò: "Dannazione, certo che lo saremo!"

Arrow si chinò e le baciò una tempia. "Sarò proprio qui al tuo fianco, bella."

"Grazie," disse lei, Arrow si sentì meglio quando Morgan si appoggiò leggermente a lui. "Non credo che ci sia mio padre dietro al mio rapimento, ma non riesco a scrollarmi di dosso la sensazione che debba essere qualcuno che conoscevo bene."

"Shhh" la calmò Arrow. "Non pensarci, adesso. Rilassati e goditi casa. Io e la mia squadra vi copriremo le spalle. Non ti succederà nulla. Ok?"

"Ok," disse lei.

"Un'altra cosa," disse Black, guardando più Arrow che la donna. "La stampa è qui. Immagino che tuo padre li abbia chiamati dopo aver saputo che ti avevano trovato e che stavi tornando a casa."

Istintivamente, Morgan si passò una mano tra i capelli. "Oh, merda."

"Stai bene così," le disse Arrow. "Rilassati."

"Io non... non posso..."

"Puoi," la interruppe Arrow. "Puoi fare quel cazzo che vuoi. Basta ignorarli. Rex sta probabilmente organizzando una conferenza stampa in questo momento, dove tutte le loro domande avranno una risposta. Tutto quello che devi fare è essere te stessa."

"E se non sapessi più chi sono?" sbottò Morgan.

"Un minuto alla volta, bella," le disse Arrow. "Un minuto alla volta."

Lei annuì e fece un respiro profondo.

"Possiamo andare, ora? Voglio vedere la mamma," disse Nina, stringendosi attorno ad Arrow e stringendo la mano di Morgan.

"Quasi," le disse Ball. "Tua madre è qui e non vede l'ora di abbracciarti."

Il sorriso che illuminò il viso della bimba era un vero e proprio spettacolo. Ecco perché Arrow e gli altri svolgevano quel lavoro. Le riunioni permettevano di superare i punti critici e oscuri delle loro missioni. Ma vedere la gioia e il sollievo sui volti dei propri cari era più prezioso di quanto si potesse spiegare.

Dopo alcuni minuti, scesero tutti dall'aereo. Salirono su una navetta che li condusse al terminal. Appena varcata la porta, una donna gridò qualcosa, Nina si staccò subito dalla mano di Morgan e corse verso quella voce.

Arrow sorrise, mentre Nina veniva presa e quasi soffocata nel seno di una grande donna che singhiozzava in modo incontrollabile.

Poi sentirono un uomo dire: "Morgan?"

Lei si bloccò di colpo, Arrow non voleva altro che prenderla tra le braccia e proteggerla dall'angoscia emotiva che ovviamente provava in quel momento.

Ma lei, da donna forte com'era, si raddrizzò subito e camminò verso l'uomo che aveva pronunciato il suo nome.

Era un po' più basso della media, anche se Arrow sapeva che aveva solo 51 anni, sembrava molto più vecchio. Il viso era pieno di rughe di preoccupazione e i capelli erano quasi completamente bianchi. Aveva visto le foto di quell'uomo risalenti ad alcuni anni prima, quando aveva i capelli di un bel castano scuro. Lo stress per la scomparsa della figlia non aveva giovato al suo aspetto.

Ma furono il sollievo e l'amore negli occhi dell'uomo a far rilassare un po' Arrow.

Aveva guardato negli occhi molti assassini, era quasi

sicuro che il padre di Morgan fosse innocente. Naturalmente aveva anche avuto molto tempo per studiarsi il ruolo di genitore addolorato, poteva essere un ottimo attore. Riflettendo in questo modo, Arrow era ben deciso di tenere d'occhio il padre della donna.

"Papà," gli disse Morgan, mentre si avvicinava a lui.

Si abbracciarono, Arrow vide cadere una lacrima sul viso del signor Byrd, mentre abbracciava la figlia.

"Non mi sono mai arreso," le disse con dolcezza. "Pregavo ogni notte che tu fossi là fuori, da qualche parte, pregavo di trovarti."

"Grazie," gli disse Morgan.

"Non devi ringraziarmi," la rimproverò gentilmente. "Sono tuo padre. Aprirei il cielo per te."

"Ho sentito dire che l'hai fatto," scherzò Morgan, mentre si tirava indietro.

Il signor Byrd le passò una mano tra i capelli e la fissò con attenzione. "Stai bene? Non ho sentito tutti i dettagli su quello che ti è successo. So solo che ti hanno trovata a Santo Domingo. Come ci sei arrivata? Ti hanno fatto del male?"

Nel secondo in cui Morgan ebbe un piccolo cedimento, Arrow intervenne. Le tenne la schiena e la accarezzò delicatamente con il pollice. "Ci sarà tempo per le domande più tardi," disse a Carl Byrd. "Che ne dice di andarcene da qui? I giornalisti stanno aspettando fuori dalla porta, l'ultima cosa di cui Morgan ha bisogno ora è avere a che fare con loro, in questo momento."

"Certo," disse il padre di Morgan. "Sono così felice di vederti," disse poi alla figlia con un sorriso. "Lascia a me la stampa. Sono diventato piuttosto bravo a trattare con loro, nell'ultimo anno. Ci incontriamo di nuovo al Broadmoor, giusto? Ho prenotato una suite, quindi avremo tutto il tempo per la nostra chiacchierata, e tu avrai una stanza tutta per te."

Arrow vide Morgan deglutire rumorosamente, poi lei si

voltò a guardarlo con occhi imploranti. Era pazzesco come riuscisse a leggerla così facilmente, dopo un periodo di tempo così breve, ma sapeva, senza che lei gli dicesse una parola, che non voleva proprio passare la notte in una stanza d'albergo con suo padre, figuriamoci poi dirgli del suo calvario.

"In realtà, signor Byrd, per il momento ha bisogno di stare con me. Ci sono alcuni dettagli sul suo salvataggio che devono essere discussi ulteriormente."

"Sicuramente potete farlo domani? Ne ha passate tante, ora ha bisogno della sua famiglia," disse Carl, con una certa rabbia.

"Io sono qui, e posso prendere decisioni per me stessa," disse Morgan con fermezza. "Papà, ti voglio bene e ti sono più grata per non esserti arreso. Ma è successo tutto così in fretta, ci sono dettagli che devo discutere con Arrow e con la sua squadra, stasera. Ci vediamo domani e decideremo cosa dire alla stampa, ok?"

La spacconeria svanì istantaneamente dagli occhi di Carl. "Ok, piccola. Qualunque cosa tu voglia fare."

"Grazie, papà," gli disse, poi lo abbracciò forte.

Carl si schiarì la gola mentre si tirava indietro. "Abbiamo bisogno di un diversivo. Andrò là fuori," disse indicando le porte che conducevano alla parte pubblica dell'aeroporto, "e mi occuperò della stampa. Ti va di... magari chiamarmi, più tardi?"

"Certo, papà."

"Ti voglio bene, piccola. Speravo di rivederti, ma non ero sicuro che ne avrei mai avuto la possibilità."

"Sono qui e starò bene," gli disse Morgan.

Annuendo e serrando le labbra, Carl si strinse nel cappotto e marciò verso le doppie porte per affrontare gli implacabili giornalisti. Nina e sua madre erano state scortate via mentre Morgan parlava con il padre. Arrow sapeva che Rex avrebbe seguito la madre, per assicurarsi che Nina stesse bene. Molto probabilmente, aveva già organizzato per Nina un incontro con il miglior psicologo infantile della città.

"Pronta ad andare?" chiese Arrow a Morgan.

"Sì."

"Non mi hai chiesto dove dobbiamo andare," osservò lui.

Morgan scrollò le spalle. "Non importa. Mi fido di te."

Ecco. Era proprio quella la ragione per cui Arrow stava perdendo la testa per Morgan Byrd. Lei non poteva neanche immaginare quanto significassero le sue parole.

Arrow prese la mano di Morgan e la strinse forte. Poi seguirono Black e Ball, andando nella direzione opposta rispetto a quella presa da Carl Byrd.

Morgan era esausta. Non aveva dormito sull'aereo, il ricongiungimento emotivo con suo padre non aveva fatto altro che prosciugare ulteriormente le sue energie. Non le importava dove Arrow la stesse portando, bastava che ci fosse anche lui.

Quando il padre le aveva suggerito di stare con lui nella suite dell'emblematico hotel Broadmoor, era andata nel panico. Non era pronta a separarsi da Arrow. Non era pronta a parlare di quello che le era successo, di certo non con suo padre. La sincera reazione di suo padre al vederla le aveva fatto credere che non era stato lui a farla rapire, ma aveva la sensazione che, chiunque fosse stato, la conosceva bene. Il che la rendeva riluttante ad avvicinarsi a chiunque la conoscesse.

Per fortuna, Arrow era intervenuto in suo aiuto. Non sapeva se avessero davvero bisogno di parlare del suo salvataggio o del periodo in cui era stata prigioniera, ma a quel punto non le importava.

Uscirono dall'aeroporto senza essere visti, grazie al padre, che aveva distratto i media che la aspettavano, ed entrarono in una lunga limousine nera.

"Allora, dove andiamo?" chiese Morgan, una volta seduta e con la macchina in movimento.

Black e Ball erano saltati nella limousine con loro. Per una persona che era stata terrorizzata e maltrattata da uomini nell'ultimo anno, Morgan si sentiva sorprendentemente a suo agio con i Mercenari di Montagna.

"A casa di Gray," disse Black.

"Merda," sospirò Arrow.

Morgan lo guardò preoccupata. "Cosa? È un male?"

"No, per niente" la calmò. "Ma immagino che ci saranno anche Allye e Chloe."

"Anche Ro e Meat," aggiunse Ball.

"Non è una buona idea," borbottò Arrow.

"Perché?" chiese Morgan, torcendosi le mani.

Arrow se ne accorse subito, naturalmente, e le prese una mano, stringendola delicatamente. "Non sono sicuro che ti debba preoccupare di conoscere tutti appena tornata negli Stati Uniti. Tutto qui."

"A quanto pare, Allye spera che Morgan si fermi per la notte," proseguì Black.

"Ma che cazzo?" chiese Arrow. "Ha bisogno di rilassarsi e di acclimatarsi. Non deve preoccuparsi di essere un'ospite, di essere educata e stronzate del genere."

"Di nuovo, sono qui anch'io," disse Morgan in modo buffo. "Nell'ultimo anno ho avuto a che fare con persone che parlavano di me quando ero proprio davanti a loro. Hanno preso decisioni sulla mia vita senza ricevere il mio contributo o preoccuparsi di ciò che pensavo. Certo, non potevo capire cosa dicessero loro, ma posso capire cosa dite voi. Vi sarei grata se la smetteste."

"Hai ragione, scusa," disse subito Black.

"Scusa," disse Ball.

Lei guardò Arrow con aria di sfida. Lui la fissò a lungo prima di annuire.

"Giusto, quindi... mi va bene incontrare tutti. Non voglio essere trattata come un pezzo di vetro. Ammetto di essere rimasta incuriosita dai tuoi amici, da quando ho parlato con loro al telefono. Stare in mezzo alla gente... ai tuoi amici... mi fa sentire più sicura, a questo punto. Presumo che Allye viva con Gray nella casa in cui stiamo andando? E Chloe sta con uno dei tuoi compagni di squadra, giusto?"

"Presumi correttamente," le disse Arrow. "Mi dispiace che non abbiamo parlato con tuo padre di dove avresti passato la tua prima notte di ritorno. In effetti, mi dispiace che non ne abbiamo discusso con te. Onestamente, siamo così abituati a prendere decisioni in casi come questo, che non ci ho nemmeno pensato. Quindi... Ecco come stanno le cose. Andiamo a casa di Gray. Lui vive con Allye. La casa è enorme, ha un milione di camere da letto ed è abbastanza sicura da avvertire Gray se uno scoiattolo scoreggia nella sua proprietà. So che Allye sarebbe felice di farti passare la notte da loro. Si è trovata in una situazione simile alla tua e..."

"È stata tenuta prigioniera?" lo interruppe Morgan.

"È stata rapita da un uomo ossessionato da lei, la voleva come sua schiava sessuale. Gray l'ha aiutata a fuggire, ma poi è stata rapita di nuovo. Siamo intervenuti e l'abbiamo salvata quasi subito."

"Non sono sicura che importi se qualcuno viene trattenuto per un giorno o per trecentosessantacinque," disse Morgan. "La sensazione di impotenza è straziante uguale."

"Accidenti, sei saggia," disse Black con un piccolo sorriso.

Morgan scrollò le spalle. "Solo pragmatica. Ho dovuto imparare."

Arrow le prese una mano e la baciò dolcemente. "Conoscerai il resto della squadra, Allye e Chloe. Lei sta con Ro; lui è il tipo inglese. Di recente, Chloe ha perso il fratello, l'unico familiare che le era rimasto. Sono sicuro che lei e Ro ti inviteranno a stare da loro. Oppure posso portarti in albergo, se preferisci. Oppure puoi venire a casa con me. È solo un appartamento, non è neanche lontanamente bello o elegante come la casa di Gray, ma lì saresti al sicuro."

"Devo decidere proprio in questo momento?" chiese Morgan.

"No. Una volta deciso, puoi cambiare idea in qualsiasi momento," le disse Arrow.

"Grazie."

"Dobbiamo parlare di domani e della conferenza stampa," disse Black.

"Devi anche vedere un medico," aggiunse Ball.

Arrow alzò la mano per impedire ai suoi amici di dire altro. "In questo momento, festeggeremo il fatto che Morgan è libera. È tornata a casa e al sicuro, con le persone che le vogliono bene. Tutto il resto può aspettare fino a domani."

Black annuì e si rilassò nello schienale.

Morgan immaginò che anche gli altri due uomini fossero tesi come lei, ma Arrow aveva ragione. Era sovraccaricata da tutto, l'ultima cosa che voleva fare era pensare, figuriamoci parlare di come gestire la stampa o di vedere un dottore il giorno successivo. Non aveva idea di cosa dire ai giornalisti. Volevano sapere cosa le fosse successo e dove fosse stata nell'ultimo anno. Le avrebbero fatto domande indiscrete su chi pensava l'avesse rapita e altre cose a cui non sapeva rispondere. Solo a pensarci, le faceva male la testa.

"Non farlo," le disse dolcemente Arrow.

Lei lo guardò. Si era rasato prima che lasciassero Santo Domingo, ma aveva già l'ombra della ricrescita, che gli conferiva un'aria da duro. Lui e gli altri indossavano ancora i pantaloni militari neri che avevano indossato ai Caraibi, ma si erano tolti i giubbotti e avevano svuotato gran parte delle tasche.

"Non fare cosa?" chiese lei.

"Non pensare al domani, in questo momento. Un minuto alla volta, ricordi?"

Lei sorrise. "Sì."

Arrow le restituì il sorriso e Morgan fece del suo meglio per rilassarsi. Aveva affidato la sua vita a quegli uomini e loro non l'avevano delusa. Era passato molto tempo dalla sua ultima uscita informale... da quando era stata rapita, in effetti. Ma l'imminente incontro sembrava diverso. Più importante. Voleva che Allye e Chloe la accettassero per quella che era. Non perché era un'altra donna che i Mercenari di Montagna avevano salvato.

Viaggiarono ancora un po' e Ball spiegò che Gray viveva a nord di Colorado Springs, in un quartiere remoto dove la maggior parte delle case si trovava di fronte a Pikes Peak. Alla fine, Morgan vide sempre meno edifici e sempre più alberi. Guidarono lungo una strada con pini alti, su entrambi i lati, poi la limousine svoltò su un lungo viale che Morgan non avrebbe nemmeno visto, se fosse stata lei a guidare.

Poi vide dal finestrino una casa enorme. I suoi nuovi amici non avevano esagerato descrivendo le dimensioni di quel posto, dopo tutto. C'era un garage a lato della casa principale, ma tutta l'attenzione di Morgan fu catturata dalle persone in piedi, sul portico anteriore.

La limousine si fermò, Black e Ball uscirono subito, lasciando dietro Morgan e Arrow.

"Non mordono," scherzò Arrow.

Morgan lo guardò. "Lo so. È solo che... e se non gli piacessi?"

"Bella, ti ameranno. Andiamo." Si spostò verso la portiera e le tese una mano. Morgan fece un respiro profondo e gli diede una mano. Nel momento in cui le dita di lui si chiusero intorno alle sue, lei si calmò. Quel piccolo gesto fu sufficiente.

Uscirono e si diressero verso il gruppo. Arrow le stringeva

la mano, come per impedirle di tornare verso la limousine, poi si fermarono, dopo essere saliti di un paio di gradini, erano in piedi davanti a tutti.

"Lei è Morgan Byrd," disse a tutti Arrow. "Morgan, ti presento il miglior gruppo di amici che un uomo possa avere."

"Ciao," disse Morgan dolcemente. "È un piacere conoscervi."

"No, è un piacere per noi conoscere te," esclamò Allye, prima di fare un passo in avanti per abbracciare calorosamente Morgan.

Morgan si irrigidì per un momento, non conoscendo più la sensazione di essere abbracciata da uno sconosciuto, ma Allye percepì la sua reticenza, perché la lasciò subito andare e fece un passo indietro.

"Sono Chloe," le disse la donna dai lunghi capelli lisci e neri, poi le tese una mano. "Siamo così felici che tu stia bene. Non incontriamo spesso le donne che aiutano i nostri ragazzi, quindi è un onore essere alla tua festa di benvenuto."

"Sono Gray," le disse un uomo molto più alto di lei, che le tese una mano.

Morgan strinse le loro mani, tenendo l'altra ben stretta nella presa di Arrow.

"E io sono Ro."

L'uomo dall'accento inglese non era molto più basso di Gray, ma i suoi occhi blu scintillavano, dandogli un'aria meno spaventosa.

"Non dimenticatevi di me," disse l'ultimo uomo. "Io sono Meat. Beh, in realtà mi chiamo Hunter, ma queste anguille mi chiamano Meat. Sto lavorando per rintracciare le tue cose. Dovrebbe essere abbastanza semplice, e..."

"Meat," lo ammonì Arrow.

L'altro uomo assunse un'espressione buffa, continuando a sorridere. "Scusa. Bentornata a casa, Morgan."

"Grazie."

"Possiamo scendere dal portico, per favore?" chiese Ro.

Chloe si chinò verso Morgan e le sussurrò: "È un po' paranoico. Ma non posso biasimarlo, visto che la mafia ha praticamente fatto saltare in aria una parte della sua casa per rapirmi."

"La mafia?" chiese Morgan, con gli occhi spalancati.

"Dentro," insistette Ro.

Chloe fece l'occhiolino a Morgan e, nonostante quelle parole, si rilassò un po'. Se quella donna era stata rapita dalla mafia ed era così tranquilla, l'ammirava già. Sperando di assomigliare il più possibile a Chloe per il modo in cui aveva superato la sua situazione, Morgan seguì il gruppo all'interno della casa.

———

Poche ore dopo, Arrow teneva d'occhio Morgan mentre sorrideva e scherzava con Allye e Chloe. Erano in cucina a sistemare i piatti e sembravano divertirsi un mondo, ridendo e facendo casino come se si conoscessero da anni, e non solo da poche ore.

Non era sicuro che presentare subito Morgan a tutti fosse una buona idea, ma a quanto pare stava andando tutto bene. Lei era sicuramente più rilassata di quanto lui l'avesse mai vista prima. Fece subito amicizia con le altre due donne, non che lui avesse qualche dubbio. Erano molto simpatiche, avevano così tanto in comune, non c'era da meravigliarsi che si piacessero.

Ma Arrow poté leggere la stanchezza fisica ed emotiva di Morgan dalla sua espressione. Aveva mal di testa, sicuro, ma si rifiutava di ammetterlo.

"Sembra che stia andando tutto bene," osservò tranquillamente Gray.

"Credo che abbia voluto dimenticare molto di quello che

le è successo," disse Arrow. "Il tempo ci dirà come si comporterà quando tornerà tutto a galla."

"Starà bene," disse Ro. "Si vede che è forte."

"Questo non significa che non avrà bisogno di aiuto," replicò Arrow.

"Non ho detto questo. Hai ragione, avrà bisogno di aiuto. Ci vorrà un po' di tempo prima che si fidi di nuovo pienamente degli altri. Avrà bisogno di parlare con qualcuno di quello che le è successo, ma ce la farà. Ne sono sicuro," replicò Ro.

"Ho fatto delle ricerche sulle persone della sua vita," disse Meat. "Dobbiamo parlare di loro."

"Non stasera," disse Arrow.

"Certo che no," rispose l'amico, "ma deve accadere il prima possibile. Forse dopo la conferenza stampa di domani."

"Ne parleremo?" chiese Black.

"Le parlerò domattina," si offrì Arrow. "Stasera è quasi al limite."

"Sì, lo vedo," rispose Ball. Poi aggiunse: "Ti piace."

"Cosa?"

"Ti piace," ripeté Ball.

"Certo che sì. È fantastica," disse Arrow.

"Non avere paura di provarci con lei," disse Gray. "Ho fatto l'errore di pensare che non potesse succedere niente tra me e Allye perché lei faceva parte dell'operazione. Poi ho fatto l'errore di pensare di sapere cosa fosse meglio per lei, senza nemmeno parlarle."

"Sì, Morgan mi ha già messo in riga su questo fronte," confessò Arrow.

"Sapevo che mi stava simpatica, per qualche motivo," lo prese in giro Gray.

"Finché non scopriamo chi la voleva morta, non può tornare ad Atlanta," disse Meat.

"Quali sono le sue opzioni?" chiese Ro.

"Potrebbe stare con sua madre in New Mexico, stare con suo padre in un hotel qui, anche se lui dovrà tornare presto in Georgia, visto che è lì che ha la sua attività, oppure potrebbe stare qui a Colorado Springs," spiegò Meat.

"A proposito di sua madre, sappiamo quando si farà vedere?" chiese Gray.

"Rex mi ha detto che ieri ha chiamato Ellie Jernigan, e lei ha detto che domani sarà qui a Colorado Springs. Oggi doveva lavorare, ma ha preso i prossimi giorni liberi," disse Black.

"Quando e dove?" chiese Arrow. Voleva assicurarsi che Morgan lo sapesse. L'ultima cosa che voleva fare era prenderla alla sprovvista. Sapeva che era ansiosa di vedere sua madre, perché sembravano essere molto legate, ma aveva provato un po' troppe emozioni ultimamente e aveva bisogno di essere avvisata.

"Non ne sono sicuro. Chiamerò e lo scoprirò. Magari può venire al The Pit e incontrarci lì domani, dopo la conferenza stampa?" suggerì Black. "So che non va d'accordo con l'ex marito, quindi probabilmente è meglio se li teniamo separati, davanti alle telecamere."

Arrow pensò che per il bene di loro figlia Carl ed Ellie avrebbero potuto comportarsi civilmente, ma non volle insistere. Forse potevano chiedere a Dave, il barista del The Pit, di chiudere brevemente il locale, nel caso in cui le cose con i genitori di Morgan nel caso sfuggissero le cose di mano. "Sembra una buona idea."

"Mi piace, amico," disse Gray con dolcezza.

Arrow sorrise ai suoi compagni e poi si rivolse a Gray. "Sono contento, ma onestamente, non me ne fregherebbe un cazzo se così non fosse."

Gray ridacchiò. "Non avevo dubbi, ma seriamente... mi vedo nel modo in cui la guardi."

"Com'è?"

"Come se preferissi tagliarti un braccio piuttosto che fare qualcosa che le farebbe male."

"Più o meno è così," mormorò Arrow.

"Devi andarci piano con lei," lo avvertì Ro.

Arrow si girò per fulminare Ro. "Lo so, stronzo."

"No, dico sul serio. Se la sta cavando benissimo. Posso dire che è forte, ma c'è qualcosa nei suoi occhi che mi preoccupa. Ricordi quella donna albina che abbiamo salvato dallo zoo umano malato di Nightingale?"

"Sì?" chiese Arrow, preoccupato. Ricordava fin troppo bene quanto fosse stato sadico Gage Nightingale. Torturava le donne rapite e le costringeva a soddisfare ogni suo capriccio. La donna di cui parlava Ro era nata senza pigmento nella pelle e nei capelli, Nightingale l'aveva "catturata" e aveva fatto del suo meglio per demolirla. "L'ultima volta che l'ho sentita, viveva a casa con i suoi genitori nella Carolina del Sud e stava bene."

"Si è suicidata," disse Ro senza troppi giri di parole. "Rex ha sentito sua madre, mentre voi eravate giù ai Caraibi. Anche sua madre pensava che stesse bene, ma hanno letto i suoi diari dopo averla trovata. Da fuori sembrava tranquilla, ma dentro era completamente a pezzi."

"Morgan non è così," insistette Arrow, la cercò subito con lo sguardo per assicurarsi delle sue stesse parole.

"Penso che se c'è qualcuno che può aiutarla a superare quello che le è successo, quello sei tu," disse Ro, con più dolcezza. "Dalle spazio quando ne ha bisogno, lasciala parlare quando vuole, ma non lasciare che ti escluda."

Arrow curvò le spalle. "Come posso farlo? La conosco solo da pochi giorni. Molto probabilmente andrà ad Albuquerque a vivere con sua madre. La mia vita è qui."

"Volere è potere," disse Gray. "La vita di Allye era a San Francisco, ma ora è qui. Non abbiamo idea di come si evolverà questo caso, nelle prossime settimane e nei prossimi mesi. Se vuoi davvero dare una chance a qualsiasi cosa stia succedendo tra voi due, devi assicurarti che lei sappia che non ti stai arrendendo con lei. Chiamala. Scrivile dei messaggi. Fai dei viaggi nel fine settimana per vederla. Il New Mexico non è così lontano."

Arrow si raddrizzò. "Hai ragione," disse, più a se stesso che al suo amico.

"Lo so," disse Gray con arroganza. "Ho sempre ragione."

"Vai a cagare," gli disse Arrow, scuotendo la testa e alzando gli occhi al cielo.

"Fai attenzione, però," aggiunse Black. "Ha dei demoni, dietro quei begli occhi verdi."

"Lo so. Li vedo," disse Arrow. Davvero li vedeva. Si ricordò della prima volta che l'aveva vista, difendeva Nina con un coltello che in qualche modo aveva rubato ai suoi rapitori. Sembrava determinata... E disperata.

Ci sarebbe andato piano con Morgan. Piano, ma con costanza. Aveva intenzione di farla sua in ogni modo, ma le avrebbe dato tutto il tempo necessario per essere pronta ad una relazione più intima.

Arrow si rese conto di non essere spaventato dalla direzione dei suoi pensieri. Aveva visto quanto velocemente sia Gray che Ro si erano innamorati delle loro donne. Invece di vedere le loro relazioni come un ostacolo a ciò che facevano, sapeva che questo li rendeva Mercenari migliori. Erano ancora più attenti, quando erano in missione... Perché avevano qualcuno da cui tornare a casa.

Anche Arrow lo voleva.

Voleva Morgan.

Gray si alzò e andò in cucina. Avvolse un braccio intorno ad Allye. "Sei pronta per la notte, gattina?"

Arrow si unì a loro, in cucina, e si mise vicino a Morgan. Non la toccò, ma abbastanza vicino da farle capire che era lì con lei.

"Sì. Morgan è molto stanca. Penso che sia pronta a tornare a casa," disse Allye con delicatezza.

Arrow fissò Morgan stupito. "Casa?"

Lei annuì. "Se ti va bene."

"Solo per essere chiari, vuoi venire a casa mia, con me?"

"Sì. Allye ha detto che potevo stare qui con lei e Gray, anche Chloe mi ha invitato a stare con loro, ma... se per te va bene, vorrei venire con te."

"Per me va benissimo," la rassicurò subito, prendendola per mano. Poi si rivolse ad Allye e Gray. "Grazie per averci invitato a casa vostra, stasera."

"Sì, è da molto tempo che non mi sentivo così... rilassata." Morgan esitò, prima di pronunciare l'ultima parola, ma nessuno commentò.

Allye si chinò in avanti e la abbracciò, anche Chloe fece lo stesso. "Ci vediamo domani," le disse Chloe.

"Sì?" chiese Arrow.

"Sì, dopo la conferenza stampa e dopo il vostro incontro, veniamo al The Pit per giocare a biliardo. Morgan ha detto che è piuttosto brava, così l'abbiamo sfidata a una partita... O due, o tre."

"Giochi a biliardo?" chiese Arrow a Morgan, alzando un sopracciglio per la sorpresa.

Lei arrossì e scrollò le spalle. "Lo facevo. Ma non sono sicura di essere ancora brava."

"Non ho dubbi che spaccherai tutto, bella," le disse Arrow.

Lei sorrise ma si irrigidì quando anche gli altri li raggiunsero per unirsi alla conversazione. Non cambiò l'espressione amichevole che aveva sul volto, ma sicuramente non era contenta di essere circondata da così tanti uomini, specialmente così alti. Arrow le strinse la mano.

Poi si spostò fino a mettersi in mezzo tra lei e i suoi amici e fece un cenno a Morgan, per farle fare il giro lungo del mobile. Lei lo fece senza dire una parola, fino a quando non si trovarono in piedi, all'esterno dello spazio, piuttosto che all'interno.

Arrow sapeva che i ragazzi avevano capito subito quello che aveva fatto. Allye e Chloe non erano ancora così in sintonia per accorgersene, ma d'altra parte non avevano visto quello che mesi di prigionia e quel tipo di abusi potevano fare a una donna.

"Allora noi andiamo," disse Arrow al gruppo. "Gray, grazie per stasera. Se puoi, di' a Rex che lo chiamerò domattina per avere i dettagli della conferenza stampa."

"Certo," disse Gray. "Ci vediamo tutti domani."

"Venite tutti?" chiese Morgan.

"Certo," rispose Black. "Non ce lo perderemmo mai. Inoltre, se hai bisogno di scappare, ci saranno delle *distrazioni*." Le fece l'occhiolino dopo averlo detto, per farle capire che stava scherzando, ma Arrow sapeva che in realtà era serio. Avrebbero tutti coperto la schiena a Morgan, senza fare domande.

"Dai, bella, stai quasi per svenire," disse Arrow a Morgan, poi la spinse gentilmente verso la porta.

"Come faremo a... Oh!" disse mentre uscivano. La limousine era ancora parcheggiata nel vialetto. "È sempre stato qui?" chiese Morgan, sorpresa.

"Chi? L'autista? Certo," disse Arrow.

"Ma è... è così scortese!" esclamò lei. "Avremmo dovuto invitarlo ad entrare!"

Arrow ridacchiò. "È abituato ad aspettarci, bellezza. E poi, viene pagato per stare seduto. Non è un lavoro così brutto, sai."

L'autista scese dall'auto appena li vide uscire di casa e si precipitò ad aprire la portiera sul retro. Quando i due si furono sistemati, l'autista chiuse la portiera e fece il giro della macchina.

"È comunque scortese," bisbigliò Morgan.

Arrow sorrise, avvolse un braccio intorno alle spalle di Morgan e la tirò verso di sé. Lo fece senza pensarci, allentò la presa, non volendo che lei avesse paura di lui, ma lei non si dimenò. Al contrario, si rilassò contro di lui, mettendogli una mano sul petto.

Rimasero così per un po' di tempo, mentre l'autista metteva in moto la macchina e percorreva il vialetto di Gray. Avevano circa venti o trenta minuti di viaggio prima di arrivare al suo appartamento. Lui si allacciò la cintura di sicurezza, fece lo stesso con quella di Morgan. Dopodiché l'abbracciò di nuovo.

"Chiudi gli occhi, bella. Hai tempo di fare un pisolino veloce, prima di tornare a casa."

Lei annuì, in pochi secondi lui la sentì russare leggermente.

Morgan che riposava contro di lui, sapendo di essere al sicuro, era una sensazione inebriante. Arrow promise silenziosamente di andare a fondo nella vicenda e di scoprire chi potesse osare di volerla torturare così tanto, come avevano fatto.

CAPITOLO DIECI

"SE NON TE LA SENTI, ce ne possiamo andare," sussurrò Arrow a Morgan la mattina dopo. Erano in un ufficio collegato alla sala riunioni del dipartimento di polizia di Colorado Springs, dove stava per svolgersi la conferenza stampa sul ritrovamento. Avevano parlato di come sarebbe andata la giornata, compresa una sosta in una clinica privata, per sottoporla a una visita medica completa con un dottore che la squadra spesso usava per esaminare le donne e i bambini che avevano salvato, poi sarebbero andati tutti al The Pit.

"Sto bene," insistette lei per la decima volta.

Ma non era vero. Lei gli stava quasi stritolando una mano, quella mattina aveva mangiato pochissimo, dicendo che aveva la nausea.

Suo padre era dall'altra parte dell'ufficio, sorrideva e parlava con tutti senza accorgersi di quanto fosse sofferente la figlia.

"Ti ho mai raccontato di quando ho dovuto fare rapporto a un gruppo di pezzi grossi dei marine?"

Lei si voltò a guardarlo. "No."

"Ero spaventato a morte. Non ero preparato, ero pure uscito la sera prima e mi ero ubriacato di brutto. Avevo un mal di testa tremendo, sapevo che avrei messo in imbarazzo me stesso e la mia unità."

"Che cosa è successo?" chiese Morgan.

Arrow fu felice di aver spostato l'attenzione su di sé e non su ciò che stava per accadere. Quella mattina avevano parlato con Rex e avevano messo a punto la loro storia. Nessuno voleva che i Mercenari di Montagna venissero trasmessi alla televisione nazionale, ma dovevano dire qualcosa per spiegare perché e come fosse stata trovata Morgan. La madre di Nina era appena stata intervistata, a breve sarebbe stato il turno di Morgan e di suo padre.

Arrow non poteva biasimare il grande pubblico per l'interesse e la curiosità nei confronti di Nina e di Morgan. I rapimenti facevano sempre notizia, ma trovare persone rapite vive e vegete era una *grande* notizia.

"Mi sono alzato, in mezzo alla sala, e ho fatto la mia presentazione di trenta minuti in quindici minuti," le disse. "Parlavo a mitraglietta per il nervosismo, poi avevo paura di vomitare nel bel mezzo della presentazione, quindi mi sono sbizzarrito in fretta con i miei appunti e le mie diapositive. Quando ho finito, non ho nemmeno chiesto se ci fossero delle domande. Ho preso le mie cose e mi sono seduto."

"Ti sei messo nei guai?" chiese Morgan.

Arrow scosse la testa. "In realtà alcuni di quei pezzi grossi si sono congratulati con me per il modo efficace con cui ho evitato le domande, e per il mio modo di 'infangare le acque' come dicevano loro," spiegò. "Un tizio mi ha detto che sembravo coraggioso e gli ho dato l'impressione di essere io il capo, e che sapevo quello che dicevo, al cento per cento. Penso che dovresti fare lo stesso."

"Che cosa intendi dire?"

"Vogliono sentirti, così come tutta l'America. È un anno che sentono parlare di te, grazie a tuo padre. Sanno tutto della tua vita. Hanno la sensazione di conoscerti. Saranno sollevati dal fatto che tu stia bene. Quindi vai là fuori, ringrazia tutti per i loro auguri e per le loro preghiere. Di' loro che sei grata di essere stata trovata. Poi spiega che le cose sono difficili per te, in questo momento - non spiegare come - e che gradiresti un po' di spazio mentre cerchi di riacclimatarti alla vita qui, negli Stati Uniti. Poi sorridi, annuisci alle telecamere e lascia il palco. Ignora le domande e torna subito qui da me. Ti porterò via da qui."

"Ma io dovrei restare e rispondere alle domande," disse Morgan, anche se Arrow fu in grado di leggerle chiaramente un po' di sollievo negli occhi.

"Non devi niente a nessuno, bella. Lascia che siano i poliziotti a rispondere alle domande. E tuo padre. Ha avuto a che fare con la stampa per un anno. Fidati di lui, continua a farlo."

Morgan si morse un labbro.

"Cosa c'è?" chiese Arrow.

"E se fosse stato lui a orchestrare tutto questo?" sussurrò lei.

Arrow le lasciò la mano e le afferrò il viso, con entrambe le mani. "Non pensarci adesso."

Lei gli afferrò i polsi. "Come posso non farlo?"

"Il tuo unico compito è quello di andare là fuori, dire le tue cose e tornare da me. Sei in grado di farlo? Più tardi, nel pomeriggio, parleremo di chi potrebbe esserci dietro. Anche se fosse tuo padre, non farà nulla davanti a tutte queste telecamere. Lui ama le luci della ribalta, così come quanto tu le detesti. Ricordati di me, tremante perché avevo una paura fottuta di parlare con quei capi marine mentre ero ancora mezzo sbronzo. Fai come ho fatto io. Fingi finché non ce la fai più, bella."

Allora lei gli fece un piccolo sorriso. "Sono brava a fingere."

Arrow non riuscì proprio a trattenersi. Le parole gli uscirono di bocca prima ancora di pensare a quello che stava dicendo. "Non fingerai nulla con me, bella. Ti farò impazzire così tanto da farti scoppiare."

Quando lei spalancò gli occhi, lui imprecò.

"Merda, scusa. Dimentica quello che ho detto. Dannazione, sono un idiota. Io..."

"Bene, ora non penso più alla dannata conferenza stampa," gli disse lei dolcemente, con un piccolo sorriso, interrompendolo.

Arrow fu sollevato di non averla spaventata. "Questo non è né il momento né il luogo, ma... mi piaci, Morgan. Molto. Voglio vedere dove può andare a finire questo pazzo legame che stiamo creando. So che la tua vita è per aria, ma spero che tu sia pronta a farmi partecipare, in qualche modo. In qualsiasi modo me lo permetterai."

"Io... mi piacerebbe, ma mi sento così sbilanciata in questo momento. Non ho idea di cosa succederà nel prossimo futuro."

"Qualunque cosa accada, io ci sarò per aiutarti. Ora facciamo coppia fissa, ricordi?" le chiese con un sorriso. "Credo che stare al fianco della tua ragazza sia un requisito del manuale, per andare con calma."

Morgan gli sorrise.

Arrow sentì i giornalisti alzare la voce per rivolgere domande alla madre di Nina. La bambina non si era presentata davanti alle telecamere - era in un'altra stanza, con la zia - ma da quello che Arrow poteva sentire, la madre aveva fatto un lavoro incredibile con la stampa. Era quasi il turno di Morgan.

Arrow abbracciò Morgan e sospirò soddisfatto per come combaciavano perfettamente i loro corpi. Lei ricambiò l'abbraccio. Profumava di fresco e di pulito, niente di simile al suo stato di qualche giorno prima, quando giacevano insieme sotto i detriti, nascondendosi dai loro inseguitori.

"È ora," le disse a malincuore. "Stendili tutti. Ricorda quello che ho detto. Breve e concisa, e vai via senza voltarti."

Morgan fece un respiro profondo. "Giusto. Posso farlo."

"Puoi fare qualsiasi cosa," le disse Arrow, poi fece un passo indietro mentre lei si voltò e si diresse verso la porta che dava accesso alla sala conferenze. Salì sul piccolo palco, al fianco di suo padre.

A quel punto Meat si avvicinò ad Arrow e gli disse: "Ho fatto delle ricerche sul suo ex ragazzo. Sembra essere a posto, ma non sono così sicuro del fratello. Anche quella Karen non ha proprio bei gusti, in fatto di uomini."

Arrow annuì, ma senza aver ascoltato con attenzione. Stava fissando Morgan. Lei si sedette su una sedia, dietro un tavolino. I flash scattavano senza sosta, gli dispiacque il fatto che lei dovesse affrontare tutto quel caos. Non aveva certo esagerato quando l'aveva trovata e le aveva detto che tutti sapevano chi fosse. Per questo motivo tutti avevano bisogno di una sorta di chiusura sulla vicenda, perché grazie al padre, in qualche modo, avevano seguito la sua esperienza.

Arrow aveva già visto quella storia ripetersi. Con Elizabeth Smart, Jaycee Dugard, Shawn Hornbeck e persino con Danielle Cramer. Il pubblico era rimasto inorridito da quello che avevano passato quei bambini scomparsi, ma era anche rimasto affascinato dalle loro storie di sopravvivenza.

Arrow sapeva che il caso di Morgan non sarebbe stato diverso. Non era una bambina, ma tra la bassa statura e gli occhi pieni di dolore, sarebbe stata vista sotto la stessa luce. Per non parlare del suo legame con Nina Scofield.

"Mi hai sentito?" gli chiese Meat.

"Ti ho sentito," disse Arrow, senza togliere gli occhi da Morgan. "Ma in questo momento non posso farci un cazzo.

Non posso parlarne perché devo essere qui, in caso Morgan abbia bisogno di me. Non posso volare in Georgia e portare Lane o Lance Buswell in una stanza per picchiarli a sangue finché non mi dicono tutto quello che sanno. Non posso farmi dire da Karen dei suoi ex fidanzati del cazzo o di chiunque abbia trovato nella sua vita che potesse essere una minaccia per Morgan. Tutto quello che posso fare è fidarmi di te e degli altri per capire questa merda, mentre io mi concentro su come fare in modo che Morgan non si riduca in un milione di pezzi."

"Ah... Va bene. Ho capito", disse Meat. "Passerai comunque dalla clinica subito dopo la conferenza, poi al The Pit?"

Arrow annuì. "Non è contenta di vedere il dottore, ma sa che deve essere fatto. Sua madre ci raggiungerà al The Pit, dopo. Hanno bisogno di vedersi. Ogni bambina ha bisogno della madre per stare meglio."

"Vero. Ok, Black e Gray stanno arrivando. Parleranno con Dave e si assicureranno che la stanza sul retro sia chiusa finché non avremo finito. Allye e Chloe ci raggiungeranno lì più tardi nel pomeriggio, il resto di noi può gestire eventuali problemi con la stampa, se insiste troppo."

Arrow distolse lo sguardo da Morgan abbastanza a lungo per vedere Meat. "Grazie, amico. Lo apprezzo molto."

"Vaffanculo," gli rispose Meat. "Tu faresti lo stesso per me. E poi, siamo una squadra. Non c'è nessun *io*, in squadra."

Arrow alzò gli occhi al cielo. "Per favore, dimmi che non hai fatto un poster con scritta sopra questa cagata."

Meat ridacchiò "No. Ma ora lo farò. Lo metteremo nel nostro angolo, al The Pit. Forse lo farò ricamare su un cuscino e te lo regalerò per le tue nozze."

"In primo luogo, non c'è modo che Dave permetta che quella merda venga messa nel suo bar," disse Arrow, riferen-

dosi al barista burbero. "Secondo, se mi porti qualcosa di rica-
mato, ti prendo a calci in culo."

"Nessuna protesta per la storia del matrimonio?" chiese
Meat.

Arrow sorrise e si voltò a guardare Morgan. "No."

Meat diede una pacca sulla schiena ad Arrow e gli disse:
"Buon per te, amico."

"È un po' presto per le felicitazioni," lo avvertì Arrow.
"C'è una lunga strada davanti a noi."

"Meno male che sei testardo, allora, non è vero?" chiese
Meat. Poi diventò serio. "Se succede qualcosa, porta via
Morgan. Ci occuperemo noi di tutto il resto."

Arrow annuì. Aveva già pianificato di farlo. Ma sapeva che
i suoi compagni di squadra ci avevano già pensato. Avevano
escogitato un piano simile quando Chloe aveva dovuto affrontare la stampa dopo quello che le era successo.

I venti minuti successivi furono i più lunghi della vita di
Arrow. Si irritò nel vedere Morgan a disagio per il modo in cui
suo padre parlava come se si fosse precipitato da solo nella
Repubblica Dominicana e l'avesse salvata lui stesso. Era un
po' vanitoso e pomposo, ma Arrow suppose che questo fosse
dovuto al fatto di essere un direttore finanziario e all'emozione di riavere sua figlia.

La stampa fece qualche domanda, ma era ovvio che si
stavano trattenendo per chiedere a Morgan le cose davvero
succose. Poi fu il turno di Morgan di parlare. Si alzò lentamente e si avvicinò al microfono sul podio.

I flash delle telecamere brillavano in continuazione, lei
brillò sotto tutte quelle luci. Dopo essersi schiarita la gola,
disse proprio quello che Arrow le aveva suggerito.

"Grazie mille per la vostra preoccupazione e per ogni
soffiata che è stata fatta dopo la mia scomparsa. Sapere che
nessuno ha rinunciato a trovarmi significa tutto, per me. Mi
sto ancora abituando a vivere di nuovo negli Stati Uniti, spero

che tutti mi diano un po' di tempo per fare i conti con tutto quello che mi è successo nell'ultimo anno, e di recente. Per quelli di voi che hanno perso i loro cari, la cosa migliore da fare è non smettere mai di credere che torneranno a casa. Grazie."

Poi annuì alle telecamere e si voltò a camminare verso Arrow.

I giornalisti persero le staffe quando si resero conto che non avrebbe risposto alle loro domande e quindi iniziarono ad urlarle contro, mentre se ne andava. Alcuni tentarono addirittura di avvicinarsi a lei, per impedirle di andarsene.

Arrow scattò immediatamente. Spinse leggermente una donna con un piccolo registratore a nastro, mentre si dirigeva verso Morgan, che lo guardò con occhi pieni di lacrime. Senza dire una parola, la prese sotto il braccio e la diresse verso l'uscita.

Morgan gli afferrò la vita e gli seppellì la testa nel petto, mentre camminavano. Non riusciva a vedere nulla in quel modo, Arrow sentì il cuore gonfiarsi di amore per la fiducia che gli stava dando. Forse non era ancora pronta per qualcosa di più dell'amicizia, ma lo sarebbe stata in seguito. Ne era certo.

In pochi secondi, Ball, Ro e Meat avevano respinto i giornalisti abbastanza da permettere ad Arrow di fuggire dalla porta laterale con Morgan. Si fecero rapidamente strada attraverso i corridoi della stazione di polizia, annuendo agli agenti che incrociavano. Nessuno cercò di parlare con loro o di ostacolarne il passaggio. Arrow spinse la porta sul retro e si diresse verso il suo pick-up malconcio, parcheggiato lì proprio per quel motivo.

Aveva sperato che le cose rimanessero civili e che non fosse necessario fare una rapida uscita, ma l'esperienza gli aveva insegnato ad avere sempre un piano di riserva, non si può mai sapere. Così Arrow aiutò Morgan a salire all'interno del suo veicolo, poi le allacciò la cintura di sicurezza. Sembrava un po' traumatizzata, Arrow voleva prendersi il tempo per consolarla, in quel momento, ma non osò farlo. Aveva bisogno di portarla via dalla stazione di polizia prima che qualcuno li vedesse e cercasse di seguirli. La stampa era stata utile in molte cose che avevano fatto i Mercenari di Montagna, ma non quel giorno.

Arrow raggiunse rapidamente il suo posto da conducente. Avviò il motore e si mise la cintura di sicurezza nello stesso momento. Uscì dal parcheggio con la massima calma possibile, non volendo attirare l'attenzione su di loro. La limousine in cui erano arrivati era ancora parcheggiata davanti alla stazione di polizia, faceva da esca. Meat aveva portato il pickup di Arrow fino alla stazione di polizia e aveva parcheggiato sul retro.

Una volta allontanatisi, Arrow era ancora in silenzio. Si limitò ad afferrare una mano di Morgan. Lei ricambiò la presa e la tenne stretta. Sapendo che aveva bisogno di un po' di tempo per elaborare la conferenza stampa, prima che lui la portasse alla clinica, Arrow si diresse al Memorial Park. Era un grande spazio verde, non troppo lontano dalla stazione di polizia, con un grande lago.

La giornata era splendida, Arrow sapeva che il parco sarebbe stato affollato e che nessuno li avrebbe notati. Parcheggiò e spense il motore. Continuò a tenere la mano a Morgan e non disse una parola, lasciando che lei elaborasse la mattinata a modo suo.

"Non è andata esattamente come previsto," disse lei, dopo molto tempo.

Arrow ridacchiò. "Va sempre così, ma in realtà penso che sia andata bene. Non c'era modo che quegli avvoltoi si lasciassero sfuggire l'occasione di farti delle domande."

"Avrei preferito una storia più simile alla tua, con il tuo discorso ai marine esperti".

"In realtà, non ti ho raccontato *tutta* la storia," ammise Arrow.

Morgan lo guardò per la prima volta, da quando era salita sul suo pick-up. Arrow fu trafitto dal dolore che poteva leggerle, ma sorrise per la curiosità che faceva capolino. "Davvero?"

"Già, ai pezzi grossi non gliene fregava un cazzo della mia breve presentazione, perché quel giorno ne avevano già fatte passare altre tre, si annoiavano a morte. Era solo un'opportunità di apprendimento per i marine come me. Quindi non gliene fregava niente ed erano stati contenti della mia, perché era stata breve. Ma il mio ufficiale in comando, lui sì che se ci teneva. Dopo che ce ne siamo andati e siamo tornati nel suo ufficio, mi ha fatto il culo e mi ha detto che ero una vergogna, la mia presentazione era la peggiore che avesse visto in tutti i suoi vent'anni di lavoro."

Gli occhi di Morgan si spalancarono. "Che cosa è successo dopo?"

"Sono stato fortunato a non essere stato retrocesso di un grado. Ha reso la mia vita un inferno per il resto del tempo che ho prestato servizio sotto di lui... E ha fatto in modo che non dimenticassi mai la sua ramanzina."

"Beh, sono contenta che non mi hai raccontato quella parte della storia," disse Morgan scuotendo la testa con una piccola risatina. Poi si voltò verso di lui. "Grazie."

"Per cosa?"

"Per essere con me. Per avermi tirato fuori di lì. Per... tutto, davvero."

Arrow allentò la presa della mano e la tirò su, stringendole teneramente la nuca. Si chinò, finché anche Morgan non gli appoggiò contro la fronte. Era come se fossero le uniche due persone al mondo, in quel momento. "Segnati le mie parole, bella. Io ci sarò sempre per te. Non importa se ho tre fori di proiettile o se mi hanno fatto saltare una gamba. Farò tutto il possibile per esserci, quando avrai bisogno di me."

"Sei un po' estremo," disse lei con un piccolo sorriso, ma Arrow notò che gli aveva afferrato il lato della maglietta con una mano, tenendola stretta. "Zombie Arrow potrebbe spaventarmi più di qualsiasi altra situazione in cui mi trovi."

Arrow sorrise, poi disse: "Il punto è che... devi sempre contare su di me. Io e te siamo molto simili."

"Ne dubito," sbuffò lei.

"No, davvero. Combattiamo per quello che vogliamo. Tu hai lottato per rimanere sana di mente e viva fino all'arrivo di qualcuno. E io combatterò per te. Ero un marine, Morgan. Non lasciamo che ci fermi nulla, quando la bomba sta per esplodere."

"Credi che la bomba devasterà tutto?" chiese lei tranquillamente.

"Non ne ho idea. Ma la regola numero uno è pianificare il peggio, e sperare per il meglio."

"È piuttosto deprimente."

Fu Arrow a ridacchiare. "Penso che, tra tutti, proprio tu possa apprezzare del tutto questo detto."

"Vero," disse lei. Poi aggiunse, quasi sottovoce: "Ho paura, Arrow."

"Di cosa?"

"Di tutto. E se mia madre non vuole che io viva con lei? Ho paura di essere rapita di nuovo. Ho paura che quello che provo per te in questo momento sia solo gratitudine per il fatto che mi hai salvato, e che quando me ne andrò, ti renderai conto di quanto sono incasinata e ringrazierai la tua buona stella che io me ne sia uscita dalla tua vita."

"Non uscirai mai dalla mia vita," le disse Arrow in modo solenne. "Hai già creato un cratere, qui dentro." Prese la mano di lei e se la mise sul petto, sopra il cuore. "Se tua madre non vuole che tu viva con lei, cosa di cui dubito fortemente, puoi restare qui con me. Non posso fare nulla per la tua paura di essere rapita di nuovo, se non rassicurarti che io e la mia squadra stiamo facendo tutto il possibile per capire chi c'è dietro e per fare in modo che non abbiano mai, mai più la possibilità di avvicinarsi a te."

Morgan fece un respiro profondo, poi annuì di nuovo.

Arrow alzò la fronte, portò le dita al mento di lei e le inclinò il viso verso l'alto. "Posso baciarti?"

Non si mosse di un solo centimetro in più. Non voleva farle pressione. Rimase semplicemente in attesa.

Lei abbassò il mento di un centimetro.

Arrow sorrise e si avvicinò. Le diede un bacio a stampo, molto delicato. Poi un secondo. Poi si tirò indietro e disse: "Grazie."

Lei sbatté le palpebre, sorpresa. "Tutto qui?"

"Cosa? Non ti è piaciuto?"

Morgan sollevò le sopracciglia e scosse la testa.

"Perché non mi baci tu, allora?" la sfidò Arrow.

Gli occhi di Morgan brillarono di determinazione e gli disse: "Lo farò." Poi le loro labbra si incontrarono... e lei lo stava baciando.

Arrow non era mai stato così eccitato in tutta la sua vita.

Morgan lo baciava come se la sua vita dipendesse da quel gesto, come se avesse un disperato bisogno di lui. Le lasciò prendere il controllo. Quando la lingua di lei si fece strada, Arrow non riuscì a trattenere un piccolo gemito. La lasciò fare e le strinse la presa sul collo, quando fu il suo turno di mettere in gioco la lingua.

Morgan aveva il sapore della cicca che Arrow le aveva visto scoppiare in bocca proprio prima dell'inizio della conferenza stampa. La voleva sotto di lui, sopra di lui, voleva stare dentro di lei. Ma si trattenne nella sua libido e cercò di godersi il momento per quello che era: due persone che facevano il primo passo verso il resto della loro vita.

Alla fine, lei si tirò indietro e si leccò le labbra mentre lo fissava con le guance avvampate. Vedere la lingua di lei passare sulle labbra gli fece venire voglia di baciarla di nuovo. Arrow si accontentò di portarle una mano sul viso e di tracciare le sue labbra bagnate con il pollice. "È stato incredibile," le disse.

"Non bacio qualcuno da un anno e mezzo. Non in questo modo," disse lei.

"Sì?"

"Quando ero... Sai... Non c'era nessun bacio. Non era quello che volevano. E prima ancora, con Lane, ci davamo dei colpetti sulle labbra, ma non ci baciavamo quasi mai."

Arrow le disse: "È passato un po' di tempo anche per me, bella."

Lei gli lanciò uno sguardo scettico.

"Seriamente, l'ultima volta che sono andato ad un appuntamento è stato..." Arrow si fermò per riflettere, cercando di ricordare. "Non ne ho idea. Credo nel millenovecento settantaquattro." Sorrise per farle sapere che stava scherzando.

Morgan alzò gli occhi al cielo. "Non sono un'idiota, Arrow. Ho gli occhi, sai. Sei bellissimo. È impossibile che tu non abbia donne che ti saltano addosso di continuo."

Arrow ritornò serio. "Solo perché potrebbero essere interessate, non significa che io ricambi le loro attenzioni. Sono stato troppo occupato con la squadra, con le nostre missioni e anche con il mio lavoro da elettricista, troppo per preoccuparmi delle donne."

Sembrava così desiderosa di credergli che Arrow continuò a parlare. "Detto questo, se fossi stato interessato a qualcuna, avrei trovato il tempo per farlo. Non sono così sposato con il mio lavoro da rinunciare alla possibilità di trovare qualcuna con cui passare il resto della mia vita. Lo voglio. Forse non è bello ammetterlo, ma è vero. Vedo quanto Gray sia felice con Allye, e Ro con Chloe. Voglio la stessa cosa per me. Ma nessuna ha mai catturato la mia attenzione. Non come hai fatto tu."

Lei sbuffò. "Giusto. Ho catturato la tua attenzione. Con la mia bella pettinatura, i miei vestiti alla moda e il mio corpo puzzolente."

"Non farlo," la avvertì Arrow. "Non denigrarti. Vuoi sapere cosa ho visto, la prima volta che ho posato gli occhi su di te?"

"No."

Lui continuò come se lei non avesse risposto alla sua domanda retorica. "Ho visto una donna spaventata a morte, ma che non aveva paura di difendere una bambina che aveva bisogno di lei. Ho visto una donna che aveva passato l'inferno, ma in qualche modo la bontà in lei risplendeva ancora, in ogni suo poro. Mi considero un uomo forte. Ho passato momenti di merda nella mia vita, ho visto cose che avrei volentieri evitato. Ma niente mi ha preparato al pugno che ho ricevuto nello stomaco, quando ti ho vista in quella stanza. Anche prima di sapere chi fossi, e quale fosse la tua storia, sapevo che eri speciale. Che avresti cambiato la mia vita."

"Arrow," sussurrò Morgan.

Ma lui proseguì, volendo che lei capisse come si sentiva. "Non posso predire il futuro, ma farò il possibile per coltivare qualsiasi cosa stiamo facendo. Mi piace stare con te. Mi piace il modo in cui non ti tiri indietro. Come mi dici quello che ti passa per la testa e come in qualche modo, con tutto quello che hai passato, sei riuscita a fidarti di me e della mia squadra. È una cosa rara, e voglio incoraggiarti. Te l'ho già detto prima e te lo ripeto, mi piaci, Morgan. Voglio far parte della tua vita. Sono felice di prendere le cose con la calma di cui hai bisogno per andare avanti. Non voglio che tu senta alcuna pressione, quando sei con me, per fare qualcosa che non vuoi fare."

"Ma possiamo continuare a fare la cosa del bacio, no?" chiese lei con un piccolo sorriso.

Arrow sorrise di rimando. "Oh sì, possiamo continuare a fare la cosa del bacio." Detto ciò, la tirò gentilmente verso di lui e la baciò di nuovo. Si prese il suo tempo, prendendo il comando. Assaporando e mordicchiandole il labbro inferiore, prima di intrecciare le loro lingue.

Lei era con lui in ogni momento. Gli conficcò le unghie nelle braccia mentre si baciavano, emettendo dei dolci mormorii dal fondo alla gola, versi che colpivano l'uccello di Arrow. Tutto, di lei, lo rendeva duro come una roccia. Non vedeva l'ora che arrivasse il giorno in cui l'avrebbe fatta stendere sulle sue lenzuola, nuda come il giorno in cui era nata, gemendo solo per lui. Implorandolo di fare l'amore con lei.

Ma avrebbe aspettato tutto il tempo necessario per realizzare quella visione. Sapeva riconoscere una cosa buona quando la vedeva, non avrebbe dato a nessun altro la possibilità di intromettersi in ciò che considerava suo.

Le accarezzò la guancia mentre si tirava indietro e fece del suo meglio per memorizzare lo sguardo soddisfatto sul volto di quella donna. L'aveva vista provare una vasta gamma di emozioni, durante la loro breve conoscenza, ma quello era il modo in cui voleva sempre vederla. Rilassata e felice.

"Sei pronta per la visita medica?"

Morgan arricciò il naso, ma annuì. "So che devo farmi controllare, ma proprio non mi va."

"Lo so. Questo medico è davvero bravo, però. Risponderà a tutte le tue domande e, da quello che hanno detto le altre donne, rende l'intero processo il più indolore possibile. Sai che oggi non otterrai alcun risultato dai test per le malattie veneree, vero?"

Morgan annuì "Lo so. Non vedo l'ora di finire questa tiritera."

"Penso che ti piacerà il The Pit," disse Arrow, cambiando argomento. Non voleva fare nient'altro che riportarla nel suo appartamento dopo la visita e lasciarla rilassare, ma sapeva che la squadra doveva parlare della sua situazione... E che li aspettava anche la madre di lei.

"Che succede in questo posto?" gli chiese. "Sembra una discarica, dal nome."

"Dall'esterno sembra una discarica," le disse onestamente, togliendole a malincuore la mano dal collo e riaccendendo il motore. Mentre usciva dal parco e si dirigeva verso la clinica, continuò: "Ma dentro è estremamente pulito, e Dave non sopporta gli intrallazzi tra i suoi avventori."

"Dave? E davvero... intrallazzi?" chiese lei. "Chi dice così?"

"Io, davvero. Dave è il barista, tutti noi pensiamo viva segretamente sotto il bancone. Secondo noi non torna mai a casa."

"È suo?"

Arrow rifletté un attimo sulla domanda prima di dirle: "Sai una cosa? Non lo so. Non ci avevo mai pensato. Ma ha senso. Lui è sempre lì, se la gente fa danni o fa casino, lui la prende molto sul personale."

"Allora, cosa lo rende così speciale... Oltre a Dave il barista?" chiese Morgan. "È solo un bar, giusto? Con qualche tavolo da biliardo?"

"Sì e no." Arrow scrollò le spalle. "Non ne sono sicuro. Forse perché è il luogo dove io e gli altri ragazzi ci siamo incontrati per la prima volta. Rex ci ha fatto incontrare lì per un 'colloquio', credo di averti già detto che non si è mai presentato, quindi abbiamo giocato a biliardo e ci siamo conosciuti. Eravamo così incazzati quando Rex non si è preso la briga di farsi vedere, abbiamo pensato che fosse stato tutto uno scherzo, farci venire a Colorado Springs per niente."

"È davvero interessante la storia di come sono nati i Mercenari di Montagna," disse lei.

"Sì."

"Ok, allora non giudicherò finché non vedrò questo splendido bar," scherzò lei.

"Lo apprezzo," disse Arrow, sorridendole.

"Non so come fai," mormorò Morgan.

"Cosa?"

"Mi fai sentire bene, quando fino a mezz'ora fa mi sentivo davvero di merda."

"È questo il mio lavoro, bella," le disse Arrow.

"Da quando?"

"Da quando ti ho trovata mentre proteggevi Nina con un coltello da due soldi." Arrow sentì lo sguardo di Morgan su di sé, ma lui manteneva la sua attenzione sulla strada, dandole il tempo di elaborare le sue parole.

Alla fine, lei disse: "Fai sul serio su di noi, vero?"

"Meno male che finalmente te ne sei resa conto," scherzò Arrow. Poi aggiunse seriamente: "Sì, Morgan. Sono serissimo. Qualsiasi cosa ti serva. Ogni volta che ne hai bisogno."

"Non ci conosciamo nemmeno."

"Ecco perché ci sto dando il tempo di conoscerci meglio."

"Molto probabilmente andrò in New Mexico a vivere con mia madre," disse lei "Forse oggi stesso."

"Albuquerque non è Giove, bella. Non è così lontana, tutto sommato. Ci sono queste cose chiamate telefoni, che hanno tutti al giorno d'oggi. E internet. Volere è potere."

"Ti stai cacciando in un mare di guai, Arrow."

"No. Si chiama avere una relazione. È quello che fa la gente."

"Solo perché abbiamo detto certe cose nella foga del momento, quando eravamo giù a Santo Domingo, non significa che dobbiamo continuare ad andare avanti ora che siamo tornati negli Stati Uniti."

"Non era la foga del momento, per me," disse Arrow, un po' risentito. "Voglio continuare a conoscerti, ad uscire con te. Ma questa non è una decisione unilaterale. Se hai deciso che non vuoi avere niente a che fare con me, sarò sincero: farò del mio meglio per farti cambiare idea. Ma se non lo farai, sarà la fine. Non voglio stare con qualcuno che non sia impegnato come me nella relazione. È solo che... c'è qualcosa in te che mi attira. E che cazzo. Tu sei come un bicchiere d'acqua, io sto morendo di sete."

Dopo quel lungo sfogo, nessuno dei due disse una parola fino a quando non si fermarono nel parcheggio della clinica.

"Ok," disse lei, mentre lui spegneva il motore.

"Va bene?"

"Sì, ci conosceremo meglio. Parliamo al telefono. Mandiamoci i messaggi. Vieni a visitarmi. Vedi se c'è qualcosa, in questa cosa di relazione."

Arrow sorrise. "Ottimo."

"Sì. Anche se continuo a pensare che tu sia pazzo. Non sono una buona scommessa, Arrow. Le cose che mi sono successe... io... non so quando, o se sarò pronta a stare di nuovo con qualcuno, fisicamente."

"A piccoli passi, bella."

"Ma non è giusto nei tuoi confronti."

Arrow spense il motore e si girò verso di lei, facendo attenzione a non spaventarla mentre le diceva: "Fanculo la giustizia. La vita non è giusta. Il mio cazzo non andrà in cancrena se non faremo l'amore. Possiamo diventare creativi, se non ti senti a tuo agio con la penetrazione. Posso sempre masturbarmi. In una relazione c'è molto di più del sesso."

Lei arrossì, ma Arrow sperava che lei capisse davvero quello che le stava dicendo.

"Ti piaccio davvero, eh?"

Arrow rise, senza riuscire a trattenersi. "Sì, Morgan. Mi piaci davvero tanto. Ora, andiamo. Facciamola finita, così poi andiamo al The Pit."

Un'ora e mezza dopo, stavano parcheggiando davanti The Pit. Morgan non aveva detto molto sulla visita, lui non insistette. Dover fare il test per le malattie sessualmente trasmissibili non era stato per nulla divertente, lui le aveva già detto che sarebbe stato lì per lei a qualunque costo. Non voleva continuare a insistere.

Felice del fatto che il peggio era passato, Arrow spense il motore.

Nessuno dei due disse nulla, ma il silenzio tra loro non era imbarazzante. Dopo un po', Arrow disse: "Sono sicuro che Dave sa che siamo qui e si chiede perché siamo seduti nel parcheggio, invece di entrare."

"Cos'è, ha delle telecamere installate qui fuori o qualcosa del genere?" chiese Morgan.

"Sì."

"Davvero?" chiese lei sorpresa. "Stavo scherzando."

"Ci sono telecamere dappertutto, in questo posto. Ti dà fastidio?"

"No. Dovrebbe?"

"No. Ma volevo comunque avvertirti. Non saltarmi addosso per sbaciucchiarmi tutto, se non vuoi che finisca su un video." Lei ridacchiò, come voleva lui. "Resta lì. Vengo a prenderti," le ordinò mentre scendeva dalla vettura.

Le prese la mano per aiutarla a scendere dalla macchina. Arrow si sorprese, dato che si rese conto solo in quel momento di quanto fosse alta la sua macchina. Non ci aveva mai nemmeno pensato, ma vedere quanto fosse difficile per Morgan salire e scendere lo rendeva più che ovvio. Avrebbe dovuto prendere dei gradini per lei, o una pedana. Meglio ancora, forse avrebbe finalmente preso un modello più nuovo che sarebbe stato più comodo per lei. Sua madre e sua sorella lo tormentavano da anni perché cambiasse macchina, ma lui non aveva dato retta a nessuno.

Arrow intrecciò le dita con quelle di Morgan, si diressero verso la porta d'ingresso del The Pit. "Sei pronta?" le chiese, mentre afferrava la maniglia.

"Fammi strada, mio possente marine."

Arrow sapeva che lei stava scherzando, ma gli piacque molto quel piccolo segno di possesso. Aprì la porta e le fece un gesto per farla entrare prima di lui.

Appena entrati nello spazio buio, una donna esclamò: "Oh mio Dio! La mia bambina!"

CAPITOLO UNDICI

MORGAN SI IRRIGIDÌ A UDIRE quel grido, ma si rilassò altrettanto rapidamente. Era passato un po' di tempo, ma avrebbe riconosciuto la voce di sua madre ovunque.

Lasciò cadere la mano di Arrow e corse verso la madre. L'altra donna era in piedi, immobile al centro del bar, bloccata dall'emozione. Ovviamente sapeva che Morgan era stata trovata viva, probabilmente aveva anche seguito la conferenza stampa, dato che la TV del bar era accesa, ma sentire qualcuno dire che sua figlia stava bene e vederlo con i propri occhi erano due cose completamente diverse, Morgan lo sapeva.

Morgan allungò le braccia verso la madre, le due si abbracciarono e piansero insieme in mezzo al bar, incuranti degli sguardi intorno. Morgan seppellì la testa tra i capelli della madre e inalò, sentendo il profumo familiare del cocco. La madre usava lo stesso shampoo da anni, annusarlo di nuovo dopo tutto quello che aveva passato era meraviglioso.

"La mia bambina," disse ancora Ellie Jernigan, facendo dondolare la figlia avanti e indietro. "Non avrei mai pensato di rivederti. Tutti mi dicevano di essere ottimista, ma non sono un'idiota. So che quando qualcuno scompare, di solito è solo questione di tempo prima che il suo corpo venga ritrovato nel bosco, mezzo sbranato dai cani selvatici."

Morgan ridacchiò contro sua madre. Era sempre stata troppo drammatica. Tirandosi indietro, Morgan sorrise, allungò un braccio e disse: "Sto bene. Vedi? Niente ossa rosicchiate."

"Gli altri hanno detto che eri in clinica a farti controllare. Stai bene? So che ti eri messa quell'affare, quindi non dovresti essere incinta, ma non si sa mai."

Morgan arrossì e fissò la madre in imbarazzo. Non riusciva a credere che la madre fosse capace di parlarne, consapevole di ciò che Morgan doveva aver sofferto. Lei non era una sprovveduta: sapeva che c'era il rischio di aver contratto qualche malattia, ma non voleva proprio parlarne davanti a tutti. "Non sono incinta," tagliò corto, mordendosi il labbro per la vergogna.

"Che ne dite di venire a sedervi qui?" disse un uomo con un accento del sud, il quale poi prese Morgan gentilmente per il gomito e la condusse verso un paio di sedie.

Felice dell'interruzione, in modo da non entrare nei dettagli della sua visita dal medico con la madre, Morgan si lasciò condurre docilmente.

"Morgan, ti presento Dave," disse Arrow.

Voltandosi verso l'uomo che aveva interrotto lei e sua madre, Morgan alzò lo sguardo verso di lui. Non solo era molto più alto di lei, ma era anche massiccio. Aveva due braccia giganti. Arrow e i suoi amici erano ben messi, ma mai come quell'uomo. Era anche più vecchio di loro. Tirando a indovinare, probabilmente era più vicino all'età di sua madre. Avrà avuto tra i quarantacinque e i cinquant'anni. Aveva i capelli corti un po' grigi, oltre alla barba, anch'essa con alcune sfumature di grigio.

Era molto abbronzato, ma fu la grande cicatrice che gli scendeva lungo il collo e scompariva nel colletto della maglietta a catturare l'attenzione di Morgan. Sembrava che qualsiasi cosa gli fosse successa lo avesse quasi decapitato o, come minimo, gli avesse ferito gravemente il collo.

Morgan stava per alzare la mano verso quella cicatrice, prima di pensare a quello che stava facendo. Per fortuna si bloccò prima di toccare quell'uomo. Arrossendo di nuovo per l'imbarazzo, rimase con la mano a mezz'aria, fissando l'uomo nei suoi profondi occhi marroni.

"Tu devi essere Morgan," le disse, con una voce profonda come quella di Morgan Freeman... escludendo un tocco di accento meridionale. Le prese la mano, stringendola con vigore prima di lasciarla andare.

"Sono io."

"Benvenuta al The Pit," le disse, come se lei non si fosse appena resa completamente ridicola davanti a lui, quasi sfiorando la sua cicatrice. "Sono Dave. Posso offrirti qualcosa da bere? Una bibita? Acqua? Qualcosa di più forte?"

"Sono mesi che non bevo alcolici," disse lei dolcemente. "Probabilmente non è l'idea migliore."

"Sembra meraviglioso," disse la madre. "Mi andrebbe proprio un Mimosa."

Morgan deglutì rumorosamente e si voltò a guardare sua madre, ancora una volta. Dopo averla osservata si rese conto che aveva proprio un bell'aspetto. Si era sempre presa cura di se stessa, ma sembrava che nell'anno in cui Morgan era sparita, e da quando se n'era andata da Atlanta, Ellie Jernigan si fosse sentita più a suo agio che mai.

Era sempre stata più alta di Morgan, ma i tacchi da cinque centimetri che indossava in quel momento la facevano sembrare ancora più alta. Aveva una camicetta aderente che le metteva in risalto l'ampio petto, la gonna al ginocchio era stretta. "Sei dimagrita, mamma?" squittì Morgan. "Stai benissimo."

Ellie arrossì e si fece scorrere una mano lungo una coscia, consapevole del suo bell'aspetto. "Da quando sei sparita, non ho mangiato molto. Ero troppo preoccupata per te. Sapevo che dovevo andarmene da Atlanta. Ovunque mi girassi c'erano dettagli che mi ricordavano la tua sparizione. Una collega d'ufficio mi ha detto che aveva un'amica che viveva ad Albuquerque, mi ha detto che c'erano molti posti per igienisti. Così un giorno, quando ero particolarmente depressa, ho preso la decisione. Mi sono licenziata e mi sono trasferita. Lì ho conosciuto tanti amici meravigliosi, Morgan. Mi sono anche iscritta in palestra e ho iniziato a seguire una dieta keto[1]. Credo che abbia dato i suoi frutti."

Morgan sentì la mano di Arrow sulla schiena. Non si erano ancora accomodate sulle sedie che Dave aveva indicato.

Da un lato, Morgan voleva arrabbiarsi con sua madre per essere andata avanti con la sua vita. Si era fatta dei nuovi amici e si era impegnata a migliorare il suo aspetto... tutto mentre lei, Morgan, veniva maltrattata. Ma sarebbe stato meschino arrabbiarsi. Non c'era letteralmente nulla che sua madre potesse fare, ed era meglio che fosse andata avanti piuttosto che lasciarsi andare in un pozzo di disperazione. "Stai benissimo, mamma."

"Grazie, piccola." Ellie alzò una mano sulle ciocche bionde di Morgan, attorcigliandone una intorno a un dito. "Guarda i tuoi poveri capelli. Vorrei che tuo padre ti avesse dato il tempo di farci qualcosa, prima di darti in pasto alla TV nazionale."

"Avresti dovuto vederli prima che Arrow ci mettesse le mani sopra," disse Morgan, cercando di allentare la tensione. Odiava quando sua madre screditava suo padre. Ci si era abituata, ma era passato più di un anno da quando aveva sentito simili malignità. Sorrise ad Arrow, leggermente dietro di lei, e disse: "Sono fortunata che lui non abbia dovuto tagliare tutto."

Ellie sembrò inorridita. "Tagliare? Oh, sarebbe stato davvero terribile. Ti sono sempre piaciuti tanto, i tuoi capelli."

Morgan alzò gli occhi al cielo. I capelli corti non sarebbero stati orribili. Non in confronto a quello che aveva passato. Era l'ultima delle sue preoccupazioni. Aveva vissuto un inferno e sua madre si preoccupava dei suoi capelli?

"Penso che sua figlia sia bellissima, non importa cosa indossa o che aspetto abbiano i suoi capelli," disse Arrow, chinandosi un po' su di lei.

Morgan fu grata per il sostegno di Arrow, in quel momento. Il commento di lui le impedì di dire qualcosa di cui probabilmente in seguito si sarebbe pentita.

Lo sguardo di Ellie si spostò su Arrow. "Quindi sei stato tu a trovare mia figlia? Hai ucciso le persone che l'hanno presa?"

"Ero uno dei tre uomini che l'hanno trovata, sì. E... no. Il nostro unico obiettivo era di riportare Nina a casa, sana e salva. Abbiamo avvertito le autorità del luogo in cui avevamo trovato sia sua figlia che la bambina, e stavano andando a cercare il padre biologico di Nina. Stiamo ancora aspettando di sapere se sono riusciti a catturare gli altri uomini coinvolti."

"Mhmm."

Morgan si vergognò per l'atteggiamento di sua madre, era così maleducata. Avrebbe dovuto inginocchiarsi ai suoi piedi e ringraziarlo per aver trovato Morgan, per averla riportata a casa. A pensarci bene, persino suo padre non aveva detto molto per ringraziare Arrow e il resto della squadra. Era troppo preoccupato di quali sarebbero state le emittenti televisive alla conferenza, e se la storia sarebbe andata a livello nazionale o sarebbe rimasta regionale.

Morgan si girò e vide entrare nel bar Meat, Ro e Ball.

Sapeva che erano rimasti alla conferenza stampa, dando a lei e ad Arrow il tempo di fuggire. Rivolse loro un debole sorriso, e vide Arrow alzare il mento in segno di saluto.

"Chi sono?" chiese Ellie.

"Quelli sono gli altri uomini della squadra che mi hanno salvato," le disse Morgan. "Ball era a Santo Domingo, ma gli altri erano rimasti qui per dare una mano con le informazioni."

Invece di chiedere di parlare con loro, la madre si allontanò, come se non fossero importanti, e si rivolse alla figlia. "Morgan, torni ad Albuquerque con me, vero? Non tornerai ad Atlanta, vero? Non penso che sia una buona idea. Chi ti ha rapito la prima volta potrebbe aspettare che tu torni a casa. Potrebbe farlo di nuovo. Per non parlare del fatto che tuo padre è lì, e so che vorrà farti sfilare davanti a tutte le telecamere, per suo tornaconto."

Era un modo per chiederle di vivere con lei, ma Morgan non poteva proprio controbattere. Non voleva tornare ad Atlanta, l'ultima cosa che voleva era dover rilasciare interviste a tutte le persone che suo padre aveva incontrato e con cui aveva lavorato nell'ultimo anno.

Anche se si ricordò subito del perché era stata così felice di andarsene da casa di sua madre, ad Atlanta. Morgan le voleva un mondo di bene, ma a volte Ellie sapeva essere meschina e opprimente.

Spostando lo sguardo da Arrow alla madre, Morgan disse: "Io... Se per te va bene, mamma. Sì."

"Ma certo!" esclamò Ellie, poi strinse Morgan in un grande abbraccio, ancora una volta. "Sei mia figlia, sono così felice che tu sia viva! Non mi sognerei mai di vederti andare da un'altra parte!"

Morgan abbracciò di nuovo sua madre, nascondendo il viso e cercando di ritrovare la sua compostezza. Ora che la sua sistemazione abitativa era stata risolta, per qualche motivo voleva ripensarci. Forse non ci aveva riflettuto abbastanza a lungo. Forse avrebbe potuto prendere un appartamento lì, a Colorado Springs o qualcosa del genere.

Poi Ellie si tirò indietro e disse: "Oh, e ho chiamato Lane per fargli sapere che ti hanno trovato, e non vede l'ora di parlare con te."

Morgan fissò la madre, senza proferire parola. Ellie aveva sempre adorato Lane. Lei pensava che Lane e Morgan fossero una coppia perfetta. Ma Morgan non era assolutamente pronta a parlare con lui. Erano sul punto di rompere quando lei era stata rapita, ma non ne aveva parlato con sua madre, così Ellie non sapeva quel dettaglio.

"Signora Jernigan?" chiese Arrow.

"Signorina, prego," lo corresse Ellie. "Sì?"

"Dovremo rubarle Morgan per un po'. Dobbiamo esaminare altre cose sul suo rapimento."

"Sei sicuro che sia proprio necessario, in questo momento? È ancora vulnerabile, dopo tutto quello che le è successo. Non voglio che debba rivivere nulla che la affligga. Forse dovresti aspettare un mese, o giù di lì."

"È molto importante parlare con lei mentre è ancora a mente fresca," replicò Arrow con uno sguardo di scuse rivolto a Morgan. "Prometto che ci andremo piano con lei. Il suo benessere è la priorità principale, per me e per i miei amici."

"Allora non vedo perché non posso venire con voi," esclamò Ellie. "Sono sua madre. Condividiamo tutto."

Non era del tutto vero, ma Morgan non la contraddisse. Sapeva per esperienza che la madre avrebbe solo scavato più a fondo e sarebbe diventata sempre più testarda, se non l'avesse distratta. "Mamma, mi servirebbe il tuo aiuto per procurarmi dei vestiti e altre cose. Forse puoi ordinare alcune cose online per me, da consegnare a casa tua, mentre parlo con Arrow e i suoi amici? Sono sicura che non ci metteremo molto."

"Shopping?" chiese Ellie, "devi fare acquisti? Ne sarei

felice! Avrei già dovuto pensarci. Credi che qualcuno abbia un computer da prestarmi? Potrei usare il mio telefono, ma sarebbe più facile con un portatile."

"Sono sicuro che si può organizzare," disse Arrow, guardando Dave, che aveva seguito tutta la conversazione senza dire una parola, inarcando le sopracciglia in modo buffo.

Il barista colse l'allusione e annuì. "Ne ho uno nell'ufficio sul retro, può usare quello, Ellie."

"Grazie," disse la mamma di Morgan, sbattendo le ciglia. Quando Dave le porse il braccio, lei sorrise ancora di più e gli si aggrappò. "Che gentiluomo. Mi piace."

"Mamma?" chiese Morgan, poco prima che Ellie se ne andasse.

"Sì?"

"Pensi di poter fare le tue mitiche lasagne a cinque strati, quando torniamo a casa? È un'eternità che non mangio un pasto fatto in casa."

"Oh, piccola... naturalmente. E farò anche quei biscotti ai marshmallow che ti piacciono tanto."

"Grazie."

"Sono così felice che tu stia bene. Non sarò la migliore mamma del mondo, ma ti voglio bene e voglio solo il meglio per te."

"Grazie, mamma. Ti voglio bene anch'io."

Quando Ellie e Dave si furono allontanati abbastanza, Arrow si chinò su Morgan e le chiese: "Stai bene?"

"Sì. Immagino che avrei dovuto metterti in guardia su mia madre. È un po'... un po' sopra le righe, a volte."

Arrow ridacchiò. "Immagino che sia un modo come un altro per descriverla."

"È buona. È solo un po' troppo schietta, non pensa sempre a quello che dice prima di dirlo."

"Non sapeva di te e Lane, vero?"

"Di noi che ci stavamo lasciando? No, non so perché non

le ho detto che non andavamo d'accordo. Forse non volevo deluderla, o qualcosa del genere. Ma non avevo avuto il tempo di dirle che ci saremmo lasciati presto." Alzò lo sguardo verso Arrow. "Immagino che avrei dovuto chiamarlo, eh?"

"Andiamo," disse Arrow, prendendole una mano. "Possiamo avere questa conversazione con i ragazzi. Saranno interessati a sapere che vuole parlare con te."

"Odio tutto questo," disse Morgan, mentre seguiva doverosamente Arrow attraverso la porta sul retro della stanza, in una grande area in cui si trovavano i tavoli da biliardo. Si girarono verso destra e lui la condusse a un tavolo, a lato della stanza. Black, Ball, Ro, Meat e Gray erano già seduti e guardavano con interesse alcuni fogli.

"Lo so, e odio che anche tu debba passare attraverso tutta questa merda. Ma è necessario. Lo sai, vero? Voglio dire, non avremmo bisogno di fare questa conversazione se sapessimo chi ti ha preso e perché."

"Lo so, Arrow," lo rassicurò Morgan, mettendogli la mano libera sul braccio. "Non sto dicendo che non voglio farlo, solo che non mi piace."

"Sarà troppo tardi per te e tua madre per andarvene questo pomeriggio, quando avremo finito qui," disse Arrow. "C'è una possibilità che ti possa interessare una cena a casa mia? Non sono il migliore cuoco del mondo, ma non sono neanche il peggiore. Posso fare una bella bistecca alla griglia con asparagi grigliati e involtini, di contorno. È il pasto più casalingo che posso fare. Vuoi invitare tua madre? O tuo padre?"

Morgan lo fissò e si sentì sul punto di piangere. Avrebbe potuto chiederle di uscire a cena con lui e i suoi amici. Avrebbe potuto invitare anche Allye e Chloe con gli altri, a cena. Le piaceva ancora di più che lui fosse disposto a renderla felice invitando i suoi genitori a mangiare con loro.

"Mi piacerebbe una bistecca," gli disse dolcemente. "E...

forse, visto che è la mia ultima notte qui... possiamo stare da soli? Passerò un sacco di tempo con la mamma, visto che andrò in New Mexico. E papà vorrà solo parlare di quello che è successo - quando lui e la mamma non litigheranno - e ho la sensazione che per stasera ne parlerebbero tutti insieme."

Guardò gli occhi di Arrow cadere sulle sue labbra e poi sul petto, prima di tornare nei suoi occhi. Aveva voglia di contorcersi sotto lo sguardo intenso di lui, ma resistette all'impulso. Le piaceva proprio, quell'uomo. Forse esisteva l'amore a prima vista, dopo tutto. Non sapeva di amarlo, ma di sicuro le piaceva tutto quello che aveva scoperto su di lui, fino a quel momento.

"Qualunque cosa tu voglia, farò del mio meglio per assicurarmi che tu ce l'abbia," le rispose Arrow.

"Ok, parlerò con mia madre dopo che avremo finito e le farò sapere il piano," disse Morgan.

"Va bene. Se hai bisogno di una pausa mentre parliamo, basta che tu mi colpisca sul ginocchio due volte."

Il fuoco dentro di lei avvampò a quelle parole. "Starò bene."

"Certo, lo so. Ma l'offerta è sempre valida. Non pensare di doverla superare, se è troppo".

"Non lo farò."

"Bene. Sei pronta?"

"Parlare delle persone della mia vita che pensavo fossero amici e cercare di capire chi potrebbe odiarmi tanto da farmi rapire e tenere prigioniera in un paese straniero? No, ma sono pronta ad andare avanti con la mia vita."

"Non so se abbracciarti o darti il cinque," ammise Arrow.

"Andiamo, voi due," disse Meat. "Abbiamo cose da fare e da scoprire."

"Affascinante," mormorò Arrow mentre accompagnava Morgan al tavolo.

Aspettò che lei si sedesse prima di tirare fuori la sedia accanto alla sua.

Morgan non era sicura se avrebbe dovuto iniziare a parlare o come avrebbe funzionato, ma non doveva preoccuparsi. Meat aprì le danze, dicendole: "Allora, Morgan Byrd, raccontaci di ogni singola persona che hai conosciuto ad Atlanta."

CAPITOLO DODICI

Arrow notò che Morgan era esausta. Avevano parlato con lei per due ore, o meglio, lei aveva parlato con loro per due ore.

Meat le aveva detto di non filtrare affatto le sue parole. Se avesse nutrito sentimenti strani nei confronti di qualcuno, avrebbe dovuto esternarli. Meat aveva preso l'iniziativa, durante l'interrogatorio, e aveva fatto pressioni su Morgan.

Quando erano ancora a Santo Domingo, avevano sentito parlare della sua cerchia ristretta, Lane e Lance Buswell, Karen Garver, Thomas Huntington e Sarah Ellsworth, ma Meat aveva insistito per avere i nomi di quanti più amici, conoscenti, clienti e fornitori possibile. Era arrivato persino a farle pressioni per farle dire i nomi degli amici dei suoi genitori. Dato che suo padre era un direttore finanziario, non si potevano ignorare i suoi rivali.

Morgan non si era tirata indietro. Aveva risposto a tutte le domande che le avevano fatto e aveva detto loro tutto quello che sapeva, su ogni persona.

Di conseguenza, avevano una lista di circa un centinaio di persone, e a quel punto, erano tutti sospettati. Sapeva che

Morgan continuava a sperare che il suo rapimento fosse casuale, ma ad Arrow non sembrava proprio plausibile. E sapeva che il resto della squadra la pensava come lui.

Se fosse stata rapita da uno sconosciuto, non avrebbero fatto tanta strada per trattenerla nei Caraibi. Avrebbero fatto di lei quello che volevano fare e poi l'avrebbero uccisa. Ma drogarla, trasportarla nel piccolo paese, pagare un gruppo di delinquenti per tenerla lì, e non vederla, era stato molto più di un rapimento casuale.

No, chiunque fosse dietro a tutto quello conosceva Morgan personalmente. Aveva anche un gran rancore nei suoi confronti, il che sconcertava Arrow. Certo, non la conosceva da molto tempo, ma non poteva immaginare che lei avrebbe mai fatto qualcosa di così tremendo da invogliare qualcuno di torturarla in quel modo.

Così iniziarono a scorrere la lista delle persone che Morgan conosceva, a cominciare dai suoi amici, dall'ex fidanzato e da suo fratello, per poi proseguire da lì. Più qualcuno la conosceva, più era probabile che fosse il responsabile del suo rapimento.

"Sembra che Lane stia uscendo con una nuova ragazza, da quasi un anno," disse Meat. Poi, guardando Morgan, aggiunse: "Mi dispiace."

Lei agitò una mano, tranquillamente. "Vi ho detto che non stavamo veramente insieme. Va bene."

"Ok, così ha iniziato a frequentare una donna di nome Rebecca Low. Anche lei ha una bella lista di ex fidanzati... compresi alcuni criminali."

"Per cosa sono stati fermati?" chiese Black.

"Rapina a mano armata, aggressione e violenza domestica."

"Merda. Immagino che Lane sia stato un miglioramento?" chiese Ball a Morgan.

Lei annuì. "Non gli piaceva nemmeno correre."

"Sì, Lane Buswell è sicuramente un boy scout," disse Meat, fissando lo schermo del computer davanti a lui. "Ma forse la signorina Rebecca voleva che Morgan uscisse di scena per poter avere Lane tutta per sé. Di sicuro conosceva persone che potessero fare il lavoro sporco."

"Lance non è molto meglio, vero?" chiese Ro. "Non scherza neanche lui."

"Vero. Per lo più cose insignificanti, però, come ubriachezza molesta e disturbo della quiete pubblica... oh, ma aveva una guida in stato di ebbrezza che era in sospeso, quando Morgan è scomparsa."

"Sarah è entrata in contatto con ogni sorta di persone, come barista", aggiunse Gray. "Avrebbe potuto pagare qualcuno per far seguire Morgan fuori dal locale, quella sera, e beccarla."

"Oh, questo è interessante," disse Meat, mentre cliccava sul suo computer.

"Cosa?" chiese Gray.

"Il fratello di Kren Garver fa parte di una gang di motociclisti, a Miami. Se avesse avuto una lite con Morgan per qualcosa o pensasse di essere stata accusata di qualcosa di troppo, avrebbe potuto dare di matto e far intervenire suo fratello."

Arrow si era concentrato così tanto sulla lista dei nomi che aveva davanti a sé, e sulle teorie che gli altri stavano considerando, che non aveva prestato attenzione a Morgan. Solo quando sentì un timido ticchettio di dita sul ginocchio alzò lo sguardo su di lei.

Stringeva le labbra in modo agitato ed era molto pallida.

Cazzo.

Buttare giù ogni informazione che scoprivano e fare brainstorming era il modo in cui la squadra lavorava meglio. Neanche loro tendevano a trattenersi, quando lo facevano. Morgan era stata così disponibile ed equilibrata quando parlava dei suoi amici e conoscenti, che aveva quasi dimenticato che non era una di loro. Non era solo un caso di cui parlava, era la sua vita.

"Si sta facendo tardi, ragazzi," disse con fermezza Arrow. "Allye e Chloe dovrebbero arrivare a momenti, so che probabilmente Morgan ha bisogno di una pausa, prima che arrivino le ragazze."

Lei annuì con entusiasmo, vicino a lui.

Gray si rese subito conto del loro errore e disse: "Scusa, Morgan. Hai fatto un lavoro straordinario. Davvero. So che è stata dura."

"Sì," replicò lei. "Non avrei mai pensato di dover pensare al postino come a qualcuno che mi odiava così tanto da farmi rapire e torturare per un anno. Immagino che dovrei ridurre la quantità di consegne a domicilio, eh?"

Arrow aveva aperto la bocca per tranquillizzarla quando sentirono un trambusto provenire dalla sala d'ingresso.

"Non ci credo!" gridò Ellie Jernigan.

"Calmati, Ellie," le rispose una voce profonda.

Morgan si alzò così velocemente che la sua sedia cadde dietro di lei, il suono rimbombò forte nella stanza. "Oh, merda," esclamò.

"Chi è?" chiese Black, alzandosi e allertandosi subito, pronto a difendere Morgan da chiunque potesse irrompere nella stanza sul retro e cercare di farle del male.

Gli altri avevano seguito l'esempio e avevano circondato Morgan, mettendosi tra lei e chi era entrato nel bar. Arrow fu contento di quella mossa... ma aveva la sensazione che la persona che aveva bisogno di protezione non fosse Morgan. "Si tratta di Carl Byrd," disse ai suoi compagni di squadra.

"Suo padre?" chiese Gray.

"Il solo e unico," borbottò Morgan, poi si diresse verso la porta. "Spero che voi ragazzi siate pronti per questo. Se esistono due persone in questo mondo che si detestano e che non dovrebbero mai stare nella stessa stanza insieme, sono loro."

Sentendosi protettivo nei confronti di Morgan, e rimproverandosi per non averla osservata con più attenzione quando stavano discutendo su chi potesse volerle così male, Arrow camminò leggermente davanti a lei mentre si avvicinavano alla porta.

Carl Byrd era in piedi, proprio all'interno del bar, con Ellie Jernigan che gli urlava in faccia.

"Puoi semplicemente girare i tacchi e uscire di qui," gli disse, agitandogli un dito in faccia. "Morgan non vuole vederti. Non ti rendi conto di quanto sia stata dura oggi per lei? Che farla sfilare davanti a quegli avvoltoi è stata la cosa sbagliata da fare? Come hai potuto essere così insensibile?"

"Quegli 'avvoltoi' sono stati quelli che hanno tenuto il caso di Morgan sotto i riflettori," disse Carl, con calma. "Se non mi fossi fatto il culo per assicurarmi che nessuno si dimenticasse di nostra figlia, ora sarebbe ancora in quel tugurio nei Caraibi."

"Stai scherzando!?" sbraitò Ellie. "Non è stata trovata per qualcosa che hai fatto. È stato un caso! Se quell'altro uomo non avesse portato la sua bambina laggiù, Morgan sarebbe ancora nelle loro grinfie. Quindi non rifilarmi la stronzata che sei stato tu a fare tutto questo per farla tornare a casa sana e salva."

"Non ti ho visto fare nulla per trovarla," ringhiò Carl, la sua compostezza iniziava a sgretolarsi. "Sei scappata da Atlanta così in fretta, dopo la sua scomparsa, che mi chiedevo se stessi cercando di nascondere qualcosa."

Lo schiocco di uno schiaffo, dato da Ellie a Carl, rieccheggiò nella stanza semivuota. "Come ti permetti?!" gli gridò. "Sei tu che hai fatto di tutto per sfruttare il suo rapimento! Le azioni della tua preziosa società sono andate alle stelle dopo che sei andato in TV, piangendo per la tua povera figlia e per quanto ti mancava. Forse avresti dovuto passare più tempo con lei quando era piccola e meno tempo a scoparti la tua segretaria!"

"Basta così!" esplose Dave, separando la coppia.

Arrow sbatté le palpebre e spostò Morgan a lato della porta aperta, facendo spazio agli altri perché si gettassero nella mischia. Non aveva mai visto Dave così infuriato. Era l'uomo più equilibrato che Arrow avesse mai incontrato. Non si arrabbiava quando la gente si ubriacava e faceva casino nel suo bar. Non batteva ciglio quando qualcuno cercava di litigare con lui. Sembrava che non gliene fregasse un cazzo di niente, a parte quando gli veniva data una mancia.

Ma al momento sembrava che stesse per uccidere uno, o entrambi, i genitori di Morgan.

Gray e Ro lo affiancarono, mentre Ball andò di fianco a Carl e Black a fianco di Ellie.

"Come osate entrambi," sibilò Dave alla coppia. "Il ritorno a casa di vostra figlia è un fottuto miracolo, e voi ve ne state qui a litigare come dei bambini di cinque anni. Non mi interessa quale sia la vostra storia, dovreste almeno essere civili l'uno con l'altra, in un momento come questo."

"Hai ragione," disse Ellie, con un tono amaro, le spalle abbassate. "Avere Morgan indietro è un miracolo, e sono più che felice che sia qui. Sono stata così stressata e preoccupata. Niente è più importante che avere di nuovo a casa la mia bambina."

"Tranne forse per il fatto che ti sei persa i tuoi cinque minuti di fama, visto che non sei stata invitata alla conferenza stampa," disse il padre di Morgan sottovoce, ma abbastanza forte da farsi sentire da tutti.

"Basta!" disse Dave ancora una volta. "Per l'amor di Dio! Voi due siete ciò che non va nel mondo di oggi. Fuori. Fuori. Fuori!"

"Ma volevo parlare con Morgan," disse Carl.

"Hai avuto la tua occasione," gli disse Ellie. "Stasera viene a casa con me, ad Albuquerque. Farò in modo che non rimanga sola per un secondo. Farò in modo che sia al sicuro."

Carl si rivolse a Morgan. "Sul serio? Devi tornare a casa ad Atlanta, tesoro. Ti sistemo in un appartamento nel mio palazzo. C'è il portiere e tutto il resto. Lì sarai al sicuro."

"Forse non dovrei andare con nessuno di voi due," disse Morgan, con un tono di voce piatto. "Sono stufa di voi due che vi comportate da mocciosi. Avete divorziato decenni fa. Dovete cominciare a comportarvi da adulti e smetterla di tirarmi addosso, come se fossi un osso e voi due cani."

Dave annuì a Black e Ball, poi si avvicinò alla porta del bar. La aprì mentre gli altri due uomini afferravano per le braccia i genitori di Morgan.

"Ehi, lasciami andare!" protestò Carl.

Ellie si voltò verso la figlia mentre veniva condotta alla porta. "Mi dispiace tanto, piccola. Farò di meglio, te lo prometto! Ho solo... Mi sei mancata così tanto, e ho bisogno di sapere che stai bene. Ti prego di riconsiderare l'idea di venire con me. Non dirò nulla su tuo padre. Lo giuro."

"Morgan si terrà in contatto," disse Dave a Ellie. "Passerà la notte qui a Colorado Springs, voi due potrete partire domani. Vi suggerisco di rilassarvi e di pensare a Morgan, per una volta nella vita. Se decide di rimanere qui, sappiate che avrà tutta la protezione di cui ha bisogno. Se decide di venire con lei in New Mexico, signora Jernigan - e questo è un grande se - è meglio che si prepari ad essere presente, per Morgan, al cento per cento. Le consiglio di trascorrere le sue serate a pensare a quello che sua figlia ha passato e a come può aiutarla al meglio, piuttosto che a quello che è più conveniente per lei."

Detto ciò, Black e Ball diedero una leggera spinta fuori dalla porta ai genitori di Morgan, Dave chiuse con violenza la porta. Poi si girò e andò dritto verso Morgan.

Lei era in piedi accanto ad Arrow, con gli occhi spalancati e uno sguardo imbarazzato sul viso.

Dave si avvicinò a lei e la trascinò nel suo abbraccio senza dire una parola. Arrow non vide in lei alcuna paura dell'uomo più anziano, né nulla che dimostrasse che lei non volesse l'abbraccio di Dave. Morgan chiuse gli occhi e appoggiò la guancia sul suo grande petto.

"Mi dispiace, tesoro" le disse Dave.

Morgan scrollò le spalle, sempre nel suo abbraccio. "Va tutto bene. Non è la prima volta che li vedo litigare, e non sarà l'ultima."

"Dovrebbero essere presenti per te," protestò Dave, non ancora pronto a lasciarla andare.

Morgan si tirò un po' indietro e guardò l'uomo più anziano. "Sono stati così per tutta la vita. Più passava il tempo dal divorzio, più peggioravano. È come se entrambi si rifiutassero di rinunciare alla rabbia che provano l'uno verso l'altra. Non lo capisco, ma ho imparato ad affrontarla. E poi non sono sempre così. Mia madre in genere è piuttosto appiccicosa. Una volta che mio padre se ne sarà andato, tornerà ad essere come sempre."

"In ogni caso." Dave sospirò. "Mi dispiace. E *tu* sei un miracolo. So che devi aver passato l'inferno, ma sei qui. Puoi affrontare qualsiasi cosa sia successa, perché sei viva. Ricordatelo." Poi si rivolse ad Arrow. "Avete finito?"

"Sì, per ora abbiamo finito."

"Bene. Morgan ha bisogno di un drink," annunciò Dave. Poi passò Morgan tra le braccia di Arrow, si girò e si diresse verso il suo bancone.

"È un po' infervorato," osservò Morgan con calma, dopo aver fatto alcuni passi indietro.

"In realtà, no, non lo è," le rispose Arrow. "Di solito è molto tranquillo."

"Non so come sentirmi, al riguardo," ammise lei.

"Speciale," disse Arrow. "Dovresti sentirti speciale. Ora... stai bene? Mi dispiace per quello che è successo prima." Fece un cenno verso la stanza sul retro. "Avrei dovuto capire che parlare dei tuoi amici in quel modo non era per niente bello."

Morgan scosse subito la testa. "No, va tutto bene. Ho solo... Sono stata sopraffatta, per un secondo. Non è che non abbia già pensato a tutte le cose che avete detto. Ho avuto un anno per pensare al mio rapimento e chiedermi 'Perché proprio io?' Ma non avrei mai immaginato che qualcuno pagasse quegli uomini per tenermi lì."

"Ehm... sapete che c'è una coppia nel parcheggio che si urla contro?" chiese Allye, mentre entrava nella sala da biliardo con Chloe.

"Sì, lo sappiamo," le disse Gray mentre si avvicinava alla sua donna e le avvolgeva un braccio intorno alle spalle.

"Avete intenzione di fare qualcosa al riguardo?" chiese Chloe.

Ro si abbassò e baciò profondamente la sua ragazza, prima di tirarsi indietro e dire: "L'abbiamo già fatto. Perché pensi che siano là fuori nel parcheggio, e non qui dentro?"

"Ciao," disse Morgan alle ragazze, cercando consapevolmente di allontanarsi da Arrow. Ma lui si rifiutò di lasciarla andare.

"Ehi," le disse Allye.

"Pronta a spaccare tutto a biliardo?" le chiese Chloe.

"Sì, credo di sì," le rispose Morgan.

"Ecco qui," disse Dave, passando bottiglie d'acqua sia a Chloe che ad Allye. A Morgan diede una bevanda dal colore blu brillante. "E questo è per te."

"Che cos'è? Voglio saperlo?"

"Si chiama AFP. C'è vodka, rum, tequila, gin, blu curaçao, angostura e 7UP."

Morgan lo fissò incredulo. "Dave, non bevo alcolici da un anno."

"A maggior ragione."

"Uhm... Ok," disse lei, tentennando. Dave annuì soddisfatto, si girò e tornò al bancone senza dire nient'altro.

Morgan si rivolse ad Arrow. "Ho un po' paura a berlo," ammise.

Arrow le sorrise. "Non devi avere paura. Dave è il miglior barista che abbia mai incontrato in vita mia. È anche uno dei più protettivi, quando si tratta di donne. Se lui pensa che tu ne abbia bisogno, ne hai bisogno."

"Cosa significa AFP?" chiese Morgan, poi assaggiò un sorso della bevanda blu.

"*Adios, figlio di puttana*," gridò Dave dall'altra parte della stanza.

Morgan quasi sputò il suo sorso, si voltò a fissare il barista incredula e poi tornò a guardare Arrow: "Mi ha davvero sentito, da laggiù?"

"Ho dimenticato di dirti che Dave ha l'udito di un pipistrello!" rispose Arrow con un altro sorriso.

"Uh... ok." Poi alzò la voce e chiese a Dave: "Ma *adios* lo dici a me, ai miei genitori, o mi stai dicendo che non mi ricorderò nulla dopo aver bevuto questo affare?"

"Sì!" urlò il barista, poi tornò a pulire con un piccolo sorriso il bancone già splendente del suo bar.

"A me non ha mai fatto un drink," sussurrò Allye quando si avvicinò.

Anche Chloe si avvicinò dopo aver aperto la sua acqua. "Neanche a me. Tutto quello che otteniamo è acqua. In bottiglia, naturalmente."

Entrambe le donne risero e Morgan le guardò incuriosita.

"Si rifiuta di servire alle donne l'acqua nei bicchieri perché teme che possano essere drogate troppo facilmente," le spiegò Arrow.

"Sul serio?"

"Beh, sì. La probabilità che qualcuno osi fare una cosa del

genere qui dentro è estremamente bassa, ma Dave non vuole correre rischi."

"Avete finito con lei?" chiese Allye. "Possiamo rubarvela per giocare a biliardo?"

"Non siamo arrivate troppo presto, vero?" aggiunse Chloe.

"No. Il vostro tempismo è stato davvero perfetto," disse Arrow, che poi si rivolse a Morgan. "Vuoi restare un po'... o cenare presto?" Una parte di lui voleva sentirsi dire che voleva andare a casa con lui proprio in quel momento, ma voleva anche che si rilassasse e si svagasse con le ragazze. Allye e Chloe erano donne straordinarie, e se c'era qualcuno che poteva far sentire meglio Morgan, erano loro.

"Mi piacerebbe restare a giocare a biliardo... Se non è un problema."

"Ma certo che non lo è," replicò subito Arrow. "Prenditi il tuo tempo. Io e i ragazzi riprenderemo la nostra conversazione di prima."

Morgan sembrò sollevata dalla sua risposta. "Ok."

"Ok." Poi, senza provare un briciolo di disagio o di imbarazzo, Arrow si chinò e diede un rapido bacio in bocca a Morgan. "Divertiti."

Poi lui si allontanò. Ma non prima di aver sentito Allye dire: "Ragazza! Ho visto bene, Archer Kane ti ha appena baciata?!"

Morgan sorrise mentre camminava a braccetto con Allye, Chloe dietro di loro e disse: "Sì!"

"Dammi il cinque!" esclamò Allye, poi le tre ragazze si misero a ridere e scomparvero nella stanza sul retro.

Arrow sentì gli altri cinque uomini della squadra dei Mercenari di Montagna avvicinarsi a lui, ma la sua attenzione era rimasta sulla porta attraverso la quale Morgan era scomparsa.

"Eh, è una lunga lista di nomi quella su cui dobbiamo indagare," disse Black.

"Sì," concordò Arrow.

"Sembra che ci siano molti delinquenti che potrebbero essere collegati a lei," aggiunse Meat.

"Sì," ripeté Arrow.

"Ci vorrà un po' di tempo per indagare su tutti loro," commentò Ball.

"Uh-uh."

"Forse si è fatta rapire e si è fatta una vacanza di un anno," disse seccamente Ro.

"Forse," borbottò Arrow.

Gray colpì Arrow sulla nuca. Questi si voltò, irritato. "Perché cazzo l'hai fatto?"

"Cerco solo di farti prestare attenzione," gli disse Gray. "Andiamo. Sta bene con Allye e Chloe. Dave le terrà d'occhio. Abbiamo delle cose di cui dobbiamo discutere, se vogliamo restringere la lista dei sospetti, e ci serve che tu sia concentrato."

"Avresti potuto semplicemente dirmelo," si lamentò Arrow strofinandosi il collo.

"Per quel che vale... ci piace," disse Meat. "Ha mantenuto il sangue freddo, ha avuto delle intuizioni incredibili su chi potrebbe avercela con lei e perché. Ci ha dato un vero vantaggio nel lavorare su questi nomi."

"È fantastica, va bene," disse Arrow. Seguì gli amici nella stanza sul retro, non riuscendo a trattenersi dal cercare Morgan con lo sguardo. Rideva per qualcosa che una delle altre donne aveva detto, e lui inalò bruscamente. Pensava già che fosse bella, ma vederla in quel momento, rilassata e felice, gli fece capire che non aveva nemmeno cominciato a vedere tutti i diversi lati di lei.

Avrebbe voluto che lei potesse rimanere lì a Colorado Springs, ma non avrebbe certo lasciato che qualche centinaio di miglia lo tenesse lontano da ciò che voleva... ovvero, Morgan.

CAPITOLO TREDICI

MORGAN SI SDRAIÒ sul divano di Arrow, ore dopo, troppo piena per muoversi, troppo comoda anche solo per pensare di alzarsi e andare a letto. Arrow si sedette dall'altra parte del divano, le prese i piedi e le fece il miglior massaggio che lei avesse mai ricevuto.

Morgan guardava la televisione mentre lui le lavorava i piedi, apparentemente non gli prestava attenzione. Ma lei era comunque concentrata su di lui, così come lui lo era su di lei. Quando lei si spostò leggermente, Arrow le chiese immediatamente se fosse a suo agio e se avesse bisogno di un altro cuscino. Quando lei chiuse gli occhi per un secondo, godendosi la sensazione delle mani di lui sui suoi piedi coperti dai calzini, Arrow le chiese se fosse stanca e se volesse andare a letto.

L'appartamento di Arrow era ordinatissimo. L'aveva avvertita che era un po' un maniaco dell'ordine, ma lei non poteva immaginare quanto fosse immacolato quel posto. Morgan suppose che fosse il frutto dell'addestramento dei marine, ma portato all'estremo. I bicchieri negli armadietti erano allineati con precisione, la dispensa disposta come se un organizzatore professionista fosse passato di lì, dopo aver fatto la spesa, e non c'erano molti dettagli personali in più nella stanza, per evitare di far depositare la polvere.

C'erano solo due immagini sugli scaffali: una di Arrow e due donne, probabilmente sua madre e sua sorella, e una di Arrow in piedi con gli altri cinque uomini dei Mercenari di Montagna. Erano tutti sporchi e inzaccherati, ma ognuno di loro sfoggiava un enorme sorriso.

Per quanto fosse pulito e ordinato il posto, Morgan si sentì subito a suo agio. Non era una maniaca dell'ordine, neanche lontanamente, ma dopo l'ultimo anno di vita nello squallore, stare nello spazio pulito di Arrow la faceva sentire libera, in qualche modo. Era calmante.

"Ti è piaciuta la cena?" le chiese Arrow a bassa voce.

"Immensamente," rispose Morgan. "Non ho idea di come tu abbia fatto a far attecchire tutte quelle spezie alla carne, ma era una delizia."

"Non starai esagerando?"

"Assolutamente no. Era tutto perfetto."

"Sono contento."

"Arrow?"

"Sì, bella?"

"Grazie."

"Per cosa?"

"Per oggi. Per stare al mio fianco. Per avermi guardato le spalle. Ero nervosa per la conferenza stampa, ma mi hai rassicurata e mi distratta quando ne avevo più bisogno. So che tu e i ragazzi avevate bisogno di quante più informazioni possibili sui miei amici e conoscenti, ma quando è diventato troppo pesante, mi hai dato il tempo di prendere una pausa. Grazie per avermi fatto giocare a biliardo con Allye e Chloe. Mi piacciono molto, mi aiutano a sentirmi normale. Ed è una cosa importante, perché è da molto tempo che non mi sento normale. Grazie per non aver dato di matto, quando i miei genitori hanno fatto il loro show. E infine, grazie per questa sera. Avevo bisogno di una cena tranquilla, lontana dagli sguardi opprimenti del pubblico. Sono... Mi mancherai."

Senza una parola, Arrow si spostò fino a tirare su Morgan, la fece sedere e poi le mise le braccia intorno alla vita, lei poteva sentire il respiro di lui contro il lato del viso e dei capelli, mentre giaceva contro di lui.

"Puoi stare qui, lo sai," le disse dopo un po'.

Morgan sospirò. "Lo so. E lo apprezzo, più di quanto tu possa immaginare. Non hai visto mia madre molto in sé, oggi. Di solito non è così. La maggior parte delle volte è quasi esageratamente dolce. Mi sta addosso. Penso che... Credo di averne bisogno, in questo momento. Tu hai il tuo lavoro e tutto il resto, e... Ho solo bisogno di un po' di tempo con la mamma."

"Posso capirlo," disse Arrow, stringendo le braccia attorno a lei. "Ma ricordati che qui sei sempre la benvenuta. Se le cose non dovessero funzionare ad Albuquerque, non dovrai far altro che chiamare, verrò a prenderti."

"Lo apprezzo."

"E dovresti sapere che anche tu mi mancherai," le disse. "Sei qui solo da due giorni e hai già lasciato il segno a casa mia, ora non potrò fare più nulla senza vederti qui."

"Ah! Vorresti dire che sono una sciattona, che ho sporcato la tua cucina, che ho lasciato le scarpe in mezzo al pavimento e ti ho fatto prendere una coperta da mettermi sul divano," scherzò lei.

"No. Solo grazie alla tua presenza, hai reso questo appartamento più casa di quanto non lo sia stato da quando mi ci sono trasferito. L'hai riempito con la tua energia e con la tua bontà."

"Arrow," iniziò a redarguirlo Morgan. Sapeva che stava facendo il melodrammatico, ma le piaceva quel pensiero.

"Dico sul serio. E se torni qui, devi sapere che non sarà

un'imposizione. Non sarà un fastidio. Come vedi, non sono uscito dai marine per quando riguarda l'ordine. Questo ci è stato inculcato fin dal primo giorno del campo di addestramento. Ma il pensiero di averti qui, di condividere il mio spazio, non mi spaventa affatto. Potrei abituarmi a vedere una coperta stropicciata sul divano e scarpe sul pavimento, se sapessi che ti appartengono."

"Come è successo?" chiese Morgan.

"Cosa?"

"Questo. Noi. Meno di una settimana fa vivevo a malapena, pensando che sarei morta in quel maledetto tugurio. Ma ora... siamo... beh, non so cosa stiamo facendo."

"Il destino," disse Arrow con convinzione. "Nel mondo accadono cose che non possiamo spiegare. Bambini che sono troppo piccoli per sapere come, scoprono di poter suonare il pianoforte come se lo avessero fatto per tutta la vita. Animali che sono scappati anni prima ricompaiono e si ricongiungono alle loro famiglie. Persone che pensavano di essere sole al mondo scoprono improvvisamente di avere una famiglia enorme, di cui non sapevano nulla."

Morgan guardò Arrow, notando la serietà nei suoi occhi. Non la stava imbambolando con belle parole. Credeva davvero in quello che diceva.

"Lo so," le disse ancora in un sussurro. "Pensi che io sia pazzo. Ma ho visto abbastanza cose, in questo mondo, cose che non possono essere razionalizzate con una semplice spiegazione. Persone che sono sopravvissute a un razzo sparato da un'arma verso casa loro, e ne sono uscite illese. Soldati che avrebbero dovuto morire per le loro ferite, ma non l'hanno fatto. Amanti che si sono riuniti dopo essere stati separati per cinquant'anni. Non metto più nulla in discussione. A volte, due persone si accontentano di un semplice clic. Forse si conoscevano in una vita passata, le loro anime sono attratte insieme in questa vita. Non lo so spiegare, ma dalla prima volta che ti ho vista, sapevo che mi avresti cambiato la vita. Il come, non l'ho ancora capito, ma so con tutto me stesso che è vero."

Morgan deglutì rumorosamente. Quelle belle parole erano del tutto inaspettate. Non aveva pensato molto alla reincarnazione o alle anime, ma ciò che lui le aveva appena detto aveva un senso. "Mi piacerebbe crederci... ma non sono sicura di poterlo fare."

"Va bene così," le disse. "Ci credo io, per entrambi. Tutto quello che devi sapere è che se hai bisogno di me, sono qui. Ti ammiro, Morgan. E cosa più importante, credo in te. Non so cosa ti aspetta per il resto della tua vita, ma se mi vuoi, sono qui. Ora... sdraiati e chiudi gli occhi. Il mattino arriverà presto."

"Sono nervosa all'idea di capire cosa voglio fare della mia vita. Cerco di avviare di nuovo la mia attività di apicoltrice? Cerco un appartamento? La gente mi riconoscerà e vorrà parlare del mio calvario? Sembra tutto così per aria."

"Un giorno alla volta, bella," le disse Arrow. "Non ho risposte per te, ma quando ti senti sopraffatta da tutto, chiamami. Mandami un messaggio e io ci sarò per te."

"Grazie," sussurrò Morgan.

Sentì Arrow baciarle dolcemente una tempia. Indugiò a lungo sulla sua pelle.

Proprio mentre stava per addormentarsi, Morgan lo sentì sussurrare: "Sto già facendo il conto alla rovescia fino a quando non potrò rivederti, bellissima."

———

La mattina dopo, Arrow si allontanò dalla Subaru Forester di Ellie Jernigan e fissò Morgan. Si era svegliato sul suo divano, con lei ancora tra le braccia. Era indolenzito per la posizione scomoda del sonno, ma non l'avrebbe cambiata per nulla al mondo. Morgan si era svegliata poco dopo, ed era rimasta sorpresa dal fatto di aver passato una notte priva di incubi.

Arrow odiava il fatto che lei sognasse cose brutte, ma non ne era certo sorpreso. Era stata all'inferno ed era tornata, ci sarebbe voluto un po' di tempo prima che Morgan si riprendesse.

Arrow aveva mandato un messaggio a Rex, mentre lei si faceva la doccia, gli aveva chiesto alcuni contatti fidati con cui Morgan potesse parlare ad Albuquerque. Più velocemente iniziava a parlare della sua esperienza, prima sarebbe stata in grado di affrontarla e di riprendersi.

Ro si era presentato un'ora dopo e gli aveva dato un telefono nuovo per Morgan. Non si era fermato a lungo, giusto il tempo di salutarla per poi ripartire. Lei aveva cercato di rifiutare il regalo, ma alla fine l'aveva spuntata Ro dicendole: "È tuo. Pensaci tu!" per poi tornare verso la sua auto, non lasciandole altra scelta. Doveva accettarlo.

Morgan aveva alzato gli occhi al cielo, ma aveva tenuto stretto il telefono. Arrow le aveva salvato il proprio numero, così come quello di Rex e degli altri ragazzi della squadra. Aveva aggiunto anche quelli di Allye e di Chloe.

Morgan non aveva molto da impacchettare, perché non aveva ancora comprato molti vestiti... e poi era giunta l'ora di partire. Ellie chiamò Arrow- l'aveva contattato per sapere dove viveva e chiedergli a che ora Morgan sarebbe stata pronta – ora era tutto pronto per la partenza.

Arrow mantenne il contatto visivo con Morgan il più a lungo possibile, prima che il SUV facesse marcia indietro nel parcheggio e se ne andasse.

Arrow non seppe quantificare per quanto tempo fosse rimasto lì a fissare la strada ormai vuota, ma alla fine estrasse il telefono e digitò un messaggio veloce.

Arrow: **Non sei partita neanche da cinque minuti, già mi sembra un'eternità.**

La risposta di lei arrivò quasi subito.

Morgan: **Anch'io la penso così. Dimmi di nuovo perché me ne vado?**

Arrow giochicchiava con le chiavi mentre rientrava nel suo condominio. Fece un cenno di saluto a Robert, il portiere, poi proseguì verso gli ascensori, diretto al terzo piano. Di solito prendeva le scale, ma voleva concentrarsi su quello che stava scrivendo.

Arrow: **Perché sei forte. Perché tua madre ha bisogno di un po' di tempo con te per metabolizzare che sei veramente a casa, e al sicuro. Perché sei una brava figlia. Perché hai bisogno di sapere che puoi stare in piedi da sola senza che io ti stia accanto. Perché sai che se le cose non funzionano, avrai sempre un posto dove andare: qui da me.**

Arrow aprì la porta dell'ascensore e si diresse verso il suo appartamento. Doveva prepararsi a tornare al The Pit per discutere ancora un po' del caso di Morgan con i ragazzi. Meat aveva fatto delle indagini e voleva condividere ciò che aveva trovato. Arrow voleva controllare il telefono finché Morgan non gli avesse risposto, ma si costrinse a metterlo giù e a farsi una doccia.

Dieci minuti dopo, tornò in cucina e vide che c'era un messaggio ad aspettarlo.

Morgan: **Proprio quando credo che tu non possa migliorare... mi dimostri che mi sbaglio.**

Arrow sorrise e si ficcò il telefono in tasca. Voleva risponderle. Voleva chiamarla e sentire la sua voce. Ma la cosa migliore che poteva fare per lei, in quel momento, era darle spazio. Doveva lasciarla essere chi doveva essere. Nel frattempo, lui avrebbe capito chi diavolo si nascondeva dietro il suo rapimento e si sarebbe assicurato che non dovesse mai più preoccuparsi che ciò accadesse.

CAPITOLO QUATTORDICI

Morgan sorrise mentre scriveva ad Arrow. Si erano scambiati messaggi quasi senza sosta, da quando lei aveva lasciato il suo appartamento una settimana prima.

Morgan: **È strano che il materasso nella stanza degli ospiti di mia madre sia troppo morbido?**

Arrow: **No. Potresti prendere delle tavole da metterci sotto, per dare più sostegno.**

Morgan: **Non sono sicura che aiuterebbe. Ho dormito sul terreno duro così a lungo che penso mi abbia rovinato.**

Arrow: **Hai dormito sul letto dell'hotel e sul mio divano, tra le mie braccia, stavi benissimo. Ci vorrà solo del tempo per acclimatarsi.**

Morgan: **È proprio così, vero? :)**

Arrow: **Sì.**

Morgan: **Cosa fai oggi?**

Arrow: **Spesa, incontro con Meat, poi allenamento.**

Morgan: **Sei sicuro di avere abbastanza tempo? Voglio dire, ti ci vorranno ore per organizzare la dispensa dopo la spesa.**

Arrow: **Ti stai forse prendendo gioco di me?**

Morgan: **Forse :)**

Arrow: **E tu che mi dici? Cosa devi fare oggi?**

Morgan: **Beh, oggi volevo restare a casa perché ho il mal di testa e mi fa male lo stomaco, ma devo fare una cosa.**

Arrow: **Mi dispiace che tu non ti senta bene. Dove stai andando?**

Morgan: **La clinica per sole donne, in centro.**

Arrow: **Perché? Stai bene? Sei più malata di quanto fai credere? Hai bisogno che ti faccia visitare da un medico?**

Arrow: **Perché non mi hai detto che ti serviva un medico? Dannazione, bella!**

Morgan: **Sto bene. Seriamente. Smettila di farti prendere dal panico.**

Arrow: **Non posso. Non quando mi dici che vai dal medico e che tua madre non è lì per accompagnarti. Vuoi che venga lì?**

Morgan: **Se ti dicessi di sì, verresti?**

Arrow: **In un attimo. Vedrei di convincere Rex a prestarmi l'aereo privato. Potrei essere lì in un paio d'ore.**

Morgan: **Wow. Per quanto sia tentata, questa è una cosa che devo fare da sola.**

Arrow: **Chiamami.**

Morgan: **No, non posso parlarne con te.**

Arrow: **Sul serio, chiamami, Morgan.**

Morgan: **No.**

Arrow: **Sono seccato con te. Dovresti saperlo.**

Morgan: **Perché questo mi fa sorridere?**

Arrow: **Perché sai che significa che mi importa di te. Ora dimmi cosa c'è, o mi farò vedere e ti rintraccerò.**

Morgan: **So che ho fatto il test quando sono tornata**

la prima volta e tutto è risultato negativo, sono sicura che il dottore che mi ha visitata era bravo, ma non riesco a scrollarmi di dosso la sensazione che forse gli è sfuggito qualcosa. Non so come mai, ma siccome ultimamente mi sento male, ho pensato che forse dovrei andare alla clinica per donne qui e farmi rifare il test... solo per sentirmi meglio e per essere sicura di essere a posto.

Morgan: **Arrow? Ci sei?**

Arrow: **Sono qui. Anche se sto pensando di tornare a Santo Domingo e di dare la caccia agli stronzi che ti hanno preso e ucciderli lentamente.**

Arrow: **Non riesco a digitare abbastanza velocemente per tirare fuori tutto questo, ma visto che non mi chiami...**

Arrow: **Penso che sia una buona idea andarci.**

Arrow: **Odio il fatto di non essere lì con te.**

Arrow: **Non sono un medico, ma non credo che i sintomi coincidano con una malattia venerea. Ma non importa cosa dirà la dottoressa oggi, o qualsiasi altra dottoressa dica in futuro, non smetterò di desiderarti.**

Arrow: **L'ho detto una volta e lo dirò di nuovo. Se decidi che vuoi dare una chance a quello che c'è tra noi, sono io il fortunato. Sono pienamente consapevole di non essere il miglior partito.**

Arrow: **Sono ossessivo-compulsivo quando si tratta di pulizia.**

Arrow: **Ho un lavoro che mi porta lontano.**

Arrow: **Se non sono in missione, di solito sto armeggiando con l'elettronica.**

Arrow: **Sono un po' claustrofobico e iperprotettivo verso le persone che amo.**

Arrow: **Mi chiamerai più tardi?**

Morgan deglutì rumorosamente, prima di rispondere.

Morgan: **Come fai a sapere sempre cosa dire, per farmi sentire meglio?**

Arrow: **Perché sì. Ora, mi chiamerai più tardi?**

Morgan: **Sì. Ti chiamerò.**

Arrow: **Bene. Hai parlato con tuo padre, ultimamente?**

Morgan: **Bel cambio di argomento. E sì, ha chiamato ieri.**

Arrow: **E?**

Morgan: **Continua a cercare di farmi accettare le interviste.**

Arrow: **Dovresti fare solo quello che vuoi fare, bella.**

Morgan: **Grazie. Gli ho detto che ci avrei pensato. Arrow?**

Arrow: **Sì?**

Morgan: **Mi manchi.**

Arrow: **Non quanto mi manchi tu.**

Morgan: **È passata solo una settimana.**

Arrow: **E?**

Morgan: **Mia madre ha suggerito che è solo perché mi hai salvato. Secondo lei si tratta di una sorta di sindrome del salvatore. Dice che mi sto aggrappando a te perché sei piombato là e mi hai salvata.**

Arrow: **Cosa dice il tuo psichiatra?**

Morgan: **Concorda con la possibilità di questa teoria.**

Arrow: **Ne parleremo stasera.**

Morgan: **Va bene.**

Arrow: **:)**

Morgan: **Ok, ora devo andare. Il mio appuntamento è tra un'ora e devo chiamare per un passaggio.**

Arrow: **Stai attenta.**

Morgan: **Sì.**

Arrow: **Mandami un messaggio quando arrivi a casa, così so che stai bene.**

Morgan: **Ok. Divertiti a fare la spesa.**

Arrow: **È la spesa. Non c'è niente da divertirsi.**

Morgan: **Non hai mai fatto la spesa con me. :)**

Arrow: **È una delle mille cose che non vedo l'ora di fare con te, bellissima. Buona giornata e cerca di non preoccuparti. Ricordati che sei una donna forte e resiliente, che ha il resto della vita davanti a sé.**

Morgan: **Ci sentiamo dopo.**

Arrow: **Sì, a dopo.**

Morgan fissò a lungo il telefono prima di metterlo da parte. Doveva per forza andare se voleva arrivare puntuale all'appuntamento, ma non poteva resistere a pensare per qualche altro minuto ad Arrow... e a quanto le fosse già piaciuto.

Era stato un'ancora di salvezza, nell'ultima settimana. Sua madre era entusiasta di averla a casa, ma la sua iperprotettività, sempre presente, era ormai quasi opprimente. Ellie aveva preso i primi due giorni di ferie dal lavoro, poi si era organizzata per lavorare mezza giornata, nel prossimo futuro. Morgan si sentiva malissimo, voleva già spazio da sua madre, ma non poteva pretenderne più di tanto.

Ellie le chiedeva continuamente come stava e se voleva parlare di quello che era successo. Continuava a dire a Morgan che non era salutare tenersi tutto dentro, che aveva bisogno di parlare. E Morgan parlava... con un terapista. Non aveva l'energia per ripetere tutto con la madre, perché non si sentiva a suo agio a raccontarle alcune delle cose terribili che aveva sopportato. Stava lavorando per lasciarsi l'anno passato alle spalle e andare avanti con la sua vita, ma era difficile farlo quando sua madre le chiedeva continuamente se stesse bene e se avesse bisogno di qualcosa.

Morgan ad Albuquerque non aveva amici con cui parlare o con cui uscire, le mancava Arrow più di quanto volesse ammettere. Le loro conversazioni via SMS e le sere in cui l'aveva chiamato erano stati i momenti salienti della sua settimana. Voleva chiedergli se potesse tornare a Colorado Springs, ma non le sembrava giusto nei confronti di sua madre.

Ellie era una donna adulta, con la sua vita. Vivere con la figlia adulta, che aveva a che fare con problemi piuttosto seri, si era rivelato un po' più difficile di quanto entrambe avessero previsto. Morgan non era un'idiota; sapeva che i suoi problemi non sarebbero magicamente scomparsi se fosse stata più vicina ad Arrow, ma onestamente sentiva che lui era meglio attrezzato per affrontarli, grazie alla sua esperienza con le altre vittime di rapimenti.

Sospirò, si costrinse ad alzarsi. Utilizzò un'applicazione sul telefono per farsi dare un passaggio in centro. Era terrorizzata dall'appuntamento, ma senza la conferma che nessuno degli uomini le aveva trasmesso una malattia sessualmente trasmissibile, non riusciva proprio a rilassarsi.

———

Arrow camminava continuamente nel suo appartamento e si passò una mano sui capelli tosati per la decima volta. Cercava di essere paziente e di aspettare che Morgan lo chiamasse, ma continuava a trovarsi con il telefono in mano. Era fin troppo chiaro che Morgan non era contenta di stare con sua madre. Sembrava che Ellie avesse buone intenzioni, ma era ovvio che stava soffocando la figlia.

Lui aveva programmato di chiedere a Morgan di tornare a Colorado Springs ancor prima di incontrare Meat e il resto della squadra, ma dopo la telefonata ricevuta da Rex proprio quel giorno, aveva ancora più motivi per vedere se Morgan avesse preso in considerazione la sua offerta.

Appena squillò il telefono, Arrow cliccò sul pulsante per rispondere senza far partire neanche il secondo squillo.

"Morgan?"

"Ehi, Arrow."

"Com'è andata la visita dal medico? Che cosa hanno detto?"

"Wow, vai subito al punto, eh? Non mi chiedi neanche come sto, né mi chiedi di salutarti mamma?"

"Morgan..." la avvertì Arrow. "Dimmelo e basta."

"Hanno esaminato i risultati che ho ricevuto dalla clinica, hanno detto che non c'era nulla di allarmante nelle mie analisi del sangue. Ma sono andati avanti e mi hanno fatto di nuovo il test per l'herpes, l'HIV, l'epatite, la clamidia, la gonorrea e la sifilide. Il risultato più veloce, che include la maggior parte dei test, sarà disponibile domani pomeriggio, ma hanno detto che non mostravo alcun sintomo fisico, quindi sono abbastanza sicuri che sono a posto. La dottoressa ha suggerito che il mal di stomaco e il mal di testa sono molto probabilmente il risultato dello stress a cui sono stata sottoposta. Ha detto che se non miglioreranno, tornerà e farà altri esami."

"Grazie, cazzo," respirò sollevato Arrow. "Mi dispiace che ti senti ancora male, ma non mi importerebbe se la dottoressa avesse detto che hai tutta quella merda. Non cambierebbe nulla di quello che provo per te. Ma sono contento per te, tutto andrà bene."

"Sono contenta anche io," sussurrò Morgan.

"Ora, questo è abbastanza fuori luogo, ma... come sta tua madre?" chiese Arrow.

"Bene, credo. Stasera stavamo guardando la TV ed è andata in onda la pubblicità dei biscotti Oreo. Ho fatto un commento sul fatto che non li mangiavo da una vita, subito dopo, aveva le chiavi della macchina in mano e stava già uscendo dalla porta per comprarmeli."

"Non ha smesso di riempirti di attenzioni, eh?" chiese Arrow.

"No, per niente. Giuro che non posso andare in bagno

senza che lei mi chieda dove vado, se sto bene o se ho bisogno di qualcosa. Dovrei essere contenta del suo affetto, ma è fastidioso dopo un po'. Poi mi sento in colpa per il fatto che mi dà fastidio."

Arrow detestava il fatto che Morgan provasse sentimenti così contrastanti nei confronti della madre. Neanche lui si sentiva sicuro su cosa pensare di Ellie. Lei non aveva esattamente dato il meglio di sé, quando si erano conosciuti, ma voleva darle una seconda possibilità. Cambiando argomento, lui disse: "Giusto. Ho qualcosa da dirti e una domanda da farti."

"Oh, merda."

"Non è niente di male... beh, non proprio."

"Ok."

"Fidati di me, Morgan. Non farei o direi mai nulla per causarti angoscia, se potessi evitarlo," la rassicurò Arrow.

"Lo so. È solo che... oggi è stata dura. Mi manca avere degli amici con cui parlare. Mia madre mi confonde. Sai che ho parlato con mio padre ieri, sono stressata anche per questo. È stata una giornata strana."

"Mi dispiace di non essere lì ad aiutarti a concludere in meglio questa giornata," disse Arrow.

"Anche a me. Però in un certo senso sei qui con me, mi stai aiutando a migliorare la giornata," disse lei.

"Sei dolce."

"No, non lo sono. Sono una sopravvissuta tosta che non si lascerà più abbattere da niente e nessuno," replicò lei.

"Cazzo, sì che lo sei!" esclamò Arrow. "Non c'è niente che mi ecciti di più di una donna forte, che sa chi è e cosa vuole."

"Non sono sicura di queste ultime due cose, ma sto cercando di essere più forte... almeno esteriormente."

"Fidati di me, sei bellissima. Dentro e fuori."

"Sai sempre le parole giuste da dire."

"Ci provo. Come ti senti in questo momento? Stamattina

hai detto che ti faceva male lo stomaco. Hai ancora il mal di testa?"

"Sì. Lo stomaco va un po' meglio. Prima ho fatto un po' di zuppa, sto cercando di bere molto succo d'arancia. Mamma me ne ha comprato un bottiglione da tre litri. È un'eternità che non ne bevo. Avevo dimenticato quanto mi piacesse, anche se è quasi troppo dolce per me. L'ho annacquato, così è più buono."

"Mi dispiace che tu non ti senta bene, bellissima," rispose Arrow.

"Va tutto bene. Credo sia lo stress di adattarsi alla vita normale. Mi sento triste perché non è che io esca molto, ma ultimamente ho dovuto interagire con più persone di quante ne abbia viste negli ultimi dodici mesi messi insieme. Ora... cosa dovevi dirmi, e qual è la domanda?"

"La mamma di Nina ha parlato con Rex, oggi. Sta passando un brutto momento."

"Un momento difficile? Come? Cosa c'è che non va?" chiese Morgan.

"Non dorme bene la notte, ha degli incubi."

"Mi suona familiare," mormorò Morgan.

Arrow fu triste per lei, ma continuò il discorso. "Si sveglia di notte urlando il tuo nome. È convinta che gli uomini cattivi - parole sue - ti abbiano trovata e ti abbiano portata via di nuovo. Pensa che sia colpa sua, e non importa quante volte sua madre le dica che ora sei al sicuro, che gli uomini cattivi non ti hanno presa, lei si rifiuta di crederci."

"Oh, merda," disse Morgan. "Ho bisogno di vederla. Se parto stasera posso essere lì per domattina. Dovrò noleggiare una macchina, ma..."

"Morgan," la interruppe Arrow. "Fai un bel respiro."

Lei inspirò a fondo, poi rispose: "Scusa. Ho solo... Odio anche il solo pensare a lei, in quel modo. Era così spaventata quando è stata sbattuta in quella stanza con me. Ogni volta che uno degli uomini si avvicinava alla porta, minacciavano di prenderla se non facevo quello che volevano. Hanno imparato piuttosto in fretta che sarei stata molto più accondiscendente, se avessero minacciato Nina. Non pensavo che lei capisse davvero cosa stesse succedendo, ma avrei dovuto capirlo. È più intelligente di quanto non credessi."

"La mia domanda era: potresti considerare l'idea di tornare qui, per un po', e magari andare in terapia con Nina? Penso che se lei ti vedesse regolarmente, se voi due parlaste insieme di quello che è successo, potrebbe rilassarsi e riprendersi più velocemente," disse Arrow. "Ma immagino che non serva neanche chiederlo."

"No, infatti. Non serve." Morgan iniziò a sussurrare, come se avesse paura di parlare troppo forte, come se sua madre la sentisse da qualunque posto si trovasse. "Non sono felice qui. Voglio bene a mia madre, ma mi manchi. E poi vorrei conoscere meglio Allye e Chloe."

"Posso venire a prenderti domani," le disse Arrow, con tutto il corpo che si rilassava per il sollievo. Non pensava che lei si sarebbe rifiutata, ma sentirla dire quelle parole fu sufficiente per annientare il suo stress.

"Fantastico," disse Morgan.

"Mi piacerebbe che tu restassi con me, ma ho anche parlato con Allye e Gray, mi hanno detto che saresti più che benvenuta a casa loro. Sono sicura che anche Ro e Chloe sarebbero felici di ospitarti. Solo per dirti che hai anche altre opzioni, bella."

"Vuoi che rimanga con Allye o Chloe?" chiese lei, tradendo una nota d'incertezza nella voce.

"Cazzo, no," disse subito Arrow. "Quella notte in cui ti ho tenuta tra le braccia, sul divano, è stata una delle migliori dormite che abbia mai fatto negli ultimi mesi, semplicemente perché ero vicino a te. Ti voglio qui, ma non voglio che tu senta alcuna pressione... su niente. Tu sai quello che provo per te, sai come voglio che sia il nostro rapporto... Non te l'ho mai nascosto. Ma non voglio proprio che tu accetti di fare qualcosa, se non ti senti a tuo agio. Quando dico che non c'è nessuna pressione, dico sul serio. Se decidi di restare con Allye, a me sta bene, ma immagino che Gray si stuferà di vedere il mio brutto muso. Lo stesso vale per Ro, se decidi di stare da lui."

Si rilassò quando la sentì ridacchiare. "Se ti stanchi di avermi lì, me lo dirai, vero?" gli chiese.

"Morgan, il giorno in cui mi stancherò di vederti è il giorno in cui Rex mi dovrà mandare in pensione per aver perso la testa."

"Se a te va bene, mi piacerebbe stare con te nel tuo appartamento, Arrow," disse Morgan.

"Fantastico. Vedrò se Chloe può andare a fare scorta di succo d'arancia per te, mentre sono per strada domani."

Morgan ridacchiò di nuovo. "Sembra un bel piano."

"A tua madre andrà bene che tu te ne vada così presto?" chiese Arrow.

"Cercherò di fare in modo di parlarle ogni giorno, per farla sentire meglio. Non ne sarà entusiasta, ma ho ventisette anni. Devo superare quello che mi è successo e vivere la mia vita. Non posso stare con lei per sempre, per quanto lei lo desideri. Sono sicura che andrà tutto bene."

"Se succede qualcosa, chiamami," le ordinò Arrow.

"Lo farò. Ma mia madre supererà ogni delusione e preoccupazione," insistette Morgan. "A che ora devo aspettarti, domani?"

"Prima delle dieci. Me ne andrò da qui verso le quattro, quattro e mezza. Partirei anche subito, ma stanotte non ho dormito abbastanza e non voglio rischiare di avere un colpo di sonno al volante del mio pick-up."

"Per favore, guida con prudenza, Arrow. Non potrei sopportarlo, se ti succedesse qualcosa a causa mia."

"Nulla di ciò che mi succede è per colpa tua, bella. Ora vai a bere un altro po' di succo d'arancia, ti fa bene. Dormi un po', fai le valigie. Sarò lì prima che tu te ne accorga."

"Grazie."

"No, grazie a te," le disse Arrow. "Non molte persone sarebbero disposte a rinunciare a tutto per una bimba che neanche conoscono."

"Forse non la conosco molto bene, ma passare una settimana insieme nelle pessime condizioni in cui ci siamo trovate sembra aver creato un legame indissolubile."

"Così come aver trascorso un giorno nascosti sotto un mucchio di scatole di cartone," disse Arrow. "Ci vediamo presto, bellezza."

"Ciao, Arrow."

"Ciao!"

Arrow dovette proprio trattenersi dal dire a Morgan che l'amava, prima di riattaccare. Scuotendo la testa per quanto si sentisse sdolcinato, si costrinse a comporre il numero di Rex e a fargli sapere che Morgan aveva accettato di tornare a Colorado Springs per aiutare Nina. Dopo averlo fatto, chiamò Chloe e le chiese se si potesse fermare in qualche negozio per lui, il giorno successivo, e le diede una lista di cose che voleva che comprasse in modo che Morgan si sentisse più a suo agio nel suo appartamento.

Proprio quando si era sistemato a letto, il suo telefono squillò di nuovo. Era Meat.

"Ehi, come va?"

"Chiamo solo per avvertirti che Ball e Black vanno ad Atlanta, domani."

"Perché?"

"Per fare due chiacchiere con Lance e Lane Buswell."

"Cos'hai scoperto su di loro?" chiese Arrow, mettendosi seduto nel letto.

"Niente che non sai già, ma siamo tutti d'accordo sul fatto

che sarebbe meglio parlare con loro di persona, per vedere le loro reazioni a certe domande e rivelazioni su quello che Morgan ha passato. Hanno intenzione di parlare anche con Sarah e Karen. Poi andranno anche alla discoteca dove è scomparsa Morgan. Fondamentalmente vogliono solo conoscere la situazione di persona, e vedere se salta fuori qualcosa."

"Mi terrai informato?" chiese Arrow.

"Ma certo."

"Domani vado ad Albuquerque a prendere Morgan, poi la riporto qui."

"Finalmente," disse Meat.

"Ma è là solo da una settimana," protestò Arrow.

"Esattamente. Era ora!" ripeté Meat. "A più tardi."

Arrow scosse la testa, esasperato dall'amico. Meat era certamente il più bizzarro del gruppo. Realizzava mobili incredibili e sicuramente era un mago dell'informatica, ma a volte era anche il più schietto. Se Arrow avesse dovuto tirare a indovinare, avrebbe detto che il suo amico soffriva di una sorta di disturbo da deficit di attenzione. Qualcosa che gli rendeva difficile stare fermo, doveva avere sempre le mani occupate. Qualcosa che lo portava a fargli sfuggire qualsiasi cosa gli passasse per la testa, a prescindere dal fatto che fosse appropriata o meno.

Ma Arrow e il resto della squadra lo conoscevano abbastanza da trovarlo accattivante, invece che fastidioso. Meat era semplicemente... Meat.

Arrow si sdraiò e si costrinse a chiudere gli occhi. Doveva dormire un po' per poter guidare per circa dieci ore, tra andata e ritorno, il giorno dopo. Non voleva certo mettere Morgan in pericolo.

Fu difficile per lui addormentarsi, perché non voleva fare altro che fantasticare sul fatto di avere di nuovo Morgan tra le braccia, ma alla fine scivolò in un sonno leggero.

CAPITOLO QUINDICI

"Ciao, Nina. Come stai oggi?" chiese Morgan mentre abbracciava stretta la bambina.

Nell'ultima settimana, da quando era tornata a Colorado Springs, aveva visto Nina tutti i giorni, facendo psicoterapia insieme. Le sedute erano state dure, ma necessarie. Morgan era andata con Nina, da sola, con Nina e sua madre, poi aveva seguito anche una seduta di psicoterapia di coppia con Arrow.

Non le piaceva sentirsi vulnerabile davanti ad Arrow. Voleva essere la donna forte che lui pensava di vedere quando la guardava, ma il terapista le aveva mostrato che poteva lottare con quello che le era successo ed essere forte allo stesso tempo.

"Ciao, Morgan!" cinguettò Nina. "Io sto bene. E tu?"

"Bene. Mi sono addormentata alle otto, ieri sera, e non mi sono svegliata una sola volta fino a quando non ho dovuto fare pipì alle sei del mattino! E tu che mi dici?"

Nina si illuminò. "Anch'io! Beh, mi sono alzata quando era ancora buio e ho controllato che la mamma fosse ancora lì, ma poi sono tornata subito a dormire."

"Ma brava!" le disse Morgan. Odiava il fatto che la

bambina si svegliasse ancora per assicurarsi di non essere da sola, ma era molto meglio così che svegliarsi per gli incubi notturni o per piangere istericamente. Quel giorno avevano affrontato la loro ultima seduta insieme, almeno così sperava Morgan. Se Nina avesse avuto bisogno di parlare di qualcosa, successivamente, Morgan sarebbe stata sempre disponibile.

"Ciao, Arrow," disse Nina con un piccolo sorriso mentre si allontanava da Morgan.

"Ehi, bimba. Mi piacciono i tuoi capelli."

Di nuovo, Nina si emozionò. "Grazie! Li ho fatti intrecciare dalla mamma, come quelli di Merida."

"La ragazza del film Brave. Sai, l'arciere," gli sussurrò Morgan dietro una mano, mentre fingeva di grattarsi il viso.

"Ah, l'arciere," disse Arrow mentre avvolgeva una mano intorno alla vita di Morgan. "Morgan ed io abbiamo visto quel film l'altra sera. Proprio bello, eh?"

Nina annuì gradevolmente e iniziò a descrivere la sua parte preferita del film.

"Grazie per avermi salvato," disse Arrow a Morgan, dolcemente, mentre la bambina continuava a parlare. Si appoggiò a lei e annusò i capelli di Morgan.

"Prego," gli disse Morgan, mentre si appoggiava a lui. Più tempo passava con Arrow, più si innamorava di lui. Non era perfetto, per niente. Aveva la tendenza a dimenticare i vestiti puliti nell'asciugatrice, la seguiva per controllare alcune delle cose che aveva già fatto, come chiudere la porta a chiave. Tornava a sistemare i vestiti nell'armadio, non appena lei ce li aveva messi. Ma tutte le cose meravigliose che faceva per lei compensavano ampiamente le sue piccole stranezze. Se quelli fossero stati i tratti peggiori di Arrow, Morgan avrebbe potuto sicuramente conviverci.

"Come va lo stomaco, oggi?" chiese Arrow a Morgan, una volta che Nina si era stufata e si era allontanata per dire qualcosa a sua madre.

"Bene. Devo aver avuto un fuso orario di ventiquattro ore, o qualcosa del genere," gli disse Morgan.

"È durato molto più di ventiquattr'ore, bella," le ricordò Arrow.

"Lo so. Non importa. Ora mi sento molto meglio. Dev'essere tutto quel succo che mi hai costretto a bere," scherzò lei.

"Costretto?" chiese Arrow, che le conficcò le dita nei fianchi, facendole il solletico.

Morgan soffocò un gridolino che minacciava di scappare e cercò di allontanarsi dalle sue dita. "Fermo!" gli ordinò.

Lui si fermò immediatamente, ma le strinse i fianchi con forza mentre la teneva stretta a sé. Morgan circondò Arrow con le braccia e si appoggiò a lui. Aveva sempre odiato essere più bassa di tutti gli altri, ma con Arrow le piaceva. Amava il modo in cui si adattava perfettamente a lui. Amava il modo in cui lui sembrava circondarla, con la sua forza.

"Hai un incontro individuale oggi? O solo quello con Nina?" le chiese Arrow.

"Solo quella con Nina e sua madre."

"So di chiedere troppo, ma stai davvero meglio con questa terapia?" le chiese di nuovo. "E non mentire dicendo quello che pensi vorrei sentire. Mi è piaciuto averti con me nell'ultima settimana. Mi piace addormentarmi con te sul divano. Ma se hai dei dubbi, o se hai bisogno del tuo spazio, non mi arrabbio se mi dici che vuoi prendere un appartamento tutto tuo o tornare ad Albuquerque."

"Vuoi che me ne vada?" chiese Morgan incredula, invece di rispondere alla sua domanda.

"Assolutamente no, cazzo, assolutamente no!" rispose Arrow con convinzione.

"E se ti dicessi che non mi va più di dormire sul divano?" chiese Morgan.

"Mi sono accampato sul divano perché hai detto che non dormi bene, da sola. Ma se sei pronta a passare alla stanza degli ospiti, posso fare in modo che accada. Ho solo bisogno che tu me lo dica."

"Non voglio dormire nella stanza degli ospiti," disse Morgan, cercando di sembrare sicura. "E mi sono abituata a dormire con te..."

Morgan guardò Arrow, poi chiuse gli occhi un istante. Quando li riaprì, Arrow scorse un mix di emozioni. "Stanotte possiamo dormire nel mio letto e vedere come va."

Morgan sorrise. "Bene."

"Vorrei che tu prendessi in considerazione anche un'altra cosa," disse Arrow.

"Cosa?"

"Non chiamare tua madre, stasera." Lui alzò la mano quando Morgan aprì la bocca per protestare. "Lo so, lo so. È preoccupata per te e non sta prendendo bene il fatto che sei tornata a vivere qui. Ma ti sta stressando. Tutto quello che ti sto suggerendo è di allontanarti un po', non ti dico di escluderla dalla tua vita o altro."

Morgan sapeva che Arrow aveva ragione. Sua madre la stava stressando. Aveva dato di matto quando Morgan le aveva detto che sarebbe tornata a Colorado Springs. Anche quando Morgan le aveva promesso che l'avrebbe chiamata ogni giorno per farle sapere come stava, Ellie aveva continuato a farle pressione per farla restare. Morgan la capiva. Era la bambina di Ellie, ed era scomparsa da un anno. Quindi era comprensibile che sua madre fosse preoccupata per il suo trasloco. Ma i piagnistei notturni e le suppliche per il suo ritorno ad Albuquerque avevano cominciato a farsi sentire.

"Ok," disse Morgan ad Arrow. "Mio padre vuole ancora che parli con Diane Sawyer. Stasera mi chiamerà per parlarmi ancora dell'intervista."

"Ci hai pensato?" le chiese Arrow.

Morgan annuì. "Sì, penso che la farò. Ho visto la sua intervista con Jaycee Dugard, è stata molto rispettosa e non ha fatto domande fastidiose. Mio padre ha ragione, devo rilasciare alcune interviste, così la stampa si tirerà indietro, ma credo di avere solo paura."

"Sai che qualsiasi cosa tu decida, io ti sosterrò, vero?" le chiese Arrow.

Morgan annuì immediatamente. "Sì. E lo apprezzo. È solo che sono proprio stufa di stare tra i miei genitori. Mio padre pensa una cosa, e per dispetto mia madre si schiera dall'altra parte. E quando la mamma vuole fare qualcosa per me, papà decide che non è salutare e cerca di sganciarmi dei soldi per farmi fare quello che vuole lui. È estenuante!"

"A proposito di genitori... Devo portarti in Michigan per farti conoscere mia madre e mia sorella."

"Ehm.... cosa?" squittì Morgan.

"Cosa, cosa?" ripeté Arrow a pappagallo.

"Non posso conoscere tua madre e tua sorella!"

"Perché no?"

"Perché no!" rispose Morgan.

"Questa non è una risposta."

"È solo che... sono la tua famiglia. La tua unica famiglia."

"Le amo e voglio che incontrino la donna con cui voglio passare il resto della mia vita," replicò Arrow in tutta tranquillità. "Cosa c'è di sbagliato in questo?"

Morgan lo fissò sconcertata.

Arrow la scosse leggermente. "Morgan, il fatto che io voglia stare con te non dovrebbe essere una sorpresa. Diavolo, te l'ho praticamente detto lo stesso giorno che ci siamo incontrati. Non ho intenzione di cambiare idea. Inoltre, ho conosciuto la tua famiglia, perché tu non dovresti conoscere la mia?"

Morgan gli diede un colpetto su un braccio. "Giuro che uno di questi giorni mi farai venire un infarto," si lamentò lei.

"Cosa ho fatto?"

"Incontrare i genitori di un ragazzo è un momento impor-

tante, Arrow. Non puoi tirarmelo fuori così all'improvviso."
Morgan non sapeva perché si lamentava, davvero. Sapeva cosa
provava Arrow per lei. Sapeva che era l'uomo più paziente che
avesse mai incontrato, e voleva il diritto di chiamarlo suo più
di quanto avesse mai voluto qualcosa in vita sua. Ok, non più
di quanto volesse sfuggire ai suoi rapitori, ma quasi.

Era ancora confusa su ciò che lui vedeva in lei, ma attraverso ogni sua azione e ogni sua parola la convincevano che
faceva sul serio. E poi, lui era attratto da lei. Davvero tanto.
Anche se lei si stava ancora occupando degli aspetti psicologici del rapimento. Arrow le aveva detto più e più volte di
darsi un po' di tregua, che probabilmente ci sarebbero voluti
anni per superare quello che era successo, se mai l'avesse
passato completamente. Morgan non voleva pensare di avere
ancora dei flashback o degli incubi negli anni successivi, ma
quando Arrow le diceva che sarebbe stato lì per lei in ogni
caso, si sentiva subito meglio.

Arrow si chinò e le baciò la fronte. "Ti stanno aspettando," disse, e annuì alla porta ormai aperta che conduceva agli
uffici dove gli specialisti facevano le loro sedute. "Sono fiero
di te, bellissima," le disse. "Tornerò a prenderti tra un'ora. Mi
fermerò a casa di un amico e darò un'occhiata ad alcuni dei
suoi punti vendita che hanno dei problemi. Chiamami, se hai
bisogno."

Fece un passo indietro e con riluttanza lasciò cadere la
mano dai fianchi di Morgan.

"Grazie, Arrow."

"Quando vuoi, bella. Quando vuoi." Poi se ne andò.

"Ehi, Morgan," disse Allye mentre entrava dalla porta della
reception del medico di Morgan. Erano passate due ore da
quando Morgan aveva salutato Arrow, e si era preoccupata

quando non l'aveva trovato ad aspettarla fuori. Ma poi si era ricordata che aveva spento il telefono per la seduta, come da regolamento.

Le era sfuggito un messaggio di Arrow che le diceva che non sarebbe stato in grado di andarla a prendere, ma che Allye sarebbe stata lì appena possibile, dopo la sua lezione di danza.

"Ciao," la salutò Morgan. "Sai dov'è Arrow?"

Allye apparve sorpresa. "Non te l'ha detto?"

"Dirmi cosa? Sta bene?"

L'altra donna agitò una mano nell'aria. "Sì, sta bene. Ma qualcuno gli ha tagliato le gomme. Tutte e quattro. Ha dovuto chiamare un carro attrezzi per portare la macchina da Ro."

"Gli hanno squarciato le gomme? Sul serio? Che schifo!" esclamò Morgan.

"Sicuramente Arrow non era contento," commentò Allye. "Tanto più che le sue gomme erano le uniche danneggiate, nel parcheggio del complesso residenziale del suo amico. Sei pronta ad andare?"

Morgan annuì, pensando alle gomme della Arrow mentre seguiva Allye verso la sua auto.

"Arrow mi ha detto di portarti a casa di Ro. Ro è un meccanico, te lo dico nel caso in cui tu non lo sapessi, e ora sta mettendo delle gomme nuove sulla macchina di Arrow. Spero che vada bene."

"Certo," le disse subito Morgan. "Ha detto chi pensava fosse stato?"

Allye arricciò il naso. "No, nessuna idea. Gray e gli altri ragazzi pensano ancora che io abbia bisogno di essere protetta da ogni minimo pericolo. Ho detto a Gray che sentir parlare di rapimenti e furti con scasso non mi farà impazzire per quello che mi è successo, ma lui mi tratta ancora con molta attenzione quando si tratta di parlare del suo lavoro o di altre brutte stronzate che succedono nel mondo."

"Posso farti una domanda?"

"Certo. Puoi chiedermi qualsiasi cosa," disse Allye in modo amichevole.

"Da quello che ha detto Arrow, tu e Gray vi siete messi insieme piuttosto in fretta... come facevi a sapere che era quello giusto?"

"All'inizio opponevo resistenza. Voglio dire, ho pensato che non ci fosse modo che un uomo come Gray volesse davvero stare con me. Primo, ero una missione per lui. Secondo... beh... Ho solo immaginato che sarebbe stato più felice con qualcuna più simile a lui. Qualcuna che amava l'adrenalina e che volesse fare sempre sollevamento pesi, fare esercizio fisico e, in generale, prendere tutti a calci in culo."

Morgan rise. "Tu non sei così?"

Anche Allye si mise a ridere. "Voglio dire, io amo ballare, credo che sia un esercizio fisico, ma giuro che se non fossi una ballerina peserei una cinquantina di chili in più, perché mi piace stare seduta a casa, guardare la TV e chiacchierare con i miei amici."

"Allora, come lo sapevi?"

"Onestamente? Credo che sia stato quando non riuscivo a immaginare di non stare con Gray, che mi sono convinta. Dopo essere stata salvata... la seconda volta, avrei potuto rimanere a San Francisco e andare avanti con la mia vita lì. Ma anche stando con Gray solo per un breve periodo di tempo, desideravo vederlo sempre, mattino e sera. Mi piaceva parlare con lui della sua giornata, mi piaceva semplicemente guardarlo alla sua scrivania mentre lavorava alle tasse di qualcun altro. È sciocco, ma non mi ero mai sentita così a mio agio con qualcuno, come con Gray."

"È esattamente come mi sento io," confessò Morgan. "Ma è pazzesco... non è vero?"

"No. Ascolta, uomini come i Mercenari di Montagna vivono la loro vita a pieno ritmo. A loro piace ciò che gli piace, odiano ciò che odiano e amano chi amano. Punto. Difendono i loro amici e la loro famiglia fino alla morte e, se necessario, farebbero lo stesso per chiunque siano stati mandati a salvare, o proteggere."

"Questo è proprio ciò di cui ho paura. Quando Arrow si renderà conto che non ho più bisogno di protezione, tornerà in sé e si chiederà cosa diavolo ci sta facendo con me," disse tristemente Morgan.

"Non posso dirti di non sentirti così perché, onestamente, anch'io mi sento ancora un po' in questo modo. Ma quello che ho capito è che Gray non si sentiva così, con le centinaia di persone che ha salvato prima di me. Non ha chiesto a loro di andare a vivere con lui. Non le ha baciate come se non ne avesse mai abbastanza, e di certo non ha fatto l'amore con loro. Non so dirti perché fosse così attratto da me o cosa gli abbia fatto decidere di voler passare il resto della sua vita con me, piuttosto che con ogni altra donna che avrebbe potuto incontrare. Ma, alla fine, non importa. È me che ha scelto. È con me che vuole andare a letto ogni notte. Gli illumino gli occhi quando mi vede, gli faccio dilatare le pupille quando mi vede nuda."

"E non mi chiedo più il perché. Lo accetto per quello che è, lotterò con le unghie e con i denti per marcarlo. Per tenerlo. Me lo merito. Merito di avere un uomo che mi tratti come se fossi la cosa più preziosa della sua vita. Se vuole proteggermi non lasciandomi guardare il telegiornale e facendo del suo meglio per non parlare delle missioni che svolge con i suoi amici, mi sta bene, perché significa che mi vuole bene. E che l'amore è la cosa più preziosa della vita. Capito come funziona?"

Morgan annuì e cercò di chiudere gli occhi con un cenno del capo, provando ad asciugarsi le lacrime. Per la prima volta, da quando aveva incontrato Arrow, smise di pensare al perché mai Arrow provasse un interesse nei suoi confronti, e cercò di pensarla in un altro modo. Perché non doveva piacergli? Era una brava persona. Non solo era riuscita a sopravvivere a quello che le era successo, ma non ne era rimasta distrutta, almeno non oltre il limite. Meritava un uomo come Arrow. Se l'era guadagnato, in un certo senso.

Allye aveva ragione. Arrow non viveva certo in una bolla. Aveva visto più di una donna rivolgergli sguardi civettuoli. Era seduta proprio accanto a lui, quando una cameriera gli aveva dato il suo numero di telefono. Ma lui non si era interessato. Aveva continuato a trattare lei, Morgan, come se fosse la persona più importante della sua vita.

Era degna d'amore come chiunque altro, e perché non avrebbe dovuto cogliere l'occasione e dare a una relazione con Arrow la sua migliore chance?

Morgan non riuscì a fermare il sorriso che le si aprì sul viso.

"Lo deduco da quel sorrisetto, hai forse preso una decisione su qualcosa?" le chiese Allye.

"Sì, finora mi sono detta come facevi tu, che sono troppo incasinata. Quello che mi è successo mi ha resa in qualche modo meno degna. Ma credo che dovrei pensare all'intera situazione in modo diverso. Ho bisogno di un uomo che mi aiuti a tirarmi su e a riprendermi, non di qualcuno che devo conquistare, o con cui dovrei preoccuparmi di apparire sempre al meglio. Diavolo, Arrow ha passato un'ora a cercare di togliermi i nodi dai capelli, e non una sola volta ha arricciato il naso per il mio aspetto. Perché non dovrei avere un uomo come Arrow? Direi che lo merito di più rispetto ad una donna qualsiasi."

"Proprio così!" esclamò Allye. "Proprio così! Non abbiamo chiesto noi quello che ci è successo. E ci siamo ritrovate con uomini che hanno potuto apprezzarci per quelle che siamo e per quello che abbiamo passato. Non ci trattengono, non ci ostacolano, ci sostengono e ci aiutano ad andare avanti quando le cose si fanno difficili."

"Sono ancora preoccupata per il fatto che stiamo correndo troppo," ammise Morgan.

"Non esserlo. Come ho detto, questi uomini sanno quello che vogliono. E se Arrow ha deciso di volerti, per lui è così. Tu sei tutto per lui. Non opporti. Lasciati trasportare. Fidati, sarà la cosa migliore che ti sia mai capitata."

"Ok."

"Ok," ripeté Allye mentre guidava nel lungo viale di pini che circondava la proprietà.

"È proprio bello," disse Morgan, con aria sognante. "Mi piacerebbe svegliarmi ogni mattina con una vista così."

"Non dirlo davanti ad Arrow," la avvertì Allye.

"Perché?"

"Perché se è un po' come Gray, comprerà un lotto di terreno e inizierà a progettare la costruzione di una casa prima che tu possa battere ciglio."

"Oh merda, hai ragione," disse Morgan.

"Lo so," disse Allye, mentre spegneva il motore. "Altre donne approfitterebbero di uomini che vogliono dare loro tutto quello che desiderano, ma non noi."

"No, certo," concordò Morgan. "Non noi. Grazie, Allye. Io... Aiuta parlare con qualcuno che ha passato qualcosa di simile alla mia esperienza."

"Quando vuoi," le rispose la ballerina. "Dico sul serio. I nostri uomini sono molto simili. Possono essere difficili da capire, all'inizio. Contattami pure ogni volta che vuoi chiacchierare."

"Lo apprezzo."

Morgan si spaventò quando si aprì la sua portiera, ma si rilassò vedendo che era Arrow. Lui le tese una mano e Morgan la afferrò, sfruttando il suo aiuto per alzarsi e a scendere dall'auto di Allye.

"Stai bene?"

"Certo. Tu stai bene?" chiese lei.

Come risposta, lui piegò la testa e strizzò gli occhi mentre la esaminava. "C'è qualcosa di diverso," dichiarò infine.

"Cosa?"

"In te. C'è qualcosa di diverso. Immagino che la chiacchierata con il terapista sia andata bene," ipotizzò Arrow.

Morgan guardò Allye, che era impegnata a baciare Gray, e sorrise. "Sì, diciamo così," rispose misteriosamente. "Ma seriamente, che cos'hanno le tue gomme?"

Arrow scrollò le spalle. "Qualche stronzo ha deciso che si annoiava," le disse. "Andiamo. Ro ha quasi finito, poi possiamo andarcene."

Mentre passava davanti ad Allye e a Gray, Morgan sorrise e strinse più forte la mano di Arrow, che la accompagnava al garage di Ro.

"Ehi, Ro," disse Morgan, sentendosi più sicura dopo aver parlato con Allye.

Il pick-up di Arrow era su un sollevatore, Ro era in piedi vicino a una gomma quando Morgan lo salutò. Lui la guardò e alzò un sopracciglio. "Ehi," le rispose. "Sembra che la seduta con Nina sia andata bene oggi."

Morgan annuì. "Sì. Penso che stia finalmente superando il problema. Non ha elaborato totalmente quello che è successo, ma ho la sensazione che non si sveglierà più urlando... almeno lo spero."

"E tu?" le chiese Ro, asciugandosi le mani su uno straccio. "Anche tu stai bene?"

"Ci sto arrivando," gli disse Morgan in tutta onestà. "Ho giorni buoni e giorni cattivi, ma sono grata di essere viva. Non ho chiesto di ricevere quello che mi è successo, ma mi è rimasta troppa vita da vivere per crogiolarmi nella miseria per il resto degli anni."

Arrow le avvolse le braccia da dietro e la strinse a sé. Le

sfiorò una tempia con le labbra, poi le disse: "Sono così orgoglioso di te."

Morgan scrollò le spalle. "Anche io sono un po' orgogliosa di me stessa, in realtà."

"Brava ragazza," borbottò Ro, poi rivolse la sua attenzione alla gomma che aveva davanti. "Ho quasi finito, Arrow," gli disse.

"Grazie."

Ro fece un cenno. "Meat ha avuto fortuna nel trovare i filmati di sorveglianza, per vedere chi ti ha fatto questo dispetto?"

Arrow scosse la testa. "No. C'erano delle telecamere nel parcheggio, ma erano tutte puntate nella direzione opposta rispetto a quella in cui ho parcheggiato."

"Presumo che li abbiate istruiti sul modo corretto di utilizzare le telecamere di sorveglianza e che ora abbiano cambiato il loro posizionamento?"

"Ci ha pensato Meat," disse Arrow. "Gli ha fatto il culo dicendogli che si stavano esponendo a una causa infernale, se qualcuno si fosse fatto male nel loro parcheggio con le loro fottute telecamere concentrate sull'ingresso dell'edificio, invece che sulle auto."

"Maledetti segaioli," disse Ro sottovoce.

Morgan voleva ridacchiare, ma si trattenne. Amava ascoltare Ro. Il suo leggero accento inglese era sexy, le frasi che usava di tanto in tanto erano così tipicamente britanniche che si trovava quasi a sospirare di piacere, quando le sentiva.

"Ehi, non fare gli occhi dolci al mio amico," la rimproverò Arrow.

Morgan ridacchiò e si girò verso Arrow. "Penso di dovermi trovare un buon marito inglese. O forse scozzese. C'è qualcosa, nell'accento scozzese, che mi emoziona. Mi piaceva guardare Outlander prima di essere rapita."

"Se vuoi un accento scozzese, posso farlo," disse Arrow, in

una perfetta imitazione di Jamie Fraser in Outlander. "Forse vuoi che ti prenda sulle spalle e che ti riporti al mio castello, per poi portarti con me a fare le marachelle?"

Morgan scoppiò a ridere e gettò le braccia al collo di Arrow. "Non sapevo che potessi parlare così!"

Arrow sorrise e le disse con la sua voce normale: "Ci sono un sacco di cose che non sai di me, bellissima."

Morgan si lasciò andare del tutto. "Lo so. Ma voglio scoprirle tutte."

I loro sguardi sembravano infuocati. Morgan si rese conto, per la prima volta, di quanto si fosse trattenuta con Arrow. Non gli aveva detto quanto significasse per lei passare del tempo con lui. Quanto le piacesse. Aveva ancora paura che, se lo avesse ammesso ad alta voce, in qualche modo lui avrebbe cambiato idea su di lei.

Ma dopo aver parlato con Allye, si era resa conto che la ballerina aveva ragione. Arrow non era il tipo d'uomo che incasina la testa di qualcuno. Non stava con lei perché voleva fare sesso. Lei era la scelta peggiore, per quanto riguardava quell'aspetto. Stava con lei perché gli piaceva, lei sarebbe stata un'idiota a farselo sfuggire.

Il tempismo era un po' imbarazzante, perché non era sicura di essere completamente pronta per un fidanzato e per tutto ciò che un rapporto serio comportava, ma Arrow aveva promesso di andarci piano con lei... e lei si fidava di lui.

Fu quella profonda convinzione che lui non l'avrebbe mai forzata, unita alla sua conversazione con Allye, che permise a Morgan di lasciar andare alcune delle sue paure con Arrow.

"Sei pronta a tornare a casa?" le chiese.

"Con te? Sì!" gli disse Morgan, senza timore di guardarlo negli occhi mentre lo diceva.

"Tu sei diversa," le disse tranquillamente.

"Io e Allye abbiamo fatto una bella chiacchierata," ammise Morgan.

"Ricordami di ringraziarla, più tardi."

Morgan gli sorrise.

"Speriamo sia stato un caso fortuito di vandalismo," disse Ro, mentre lanciava le chiavi del pick-up ad Arrow, che le afferrò con una mano sola. "Ma tieni gli occhi aperti, non si sa mai. Non sarebbe bello se qualcuno cercasse di liberarsi di te per arrivare a Morgan."

Quelle parole furono pronunciate in modo morbido, come se l'altro uomo non credesse davvero a quello che stava dicendo, ma ebbero un impatto immediato su Morgan.

Lei si irrigidì e si voltò a fissare Ro con occhi preoccupati.

"Ro... " lo avvertì Arrow, ma ormai era troppo tardi.

"Diavolo," disse Ro sottovoce.

Morgan si rivolse ad Arrow. "Pensi che sia successo questo? Chi voleva che me ne andassi è qui, a Colorado Springs? Mi stanno spiando? Cercheranno di ucciderti per arrivare a me?"

"Shhhhh," la calmò Arrow. "No, non è quello che pensiamo sia successo oggi."

"E poi cosa? Voglio dire, non è normale avere tutte e quattro le gomme squarciate. Una, forse, qualcuno si stava solo annoiando. Ma tutte e quattro? Questo significa che sei stato preso di mira. Come facevano a sapere dov'eri? Ti stanno seguendo? Oh, mio Dio, forse dovrei andarmene!"

"Morgan," disse Arrow con fermezza, afferrandole le spalle e costringendola a stare ferma. "Guardami."

Morgan lo fissò e cercò di rallentare il respiro. L'ultima cosa di cui aveva bisogno era di svenire nel garage di Ro per iperventilazione.

"Sto bene. Non mi succederà niente. Sei al sicuro. Capito?"

Annuì, anche se non sembrava convinta.

"Non credo che qualcuno mi stia cercando. Abbiamo

tenuto d'occhio il tuo ex e altre persone ad Atlanta. Sono ancora lì. Nessuno ha viaggiato fin qui per prendermi."

"Avrebbero potuto assumere qualcuno," sussurrò Morgan.

"Vero. Ma per quanto sia stato fastidioso, sono solo pneumatici. Probabilmente erano dei ragazzacci. Di conseguenza, ora saremo tutti un po' più attenti, ma nessuno pensa che tu sia in pericolo. Questo è quello che facciamo. Ci inventiamo dei possibili scenari, li dimostriamo o li confutiamo. È così che lavoriamo. Ro stava semplicemente esponendo una possibilità. Non dichiarandola come un dato di fatto."

"Nessuno può arrivare al tuo appartamento, però, vero?" gli chiese Morgan, fissandolo. "Voglio dire, è sicuro, giusto?"

"Assolutamente," la rassicurò Arrow. "Ho un portiere e siamo al terzo piano. Ci sono telecamere in tutto l'edificio. Nell'atrio, nelle scale, nel parcheggio, nell'ascensore. Con me sei al sicuro."

Morgan sapeva che stava dando di matto, ma non poteva farci niente. Era passato molto tempo da quando si era sentita al sicuro, ed era come se qualcuno le avesse di nuovo tolto la terra da sotto i piedi. Non voleva essere catturata di nuovo, ma non voleva nemmeno che Arrow o i suoi amici si facessero del male mentre la proteggevano.

Le venne in mente qualcos'altro. "E mia mamma e mio papà? Sono al sicuro? Dovremmo dire loro di stare all'erta?"

Arrow le accarezzò il viso e appoggiò la fronte contro la sua. "Li farò chiamare da Meat. Ma non abbiamo motivo di pensare che qualcuno sia in pericolo, bella. Ti giuro che se pensiamo che le cose siano cambiate, ci prenderemo cura dei tuoi genitori. Chiameremo delle guardie del corpo per loro, o qualcosa del genere. Sei al sicuro. Siamo al sicuro. La tua famiglia è al sicuro."

"Perché sta succedendo questo?" sussurrò.

"Non sappiamo se sta succedendo qualcosa," disse Arrow.

"Ma le tue gomme sono state tagliate," protestò Morgan.

"Vero. Ma questo non significa che chi ti ha rapito ci riproverà. Fai un respiro profondo."

Morgan obbedì.

"E un altro. Bene. Ora guardami."

Morgan si tirò indietro quel tanto che bastava per poter incontrare lo sguardo di Arrow.

"Ti fidi di me?"

Lei annuì ancora, prima di pensare alla sua domanda.

"Allora fidati del fatto che non farei mai nulla che possa mettere te o i tuoi cari in pericolo."

"Ok."

Arrow si chinò e la baciò, prima di abbracciarla teneramente. Ro aveva dato loro un po' di spazio, ma vedendo che erano pronti a partire, si fece avanti.

"Mi dispiace, Morgan. Non avrei dovuto dire niente."

"No", disse lei con fermezza. "Avresti dovuto, invece. Non sono una bambina di cinque anni indifesa, come Nina. Devo sapere cosa sta succedendo. Non nascondermi le cose. Ho bisogno di informazioni, se voglio proteggermi. Come ti sentiresti, se sapessi che sono di nuovo un bersaglio e non me lo dicessi, e un giorno andassi al negozio da sola, pensando che tutto va bene, e mi rapissero di nuovo? Voi vi sentireste in colpa, io sarei arrabbiata con tutti voi. Quindi per favore, non evitate di dirmi cosa sta succedendo per cercare di proteggermi."

Ro sorrise quando lei finì di parlare, il che la fece arrabbiare.

"Non ridere di me," sibilò lei.

Ro smise subito di sorridere. "Non sto ridendo di te, tesoro," disse Ro. "Sono felice che tu sia così battagliera. Mi piace."

"Bene... allora va bene," disse Morgan, leggermente confusa.

"Va bene, dai. Andiamo a casa," disse Arrow, tirandola in avanti.

"Non sono riuscita a salutare Allye o Chloe," disse Morgan.

"Ti farò chiamare più tardi," disse Ro, mentre Arrow aiutava Morgan a salire sul lato passeggero del suo pick-up.

Nel momento in cui si chiuse la sua portiera, Morgan disse: "Non fatevi del male per colpa mia."

Senza reagire esternamente, Arrow mise in moto il suo veicolo e fece retromarcia, prima di ingranare la marcia e dirigersi verso il vialetto di Ro. "Il fatto è questo," disse Arrow seriamente. "Ho passato quasi tutta la vita a lottare per gli altri. Nei marine, ho combattuto per tutti gli americani in generale. Ho combattuto per i repressi e per gli oppressi. Quando mi sono congedato e mi sono unito ai Mercenari di Montagna, combattevo per le donne e i bambini che avevano bisogno di essere salvati."

La guardò e Morgan ebbe un fremito negli occhi.

"Ma per la prima volta nella mia vita, questa lotta è personale. Sto combattendo per te. Per noi. A questo punto, onestamente, non mi interessa chi c'è dietro il tuo rapimento o perché l'hanno fatto. Mi interessa solo che non abbiano la possibilità di farlo di nuovo. Non mi sono mai sentito così appassionato per qualcosa in vita mia, come tenerti al sicuro. Quindi, se qualcuno vuole dare la caccia a me invece che a te? Io dico che lo facciano pure, perché commetterebbe un errore. Gli stronzi lo fanno sempre. E quando lo faranno, sarò pronto a calpestarli."

"Ma devi lasciarmi fare il mio lavoro, Morgan. Sono stato ferito in passato e probabilmente lo sarò ancora in futuro, ma finché il cuore non smetterà di battere nel petto, continuerò a lottare. Posso sopportare il dolore. Quello che non posso sopportare è vederti soffrire. Quindi dovrai fare i conti con questo, bellezza."

"Io... Non so cosa dire," ammise Morgan. "Da un lato, penso che sia sessista e un po' ingenuo che tu ti sieda lì e mi dica che va bene che tu ti faccia male, ma non io. E tu non sei Superman. Se ti succede qualcosa, non puoi rialzarti subito e affrontare un aggressore se stai morendo dissanguato, o qualcosa del genere. Ma d'altra parte, quello che hai detto mi fa venire voglia di piangere. Non ho mai avuto nessuno che mi mettesse al primo posto in questo modo. Mai."

"Ora ce l'hai," disse Arrow, e le mise una mano su un ginocchio.

Morgan non disse nient'altro durante il viaggio di ritorno a casa, ma nemmeno lui. Era spaventata, ma in qualche modo Arrow aveva reso il tutto meno spaventoso.

Quando arrivarono al suo complesso residenziale, lei si era già calmata. Sì, il fatto che gli avessero squarciato le gomme era brutto, ma non significava per forza che il suo rapitore la stesse aspettando dietro un angolo per rapirla. Forse aveva reagito in modo eccessivo.

Sorridendo ad Arrow, quando lui spense il motore, gli disse: "Cosa c'è in programma per il resto della giornata?"

"Fare la spesa, cenare e rilassarsi davanti alla TV," rispose lui.

"Sembra perfetto. Anche se alla fine devo cominciare a pensare a cosa voglio fare per il resto della mia vita," rifletté Morgan. "Non posso scroccare a te o a mia madre per sempre."

"Perché no?"

"Perché no!" disse Morgan con fermezza. "Non è da me. Io ho bisogno di lavorare. Mi piace lavorare."

"Va bene, va bene," disse Arrow, alzando le mani in segno di resa. "Ma non stasera."

"Non stasera," concordò lei.

Mentre si avvicinavano alla porta dell'edificio, Morgan non poté fare a meno di guardarsi in giro. Non vide nulla di strano. Robert, il portiere, li salutò calorosamente mentre entravano e si dirigevano verso l'ascensore.

Riconoscendo di aver reagito in modo eccessivo, Morgan si lasciò andare. Era al sicuro. Arrow era al sicuro. La sua famiglia era al sicuro. Andava tutto bene.

CAPITOLO SEDICI

I GIORNI SUCCESSIVI TRASCORSERO TRANQUILLI, non ci furono nuove informazioni sul rapimento di Morgan. Arrow ne aveva ricevuta una da Ro, quando Morgan non c'era. Non voleva farla preoccupare per nulla, ma il commento casuale di Ro sul guardarsi le spalle l'aveva fatta scattare. Lei aveva cercato di convincerlo che stava bene e che preferiva sapere dei suoi sospetti, piuttosto che essere tenuta all'oscuro, ma lui odiava il vederla così nervosa.

Non che volesse tenerle nascoste le informazioni sul rapimento, ma voleva prima darle del tempo per rilassarsi davvero.

I genitori di Morgan non aiutavano affatto la situazione. Suo padre la perseguitava per farla parlare con la stampa. Per quanto fosse stato un vantaggio quando lei era scomparsa, tenendo il suo caso sotto gli occhi dell'opinione pubblica e non permettendo a nessuno di dimenticarsi di lei, ora era un peso per Morgan, quando si trattava di andare avanti con la sua vita.

Carl stava ancora facendo il giro dei programmi del mattino, parlando di Morgan come se fosse lui a occuparsi della sua guarigione. Aveva mentito spudoratamente in diverse interviste, dicendo di essere al fianco di Morgan mentre lei si reinseriva nella società.

Ellie non era molto meglio. Mentre evitava la stampa, cercava di convincere Morgan a tornare ad Albuquerque. Era irremovibile sul fatto che sua figlia fosse troppo fragile per avere una relazione in quel momento, e che avesse bisogno di stare con la famiglia per poter guarire adeguatamente. Le mandava messaggi giorno e notte, cercando continuamente rassicurazioni sul fatto che Morgan stesse bene. Quella situazione stava facendo impazzire Arrow. Era contento che Ellie sembrasse amare veramente sua figlia e che fosse preoccupata per lei, ma la tensione emotiva che stava coltivando Morgan fu la goccia che fece traboccare il vaso.

Arrow e Morgan avevano discusso di quante volte Morgan dovesse parlare con la madre, alla fine Morgan aveva acconsentito di parlare con Ellie solo due volte a settimana, accettando anche di non lamentarsi della madre.

Morgan stava facendo ricerche per avviare la sua attività di apicoltura in Colorado, Arrow aveva iniziato a cercare casa e una proprietà per poter tenere le api che lei amava tanto. Il padrone di casa di Morgan, ad Atlanta, aveva affittato la sua casa a qualcun altro, dato che lei non era tornata per diversi mesi. Suo padre aveva impacchettato tutte le sue cose e le aveva messe in un deposito.

Arrow non le aveva detto che aveva iniziato a cercare un pezzo di terra che sarebbe servito per la sua attività, decidendo che prima dovevano sistemarsi le cose. Una volta che Morgan avesse capito cosa dovesse fare per rimettere in piedi la sua attività, Arrow le avrebbe parlato della sistemazione abitativa.

Dormivano nel letto di Arrow ogni notte, da quando gli avevano bucato le gomme. All'inizio era stato imbarazzante per entrambi. Per Arrow, perché non aveva mai trascorso tutta la notte nel suo letto con una donna, e per Morgan, a causa degli effetti psicologici del suo rapimento.

Ma dopo quella prima notte, le cose sembravano... giuste. Arrow a letto indossava un paio di pantaloni da notte di cotone, lei indossava una canottiera e pantaloncini da uomo. Era assolutamente splendida, guadagnava peso lentamente e nei posti giusti. Arrow andava a letto e si svegliava con un'erezione, ogni notte e ogni giorno. Ma avrebbe sopportato un milione di erezioni prima di fare un passo in una direzione che lei non era ancora pronta ad intraprendere.

Sicuramente Morgan non era ancora pronta.

Arrow lo sapeva, ne era certo.

Erano le cinque e mezza del sesto giorno dopo che avevano iniziato a dormire nello stesso letto insieme, Arrow si svegliò con Morgan avvolta intorno a lui. Lei lo aveva abbracciato dal momento in cui si era messa a letto, fino al risveglio. Lo stringeva come se potesse scomparire, se lei non avesse fatto così.

Arrow amava averla vicina, ma era anche una tortura. La gamba di lei era sopra di lui, premeva contro il suo uccello in tiro. Lei respirava in modo lento e regolare. Ogni volta che lei espirava, lui sentiva il caldo respiro ondeggiare sul suo petto. I capezzoli di lei erano ridotti a due puntini. Se Arrow avesse mosso la testa di cinque centimetri, avrebbe potuto prendere uno di quei capezzoli in bocca.

Il pensiero era inebriante, non poteva fare a meno di chiudere gli occhi e di fantasticare sul fatto che lei si muovesse su di lui. E poi giù, dal petto fino ai pantaloni, glieli tirava giù, sorridendo al suo uccello in tiro e mettendoselo in bocca. Lei magari lo avrebbe guardato timidamente, mentre assaggiava e succhiava.

Arrow tornò alla realtà non appena sentì Morgan irrigidirsi contro di lui.

Aprendo gli occhi, la guardò e vide che lei lo stava

fissando con trepidazione. Era rigida, contro di lui, come se avesse paura di muovere anche solo un muscolo.

"Buongiorno," le disse con tono calmo.

"Buongiorno," rispose lei, cauta.

Arrow voleva prendere a pugni qualcuno per la sua frustrazione. Morgan aveva fatto molta strada, nella sua guarigione. Sapeva che non sarebbe mai tornata ad essere la persona che era prima del rapimento, ma odiava vederla spaventata da lui.

"Con me sei al sicuro," le disse con dolcezza. "Non farei mai nulla per farti del male."

Udite quelle parole, lei si rilassò contro di lui. "Lo so," borbottò, con lo sguardo più calmo. "Ho appena... Mi sono svegliata e ho sentito il tuo... tu, contro la mia gamba, mi hai spaventata per un secondo."

"Pensavo a qualcosa del genere. È tutto a posto."

"No, invece," disse lei, di nuovo con vigore. "Odio non poterti mostrare quanto mi piace averti qui con me. Il fatto di non poter essere *normale* con te."

"Cos'è la normalità, comunque?" chiese Arrow con leggerezza. "La normalità è determinata da ciò che noi reputiamo normale."

"Voglio potermi svegliare e non irrigidirmi subito, pensando di essere di nuovo lì, a chiedermi se oggi è il giorno in cui mi uccideranno, dopo aver ottenuto quello che vogliono. Voglio potermi svegliare con la bocca del mio ragazzo sul mio corpo, e non pensare a quello che mi hanno preso, senza permesso, tante volte. Voglio potermi perdere nel tuo tocco, non tirarmi indietro perché mi ricorda loro."

"Lo farai," disse Arrow, mascherando la furia nel suo tono con tutta la sua forza di volontà.

"Quando? Quando non penserò a loro ogni secondo di ogni giorno, temo che ti sarai stufato di aspettarmi. Ho paura di perderti, prima ancora di averti veramente."

Arrow non riuscì a trattenersi dal tirarla sopra di lui, assicurandosi di tirarla su in modo che lei gli stesse a cavalcioni sulla pancia, invece che sul pacco. L'ultima cosa di cui aveva bisogno era di premerle l'uccello contro la passera.

"Non mi perderai mai," le disse con fermezza. "Non mi stancherò mai di aspettarti. Non c'è una tabella di marcia per il recupero dallo stupro. Lo sai bene. Come ti ho detto quando abbiamo parlato con il tuo terapeuta, ci sono dentro fino al collo. Non ti forzerò mai, bellezza. Qualunque cosa tu scelga di darmi, ogni volta che scegli di darmela, dipende da te. Passerò ogni giorno a farti sentire di nuovo al sicuro. Dentro questo appartamento, in questo letto, e anche fuori, nel mondo reale. Il tuo posto sicuro sarà proprio qui, tra le mie braccia. Qualunque cosa accada là fuori non ha alcun effetto sui miei sentimenti per te. Ti amo, Morgan. Tu sei tutto per me."

Le lacrime le cadevano dagli occhi, mentre lo fissava.

Lui usò i pollici per asciugarle le guance, prima di tirarla giù, in modo che si appoggiasse al suo petto. Morgan non disse nient'altro, sentendosi impotente mentre singhiozzava. Tutto quello che Arrow poteva fare era tenerla stretta e accarezzarle la schiena. Non le disse di non piangere. Non le disse che tutto sarebbe andato bene. La strinse forte, cercando di dirle senza parlare che lui era lì per lei, e che ci sarebbe sempre stato.

Alla fine, i singhiozzi diminuirono, trasformandosi in singulti occasionali.

"Meglio?" le chiese dolcemente.

Morgan annuì.

"Bene. Vuoi alzarti e farti una doccia, o stare sdraiata qui un altro po'?"

"Resto qui," sussurrò lei.

"Ok, bellissima. Mi alzo, mi faccio una doccia e inizio a

preparare la colazione. Tu dormi. Ti sveglierò quando la tua omelette sarà pronta."

"Sei troppo, per me".

Arrow sbuffò. "Beh, insomma. Sto ancora aspettando che tu torni in te e capisca che potresti avere molto più di me." Poi si allontanò da lei e la coprì con un lenzuolo. Le baciò una tempia e si diresse verso il bagno.

Arrow era sotto la doccia, dando le spalle alla porta, quando percepì una presenza dietro di sé.

Girandosi, fu sorpreso nel vedere Morgan nuda entrare nella doccia con lui, dopo aver richiuso le porticine del box doccia.

"Cosa..."

Si dimenticò ciò che le stava per chiedere quando lei lo avvolse con le braccia da dietro e gli raggiunse con le mani l'uccello semiduro. Nel momento in cui lei lo sfiorò, tutto il sangue del corpo di Arrow iniziò a fluire, l'uccello gli si gonfiò istantaneamente.

Le afferrò i polsi e la tenne ferma mentre girava la testa e le chiedeva: "Morgan? Cosa stai facendo?"

"Pensavo fosse ovvio," rispose lei, senza opporsi alla presa. "È solo che... Sono stanca di sentirmi così impotente. Non sono pronta per... lo sai. Ma voglio fare qualcosa."

"Sei sicura? Mi piacciono le tue mani su di me, ma non è una cosa che mi aspetto da te finché non sei assolutamente pronta."

"Non sono ancora al punto dove posso dirti che ti amo anch'io," gli rispose Morgan. "Ma posso dirti che non ho mai provato con nessun altro quello che provo per te. Pensare a te che soffri, quando posso fare qualcosa per aiutarti, mi fa sentire male fisicamente. Voglio toccarti, Arrow. Voglio essere io a farti stare bene."

"Mi fai stare bene anche solo stando con me," si affrettò a rassicurarla Arrow. "Se in qualsiasi momento ti senti sopraffatta dai ricordi, voglio che ti fermi. Mi farà male, se soffri solo per darmi piacere."

"Arrow, credimi, questo non è niente in confronto a quello che mi è successo prima. Neanche lontanamente. È un piacere che ti offro liberamente. Voglio che tu raggiunga un orgasmo da quello che sto facendo volontariamente."

Arrow ridacchiò e le tolse le mani dai polsi, lasciandole la libertà di fare ciò che voleva. "Bella, mi sento sempre sul punto di avere un orgasmo, quando mi stai vicino, non devi nemmeno toccarmi per farmelo diventare duro."

"Girati di lato e metti le mani sul muro," gli ordinò lei.

Arrow non era il tipo di uomo che si limitava a seguire gli ordini, quando si trattava di sesso, ma per lei avrebbe fatto qualsiasi cosa. Era come creta, nelle mani di Morgan. Si girò in modo che l'acqua gli colpisse il fianco, e si lasciò sfuggire un piccolo gemito quando Morgan si inginocchiò accanto a lui, con una mano sull'anca per stabilizzarsi.

Arrow guardò in basso e vide i seni di lei che gocciolavano d'acqua. I capelli le cadevano umidi intorno alle spalle. Lo sguardo di lei era bloccato sul suo uccello. Lei si leccò le labbra, l'uccello pulsò come tutta risposta.

Gemendo, Arrow distolse lo sguardo, gettò la testa all'indietro e fissò il soffitto.

Sentì muoversi una mano di Morgan, passando dal fianco alla pancia, mentre lei tracciava i muscoli, prima di scivolare giù e afferrare di nuovo il suo uccello.

"Oh, merda," ansimò lui, bloccando le ginocchia.

Morgan cominciò ad accarezzarlo su e giù mentre l'altra mano si posò sulla coscia di lui per mantenere l'equilibrio.

"Non ci vorrà molto," la avvertì Arrow, mentre tornava a guardarla. Per quanto volesse farla durare, sapeva che non c'era modo di mantenere il suo normale controllo di ferro sulla sua libido.

Aveva sognato quel momento per settimane, non aspettandosi niente del genere così presto. Era un miracolo. Il *suo* miracolo. Era più coraggiosa di chiunque altro avesse mai incontrato.

"Fammi sapere se non lo faccio bene," mormorò lei, mordendosi il labbro in concentrazione mentre lo masturbava.

"Mi stai toccando, quindi lo stai facendo bene," riuscì a dire Arrow a malapena. Guardava, mentre la punta del suo uccello sgusciava fuori dal pugno stretto di Morgan, ad ogni colpo, per poi sparire totalmente nella presa. Lui voleva toccarla, tenerle i capelli nel pugno mentre lei gli procurava piacere, ma si sforzò di tenere entrambe le mani sul muro. "Più veloce, piccola," le disse con urgenza.

Morgan accelerò subito i colpi, mosse l'altra mano per stringergli le palle. Fu sufficiente.

"Oh cazzo, sto venendo!" boccheggiò lui. Pochi secondi dopo, stava sparando fuori tutto il liquido sul muro e sulla mano di lei. Arrow gemette e spinse i fianchi in avanti, mentre lei rallentò il suo movimento, finendo poi per accarezzarlo invece di masturbarlo.

Quando lui osò aprire gli occhi ancora una volta, lei lo guardava e sorrideva meravigliata, come se avesse appena superato la prova più difficile che avesse mai affrontato... lui suppose, in qualche modo, che per lei fosse davvero così.

"Posso abbracciarti?" le chiese, non volendo fare altro che trascinarla tra le sue braccia e stringerla forte, ma non era sicuro di dove fosse la sua testa e si rifiutò di fare qualsiasi cosa che potesse ferire la sua psiche.

"Ma certo," gli disse lei dolcemente.

Arrow si chinò immediatamente, la aiutò a mettersi in piedi e la abbracciò così velocemente che i loro corpi emisero una sorta di schiocco.

Se Arrow pensava che fosse bello sentire Morgan contro di sé quando erano completamente vestiti, non era nulla in confronto al tenerla abbracciata da nudi. I capezzoli di lei erano duri contro il suo petto, lei doveva ingrassare ancora qualche chiletto, ma la sensazione di morbidezza contro il suo corpo fu sufficiente a fargli tremare di nuovo l'uccello.

"Non penso che sarò mai in grado di farti un pompino," disse Morgan contro il suo petto.

L'uccello di Arrow si sgonfiò non appena udite quelle parole. Non per il pensiero del gesto in sé, ma per il significato celato dietro al perché Morgan si sentisse in quel modo.

"Non mi interessa."

"A tutti gli uomini importa. Lo vogliono tutti," protestò Morgan.

Arrow le mise la mano sotto il mento e le alzò la testa, così lei dovette guardarlo mentre parlava. "A me no," le disse con fermezza. "Bella, ho appena spruzzato il mio carico dopo che mi hai toccato per, tipo, meno di un minuto. Non mi interessa quale parte di te mi sta toccando, basta che tu lo faccia. Io non sono 'tutti gli uomini'. Quando siamo insieme così, siamo solo io e te. Nessun altro. Quello che facciamo insieme non è affare di nessuno, se non nostro. Averti qui nella mia doccia è come un sogno che si avvera. Ciò che facciamo nella nostra intimità è solo nostro. Fanculo a tutti gli altri e fanculo a quello che vogliono tutti."

Morgan annuì e riappoggiò il mento sul petto di lui. Arrow la strinse, girandosi in modo che l'acqua calda le colpisse la schiena, per non farla raffreddare. Rimasero così per un bel po' di tempo, finché lui non le chiese: "Vuoi che ti lavi i capelli?"

La sentì fare un respiro profondo, poi lei alzò lo sguardo. "No. Ho fame. Vorrei che mi preparassi quella famosa omelette."

Arrow non poté trattenere un sorriso stupido. "Ho capito, bella. Grazie per questa mattina. Non saprai mai quanto ha significato per me."

"Grazie a *te*," disse lei, timidamente. "Grazie per non avermi fatto pressioni per ottenere di più."

"Non devi ringraziarmi per questo," la rimproverò. "Non ti farò mai pressione per ottenere qualcosa di più di quello che vuoi darmi." Poi Arrow si chinò lentamente e la baciò. Lei lo respinse quando lui provò ad approfondire il bacio.

Appena uscito dalla doccia, Arrow ce l'aveva di nuovo duro, ma non gli importava. Aveva la sensazione che avrebbe passato la maggior parte del suo tempo intorno a lei duro come un fottuto sasso... e gli sarebbe piaciuto ogni secondo.

———

Morgan si vestì lentamente e cercò di non arrossire pensando a quello che aveva fatto ad Arrow. Non l'aveva pianificato, ma mentre era sdraiata nel letto ad ascoltarlo sotto la doccia, si era infuriata. Con se stessa. Con i suoi rapitori. Con gli uomini che avevano preso ciò che lei non voleva dare. Così aveva deciso di prendere il toro per le corna, per così dire, e subito dopo era nuda nella doccia con Arrow.

All'inizio era nervosa, aveva paura che lui la prendesse nel modo sbagliato, ma avrebbe dovuto saperlo. Non le aveva fatto pressioni. Non l'aveva nemmeno toccata, mentre gli procurava piacere. Era stata un'azione di responsabilizzazione. Aveva sentito il bisogno di avvertirlo che non si sarebbe mai sentita a suo agio nel prenderlo in bocca, non dopo quello che gli uomini di Santo Domingo l'avevano costretta a fare, ma si era sentita sicura nel dirglielo perché sapeva che lui avrebbe risposto esattamente come aveva fatto.

Per la prima volta da quando si era trasferita da Arrow, pensò che forse alla fine sarebbe arrivata a un punto in cui avrebbe potuto fare l'amore con lui, senza dare di matto.

Quello non era il giorno, ma sia lei che Arrow avevano fiducia l'uno nell'altra. Lui non le avrebbe mai fatto del male.

Non le avrebbe messo fretta e avrebbe fatto tutto ciò che era in suo potere per farla sentire al sicuro.

Non le era sfuggito come lui l'avesse tirata sopra di lui, quando lei aveva pianto, piuttosto che rotolarsi e schiacciarla con il suo peso. Era cauto e sempre attento a dove potesse essere lei, con la testa, quando si trovavano in una situazione intima. Questo fece sì che lei lo amasse ancora di più.

Un momento... cosa?

Amore?

Lo amava?

Morgan voleva negarlo, ma non poteva.

Anche quando aveva iniziato a frequentarsi con Lane, la prima volta, non si era sentita come con Arrow. Era eccitata per fare sesso, sì, ma c'era di più. Morgan ebbe la profonda consapevolezza che si fidava di Arrow, poteva confidargli i suoi segreti più oscuri... e lui li avrebbe protetti con tutto quello che aveva.

Sapeva della sua famiglia non proprio perfetta, e non si era ritirato.

Non gli importava che lei non fosse più la stessa persona di una volta.

Sorridendo, Morgan finì rapidamente di vestirsi e non si preoccupò di asciugarsi i capelli prima di correre in cucina a vedere Arrow. Udì lo stomaco gorgogliare quando sentì l'odore della deliziosa omelette che lui aveva preparato per lei.

"Buongiorno, bella," le disse, mentre lei gli andava incontro.

Lei si accoccolò sotto il suo braccio e sorrise timidamente. "Ciao."

Arrow ridacchiò. "Non avrei mai pensato che fossi una timidona," le disse con un sorriso compiaciuto.

Dandogli un colpetto sul braccio, Morgan scosse la testa.

"Come vuoi. Dammi quel piatto, ciccio, prima che te lo rovesci in testa."

"Non oseresti sprecare una buona omelette in questo modo," replicò lui, passandole il piatto.

"Vero," ammise Morgan. "Grazie per avermela preparata."

"Non c'è di che."

Lei prese il piatto, si sedette su uno degli sgabelli vicino al bancone della cucina e iniziò a gustare la sua colazione. Le uova erano cotte perfettamente, come al solito. Arrow si unì a lei, mettendole davanti un grande bicchiere di succo d'arancia e appoggiando il suo piatto.

Proprio mentre stavano finendo, squillò il telefono di Arrow. Lui lo tirò fuori e rispose.

"Pronto? Oh ciao, Robert ... Cosa? No, non ho... Assolutamente no... trattienila lì. Scendo tra un secondo."

Morgan sollevò le sopracciglia. "Di cosa si tratta?"

"Devo scendere un attimo." Arrow si allontanò dal bancone e si voltò verso la camera da letto, dove teneva le scarpe.

"Aspetta. Che succede?"

Morgan lo vide esitare un attimo, prima di rispondere. "Era il portiere. Ha detto che c'è una... donna, dice che l'avevo chiamata. Voleva sapere se potesse farla salire."

"Una donna? E chi è?" chiese Morgan.

"Non lo so, ma Robert pensa che sia una escort."

Morgan sbatté le palpebre. "Una cosa?"

"Una prostituta."

"Dici sul serio? Non chiameresti mai una persona così!"

"Certo che no," disse Arrow con convinzione. "Immagino che qualcuno mi stia prendendo in giro."

"Uno dei tuoi amici?" chiese Morgan speranzosa.

A quel punto, Arrow le andò vicino. Non erano alla stessa altezza nemmeno quando lei era seduta sullo sgabello alto.

"No, bella. Non lo farebbero mai, soprattutto sapendo che tu sei qui."

Morgan sentì un dolore allo stomaco, dato che si concretizzava il suo timore. "Qualcuno vuole farmi arrabbiare, allora."

"Lo penso anch'io," disse Arrow con tono neutro. "Ma chiunque sia stato, ti ha sottovalutata. E poi, ha sottovalutato quanto ci teniamo e ci fidiamo l'uno dell'altra... giusto?"

Morgan annuì immediatamente e alzò le mani per afferrargli i fianchi. "Mi fido di te, Arrow. So che non lo faresti mai. Ma ora... cosa hai intenzione di fare?"

"Vado giù a parlare con questa donna, chiunque essa sia. Voglio vedere chi l'ha assunta e chi le ha dato il mio indirizzo. È una cosa giusta, Morgan."

"Sì? Come?"

"Perché quando fai qualcosa, lasci una traccia. Alla fine, raccoglieremo tutte le briciole di pane, e troveremo quel figlio di puttana."

"Lo spero."

"Lo so. Ora devo prendere le scarpe e scendere le scale. Starai bene qui? Non aprire la porta a nessuno e non rispondere al telefono. Tornerò il prima possibile."

"Devo chiamare Gray o qualcuno dei ragazzi?"

Arrow scosse la testa. "No, prima voglio parlare con questa donna. Poi chiamerò Rex e Meat per informarli. Dopo chiamerò gli altri."

"Ok."

Arrow la fissò per un altro po' di tempo, poi sorrise. "Ti amo. Grazie per non aver perso la testa e per avermi dato fiducia."

"Ovvio."

La baciò velocemente, provocandola con un colpo di lingua sul labbro inferiore, poi se ne andò, si diresse verso la camera da letto per prendere le scarpe. Tornò in pochi secondi e si diresse verso la porta. "Ricordati di non aprire a nessuno."

"Non lo farò."

Dopodiché, Arrow se ne andò.

Morgan saltò giù dallo sgabello e prese i loro piatti. Non aveva più fame, sapeva che se avesse provato a finire la deliziosa omelette, avrebbe rischiato di vomitarla, così la gettò nella spazzatura e mise i piatti nel lavandino. Riempì il bicchiere di succo d'arancia - era strano quanto lo amasse ancora di più - e andò in soggiorno per sedersi e aspettare il ritorno di Arrow.

L'attesa durò circa un'ora. Arrow non sembrava affatto arrabbiato o turbato.

"Che cosa è successo?" gli chiese subito Morgan.

Lui si tolse le scarpe, si avvicinò al divano e si sedette accanto a lei, tirandola contro di lui. "Niente."

"Come sarebbe a dire 'niente'?"

"Quello che ho detto, niente. La tizia era incazzata perché era stata incastrata in una spedizione inutile. I suoi servizi non sono proprio economici, se capisci cosa intendo. Mi sono accertato che lavorasse di sua spontanea volontà, che non era costretta a venire da me. L'ho informata che quello che stava facendo era illegale, poi le ho chiesto gentilmente se potessi chiedere cosa sapesse della persona che l'aveva assunta."

Morgan non poté fare a meno di ridacchiare a quella spiegazione. "Che cosa ha detto?"

"Niente di troppo utile. Lavora con un gruppo di altre donne, hanno messo annunci su diversi siti web. A turno rispondono e accettano i vari lavori. 'La mia' è arrivata ieri sera tardi, attraverso un indirizzo generico di Gmail. A quanto pare non è insolito, perché la maggior parte delle persone che le assumono non vuole essere identificata. Le istruzioni dicevano che doveva presentarsi stamattina proprio alle sette e di aggirare il portiere, se possibile. Aveva il mio numero di appartamento, il mio nome ed è stata persino informata che la 'padrona di casa' avrebbe potuto essere disposta a partecipare a una cosa a tre, se si fosse presentata l'occasione."

Morgan arricciò il naso al pensiero.

"Bizzarro, eh? Ma Robert era in servizio e non l'ha lasciata sgattaiolare. Mi ha chiamato, questo è tutto."

"Puoi rintracciare chi l'ha assunta?"

"Se l'avessero pagata in anticipo, forse. Ma alla donna era stato promesso che avrei pagato per i suoi servizi, più una mancia del venti per cento. L'e-mail è probabilmente un vicolo cieco, ma Meat ci sta già lavorando. Come minimo può ottenere l'indirizzo IP, che ci darà la posizione generale del mittente. Possiamo partire da lì."

"Hanno altri indizi da Lane o Lance?" chiese Morgan.

"Entrambi sembrano essere al di sopra di ogni sospetto, per ora. Meat sta avendo più difficoltà a seguire le tracce degli uomini con cui è uscita Sarah. Le bande di motociclisti sono notoriamente brave a tenere la bocca chiusa, è passato molto tempo da quando sei stata rapita da quel parcheggio".

"Lo so," disse Morgan tristemente. "Era solo una speranza. Per quanto mi dispiaccia che qualcuno dei miei amici si celi dietro a tutto questo, non sapere nulla è ancora peggio."

Arrow non sapeva cosa dire per farla sentire meglio, e questo lo frustrava. Alla fine, si limitò a chiederle: "Stai bene?"

Morgan scosse la testa. "No, non sto bene. Sono incazzata." Balzò in piedi e si mise a camminare davanti ad Arrow. "Non è bello che qualcuno ti prenda in giro. E prendersi gioco di te significa che si sta prendendo gioco di me. E questo mi fa incazzare! Voglio dire, non hanno già fatto abbastanza? Chiunque ci sia dietro è demente e disturbato. Non gli importa di avermi fatto del male, vuole continuare a farmi del male. Come può qualcuno pensare che questo vada bene? E poi, cosa farà ancora? Darà fuoco all'appartamento? Forse metterà una bomba sotto il tuo pick-up e ci farà saltare in aria. Forse ci aspetterà al supermercato. O meglio ancora, prenderà Allye o Chloe e minaccerà di fare a loro quello che ha fatto a me. Quando finirà tutto questo? Che cosa ho fatto di così orribile per meritare tutto questo?"

"Niente, bella," le disse Arrow. "Non hai fatto niente di male."

"È sempre più difficile crederci," disse Morgan, sapendo di essere sull'orlo della follia, ma non se ne preoccupò. "Sono io quella che è stata torturata per un anno. Sono io quella che stanno ancora cercando di tormentare. Non ha alcun senso! Sono solo una apicoltrice. Non ho mai fatto del male a nessuno che conosca. Ma dovevo fare qualcosa a qualcuno perché fosse così incazzato con me. Non lo capisco proprio!"

"Morgan..."

"No. Non ne posso più. È una pazzia. Con chi devo parlare per far sì che tutto questo finisca? Con la polizia? Con l'"FBI? Con questo Rex? Con chi?"

"Morgan..." ripeté Arrow.

Ma lei era inarrestabile. "Forse vedrò se riesco a trovare qualcuno nella mafia. O forse posso trovare un club di motociclisti che non si preoccupa di far fuori la gente. Con chi sai che posso parlare? Oooh, lo so, troverò uno di quei signori della droga messicani e li metterò sul caso. Lo scopriranno e.... lo ammazzeranno!"

Morgan fu interrotta da Arrow, che le mise una spalla sulla pancia. La caricò in spalla prima ancora che lei potesse finire il suo pensiero.

"Che cosa stai... Ehi! Mettimi giù!"

"No", disse lui con calma, e si diresse verso la porta d'ingresso.

Morgan lottò per un momento, poi si calmò quando lui le tirò uno schiaffo sul sedere. "Calmati, bella," le disse.

Sconvolta, Morgan rimase in silenzio... e poi iniziò a sorridere. Una volta raggiunto l'ascensore, stava già ridacchiando. Forse stava davvero perdendo la testa. "Arrow, non ho le scarpe," protestò.

"Non hai bisogno di scarpe," le disse, mentre la metteva in piedi davanti all'ascensore.

"Non ho la borsa, non mi sono nemmeno pettinata."

"Non mi interessa. Hai bisogno di una seria terapia naturale."

"Che cos'è?"

"Vedrai," le disse Arrow. Poi la fece scendere e aggiunse: "Ti sistemo io, bellezza. Questa non è la tua vita, quindi non abituartici."

"Non mi devo abituare a poter dire quello che penso, a dare di matto e a farmi trascinare dal mio splendido ragazzo per impedirmi di dare di testa, a farmi portare in un posto che so che sarà fantastico e bellissimo?"

"Abituati a tutto questo, sì," le disse con un piccolo sorriso. "Ma non alla parte della follia. Tutto questo finirà presto. Sarai sicura di fare quello che vuoi, dove vuoi, con chi vuoi."

"So le altre due cose, ma sto ancora lavorando sulla prima," gli disse Morgan timidamente, e fu ricompensata dal sorriso accecante di Arrow.

L'ascensore suonò mentre si apriva, e Morgan disse: "Dovrei davvero tornare indietro a prendere le scarpe."

"No," le disse Arrow, e la spinse nell'ascensore. "Ti porto io."

"Ti stancherai di trascinarmi in giro."

"Mai," disse seriamente Arrow.

Fu una bella sensazione. "E non sono tornata al mio peso

normale." Morgan si diede dei colpetti sulla pancia. "Ma ci sto lavorando."

"Posso fare qualcosa per aiutarti?"

"Dovrei chiamare mia madre e chiederle la ricetta dei biscotti. Lei fa questi incredibili, cicciosi, golosi S'more che sono una bomba."

"Puoi chiederglielo quando le parlerai tra tre giorni," le disse Arrow con fermezza.

Morgan sapeva di avere ancora qualche giorno di tempo prima di dover chiamare di nuovo sua madre, le andava bene limitare le loro chiamate, ma era in momenti come quello che le mancava davvero sua madre.

"Sono sicura che le dispiace di aver spinto così tanto," disse Morgan in tono conciliante.

"Ehi, hai promesso," le ricordò Arrow.

Morgan emise un sospiro. Aveva promesso di dare alla mamma un po' di tempo per calmarsi. Le aveva detto esattamente il motivo per cui aveva intenzione di limitare le sue chiamate, e anche se Ellie non era stata contenta, aveva accettato di cercare di essere meno aggressiva nello spingere Morgan a tornare ad Albuquerque.

"Bene. Ma te ne pentirai quando assaggerai questi biscotti, perché sono assolutamente fantastici."

"Tutto quello zucchero non ti fa bene," fu la risposta di Arrow.

Morgan alzò gli occhi al cielo. "Come vuoi."

All'uscita, Arrow si fermò per dire qualcosa a Robert, che sorrise e annuì. Arrow prese Morgan, ma come se fosse una sposa, con un braccio sotto le ginocchia e l'altro intorno alla schiena, e la caricò sul suo pick-up. La fece sistemare e poi si arrampicò accanto a lei.

Non accese il motore immediatamente; proprio quando lei stava per chiedergli il perché, Robert uscì di corsa dall'edificio portando un paio di ciabatte per lei.

Arrow diede la mancia a Robert e lo ringraziò, consegnando le calzature a Morgan.

"Pensavo avessi detto che mi avresti portato ovunque," lo prese in giro lei.

Arrow scrollò le spalle. "Ero serio, ma poi ho pensato che fosse un po' impraticabile. Inoltre, non posso proteggerti se ti sto tenendo in braccio."

Il sorriso di Morgan si spense immediatamente.

"Merda, bella. Non volevo buttarti giù."

"No, va tutto bene. Voglio dire, non ci avevo pensato nemmeno io. Non vorrei mai essere un peso per te."

"Non sei un peso," ringhiò Arrow. "Non dirlo mai più, non devi neanche pensarlo."

Morgan non poté proprio farne a meno: sorrise. "Ok, ok. Scusa."

"Perché sorridi?" disse lui scontroso, mentre finalmente metteva in moto il veicolo.

"Mi fa sentire così bene."

"Cosa?" chiese Arrow, mentre usciva dal parcheggio.

"Essere amata," gli disse Morgan con dolcezza. Sapeva che stava arrossendo, ma non poté impedirlo.

Come risposta, Arrow le prese una mano e le baciò il palmo, prima di intrecciare le dita con quelle di lei e di appoggiarle la mano sulla coscia.

Morgan non aveva la minima idea di dove stessero andando o di cosa stessero facendo, ma alla fine non le importava. Era con Arrow, e quello era tutto ciò che contava.

CAPITOLO DICIASSETTE

Arrow non aveva in mente una destinazione precisa. Aveva solo bisogno di uscire dall'appartamento, tanto quanto Morgan. Era incazzato con la prostituta, a cui non sembrava importare che fosse stata usata per cercare di fare del male a Morgan. Le importava solo di essere pagata per il suo tempo.

Era incazzato con chi sembrava essere sempre un passo avanti a lui e ai Mercenari di Montagna. Avevano bisogno di capire chi fosse, per far sì che Morgan potesse rilassarsi. Ne aveva già passate abbastanza.

Voleva portare Morgan in un posto dove potessero stare tranquilli. La mattinata era iniziata così bene, così...

Non era sicuro di poter finire la frase. Ma era determinato a farli tornare entrambi alla sensazione che avevano avuto sotto la doccia. Una sensazione di legame, di amore.

Arrow sapeva che lei lo amava. Lo sentiva nel profondo dell'animo. Ma per dirlo ci avrebbe messo un po' di tempo. Era chiaro. Nel frattempo, lui faceva in modo di dirglielo spesso, così da farla stare sempre bene.

Per tutta la vita, il lavoro di Arrow aveva avuto la priorità.

Prima i marine, poi i Mercenari di Montagna. Ma le cose erano cambiate. Morgan era diventata la priorità. Punto.

Trascorsero il resto della mattinata passeggiando per il Memorial Park e godendosi le buffonate dei cani, dei bambini e delle coppie che erano lì a godersi il bel tempo del Colorado. Pranzarono in un ristorante italiano ed erano diretti verso casa di Gray, per far visita a lui e ad Allye, quando Arrow ricevette una telefonata.

"Pronto?" rispose Arrow, la voce dell'interlocutore rimbombò dagli altoparlanti della macchina.

"Sono Gray. Abbiamo un problema."

"Morgan è qui con me," disse Arrow al suo amico. Poi chiese: "Che cos'è?"

"Dave è stato aggredito."

"Dave?" chiese Arrow. Era l'ultima persona di cui si aspettava di sentire parlare.

"Sì, oggi stava arrivando per il suo turno ed è stato aggredito nel parcheggio."

"Merda. Sta bene?"

"Sì. Più che altro, è incazzato da morire. Ora è al pronto soccorso a farsi mettere i punti."

"Dimmi che il tutto è stato registrato," disse Arrow.

"Confermo," rispose Gray con rispetto.

"Grazie, cazzo. Dove sei?"

"Al The Pit."

Arrow stava entrando nel parcheggio di un negozio di alimentari, ma fece subito un'inversione a U. "Stiamo arrivando."

"Ci vediamo presto," disse Gray, poi riagganciò la conversazione.

"Dovremmo andare all'ospedale a vedere come sta Dave?" chiese Morgan preoccupata.

"No, lui si aspetta che cerchiamo lo stronzo che gli è saltato addosso. Se Gray dice che starà bene, starà bene."

"Pensi che questo sia collegato a me?"

"Non lo so, bella. Ma non importa. Troveremo chi è stato e scopriremo il perché."

Il resto del viaggio trascorse nel silenzio. Arrow non poteva fare a meno di pensare che quel fatto probabilmente era legato a Morgan, e a chiunque la stesse perseguitando. Il The Pit non era esattamente nella parte migliore della città, ma non era nemmeno nella parte peggiore. Non avevano mai avuto problemi nel parcheggio, prima di quel momento, e soprattutto non in pieno giorno. Arrow sapeva che avrebbe dovuto aspettare di vedere le registrazioni, prima di trarre conclusioni, ma non poteva fare a meno di sentirsi a disagio per l'intera situazione.

Felice di essersi assicurato che Morgan avesse le scarpe, la condusse al pub, dove arrivarono venti minuti dopo. Si diressero direttamente verso l'ufficio sul retro, dove Arrow sapeva che avrebbe trovato i suoi compagni di squadra intenti a controllare i video di sorveglianza.

Annuendo a Noah Ganter, l'altro barista che lavorava al The Pit, sia al fianco di Dave che quando questi era fuori, Arrow non si preoccupò di fermarsi a presentare Morgan. Entrò nel corridoio sul retro e attraversò la porta dell'ufficio, senza fermarsi fino a quando non si trovò davanti a una delle comode poltrone che Dave aveva installato qualche anno prima.

"Siediti, bella. E smettila di preoccuparti," le ordinò.

"Non posso farci niente," rispose lei.

Arrow la baciò sulla fronte e poi si voltò verso i suoi amici. "Lo state guardando?"

"Sì, ovvio," disse Meat, senza alzare lo sguardo dallo schermo che stava fissando con una tale intensità da far quasi paura. "L'abbiamo ripreso da diverse angolazioni. Sembra che non sia entrato in macchina, ma che stesse aspettando Dave."

"Siamo sicuri che lo stesse aspettando, o Dave è arrivato per caso al momento sbagliato?" chiese Arrow.

Sia Gray che Black si rivolsero verso di lui, nello stesso momento.

"C'è qualcosa che vuoi dirci?" chiese Gray.

Arrow sospirò e raccontò ai suoi amici della prostituta di quella mattina.

"Quindi sei stato preso di mira," concluse Gray. "Chiunque sia stato, avrebbe potuto aspettarti."

"Ma non avevo intenzione di venire al The Pit, oggi," sostenne Arrow. "Non ci vengo da qualche giorno."

"Sì ma chi ha picchiato Dave non lo sapeva," osservò Black. "Potrebbe aver fatto un sopralluogo, e quando Dave si è presentato, ha deciso di seguirlo, dato che ti conosce. Dave era impegnato a prendere una busta della spesa. Sai quanto gli piace prendere la frutta fresca per i suoi cocktail," continuò Gray.

"Mostratemi il video," ordinò Arrow. "Forse lo riconoscerò."

"Voglio vederlo anch'io," disse Morgan, alzandosi in piedi.

"No," rispose immediatamente Arrow. Al cipiglio sul viso di lei, ammorbidì il tono. "Lascia che lo guardi prima io, bella. L'ultima cosa che voglio è che tu ti trovi faccia a faccia con altra violenza."

"Voglio aiutarvi," disse lei con voce implorante.

"Lo so. E se avremo bisogno del tuo aiuto, non esiterò a chiedertelo. D'accordo?" La fissò, pregando che capisse che stava cercando di proteggerla. Che non voleva che lei vedesse la violenza che era accaduta a qualcuno che conosceva.

"Ok," concordò Morgan, dopo qualche secondo di tensione.

"Grazie," le disse Arrow, che poi tornò sullo schermo. Fece un cenno a Meat per far partire il video e strizzò gli occhi, cercando di avere una visione migliore del colpevole.

La persona indossava una specie di tuta marrone. Con un cappello tirato basso sopra la fronte. Non era molto alto o grosso, il che era ovvio da come si era avvicinato di soppiatto dietro a Dave, che era piegato per prendere una borsa dal sedile posteriore della sua auto. L'ignoto assalitore aveva usato una specie di piede di porco per stordire Dave. Una volta che l'uomo più grosso era a terra, il teppista lo aveva colpito altre due volte. Una volta nella coscia e una volta nelle costole. Dave aveva fatto la cosa più intelligente e si era subito coperto la testa con le braccia, ma così aveva lasciato parte del corpo vulnerabile.

L'aggressore si era girato ed era fuggito non appena Dave si era rimesso in piedi. Il teppista era riuscito sempre a dare le spalle alla telecamera, non si vedeva mai in volto. Non alzava mai lo sguardo, come se sapesse esattamente dove si trovava la telecamera, per evitare che il suo viso venisse ripreso.

Arrow guardò Meat con frustrazione. "Tutto qui? Non abbiamo nient'altro?"

"No, ma non abbiamo ancora parlato con Dave."

"Indossava dei guanti," notò Black.

"E abbiamo la sua altezza," aggiunse Gray.

"Guardiamolo ancora," chiese Arrow a Meat.

L'altro uomo annuì e fece un altro cenno. Arrow guardò di nuovo il video, dall'inizio alla fine. Riusciva a vedere l'uomo che si nascondeva tra gli alberi mentre Dave entrava nel parcheggio. Poi, non appena il barista era di spalle, il teppista entrava in azione, camminando con calma ma in fretta.

Arrow ebbe una stranissima sensazione su quel tipo, ma non riuscì a metterla a fuoco.

"Che c'è?" chiese Gray, vedendo la frustrazione di Arrow.

"Non lo so. Mi sembra di aver già visto il colpevole. C'è qualcosa nei suoi movimenti che mi sembra familiare."

"Forse in un'altra operazione?" chiese Black.

"Forse," suppose Arrow.

"Potrebbe essere qualcuno che ce l'ha con i Mercenari di Montagna," buttò lì Gray.

"Sì," disse Arrow.

"Ma tu non la pensi così," intuì Meat.

Arrow scosse la testa. "Se così fosse, perché non rimanere per assicurarsi che Dave fosse davvero fuori combattimento? Voglio dire, sì, era ferito, ma non era svenuto. Se qualcuno avesse avuto davvero un problema con noi, non posso fare a meno di pensare che gli avrebbe sparato, o avrebbe portato un coltello, o qualcosa del genere. Un piede di porco sembra... opportunistico. Disperato."

"Potrebbe essere qualcuno collegato al fratello di Chloe?" chiese Gray. "Mi piacerebbe pensare che l'abbiamo stroncato sul nascere, ma qualcuno potrebbe ancora serbare rancore."

"Ne dubito," disse Meat. "Non è rimasto nessuno che sia così fedele a Leon Harris."

"Magari ci siamo dimenticati di qualcuno," ipotizzò Gray.

"No, non credo proprio. Avrebbe fatto la sua mossa, prima di adesso." Arrow si girò verso Meat. "Controlla i Buswell. Assicurati che siano ancora ad Atlanta. Lane ha più o meno quell'altezza."

"Pensi che Lane sia qui? Che abbia aggredito Dave?" chiese Morgan, dall'altra parte della stanza.

Arrow si avvicinò a lei e si accovacciò davanti alla sua sedia. "Non so niente, in questo momento," le disse con calma. "Ma non possiamo escludere nessuno. Hanno alzato la posta in gioco. Bucare le gomme e ordinare a una prostituta di visitare il mio appartamento, sono scherzi di pessimo gusto. Ma l'aggressione è tutta un'altra storia. Dovremmo essere in grado di valutare l'eventuale coinvolgimento di Lane abbastanza facilmente. O è ad Atlanta, o non è ad Atlanta."

"Lance è alto più o meno come suo fratello," dichiarò Morgan, volenterosa di aiutare. "Certo, a me sembrano tutti alti, ma Thomas è più alto di entrambi."

"Carl è dell'altezza giusta," mormorò Meat, mentre cliccava sul suo portatile.

Arrow imprecò sottovoce, quando vide Morgan irrigidirsi.

"Mio padre? Pensi che mio padre abbia fatto del male a Dave? Perché? Perché avrebbe dovuto farlo?"

"Ha fatto di tutto, per farti parlare con la stampa," rispose con delicatezza Arrow. "L'ultima volta che hai parlato con lui, hai detto tu stessa che non capivi perché fosse così importante per lui il fatto che tu andassi in televisione."

"Ma... è mio padre," disse lei.

Arrow odiava vedere il dolore e la confusione nei suoi occhi.

"Avrebbe potuto orchestrare il tutto per attirare l'attenzione, per far sentire la gente dispiaciuta per lui, o per promuovere la sua carriera," disse Gray.

"E nell'ultimo anno è andato molto bene... in parte grazie alla figlia scomparsa," aggiunse Black.

Morgan scosse la testa. "Non mi farebbe mai una cosa del genere," protestò lei.

"Dobbiamo ammettere che ci sono delle connessioni," disse Arrow, più delicatamente possibile. "Grazie al suo lavoro di responsabile esteri, viaggia molto a livello internazionale, credo che ci sia anche una filiale dell'organizzazione a Porto Rico. Non è troppo lontano dalla Repubblica Dominicana."

"Mio padre?" disse Morgan, con gli occhi pieni di lacrime. "Non mio padre."

"Guarda qui," si intromise Meat, girando il computer verso Morgan. "Sono d'accordo con Arrow, non credo che dovresti guardare tutto il video, ma l'ho preparato dall'inizio in modo che tu possa vedere se riconosci la persona."

Morgan si alzò e si diresse alla scrivania. Si appoggiò al portatile, concentrandosi sulla figura nel video. Meat lo lasciò riprodurre fino a poco prima che l'uomo misterioso cominciasse a colpire Dave.

"Puoi farmelo vedere di nuovo?" chiese Morgan.

Meat non disse una parola, cliccò sulla barra di avanzamento e lo fece ripartire.

Quando fu finito, Morgan sospirò e si raddrizzò. "Non lo riconosco. Non c'è una visione abbastanza chiara del suo volto. Mi dispiace tanto."

"Non hai nulla di cui dispiacerti," le disse Arrow, che poi le avvolse il braccio intorno alle spalle.

"Sono abbastanza sicura che non sia mio padre, però," aggiunse lei. "Si muove con più... decisione, o qualcosa del genere. Non lo so."

"No, questa è una buona osservazione," disse Meat. "E io sono d'accordo."

"Torniamo a casa," disse Arrow, rivolgendosi a tutti i presenti. "Se salta fuori qualcos'altro, sapete dove trovarmi."

"Resto qui," gli disse Meat, guardando Morgan con simpatia negli occhi.

"Faremo tutto il possibile per risolvere la situazione," le disse Gray.

"Cerca di non preoccuparti," aggiunse Black.

Arrow sapeva che l'ultima cosa detta era impossibile, ma apprezzava che i suoi amici facessero il possibile per rassicurare Morgan.

Arrow e Morgan si diressero verso il bar. Noah chiese se volessero dell'acqua da bere nel tragitto, entrambi rifiutarono. Arrow scrisse un messaggio a Gray non appena ne ebbe modo, e suggerì di indagare anche sull'altro barista. C'era la possibilità che l'attacco a Dave non fosse affatto collegato a Morgan. Forse era una questione di gelosia. A quel punto non potevano escludere nessuno.

Morgan non aveva detto niente, dopo aver ammesso di non essere in grado di identificare il colpevole, e Arrow era preoccupato per lo stato mentale di Morgan. Stava andando tutto così bene, da quando era tornata a Colorado Springs.

Mangiava bene, sembrava più sana, dormiva tutte le notti. Lui non voleva proprio che lei tornasse a vivere i suoi incubi, o che si allontanasse da lui per un insano desiderio di proteggerlo, o per qualche stronzata del genere.

Sentendosi impotente, e volendo uccidere qualcuno allo stesso tempo, Arrow le tenne la mano per tutto il tragitto di ritorno al suo complesso residenziale. Salutò solennemente Robert e la strinse contro di lui, mentre salivano in silenzio in ascensore.

Una volta al sicuro nel suo appartamento, le chiese: "Cosa posso fare per farti star meglio, bella?"

"Mi abbracci?" gli chiese.

"Con piacere." Arrow la condusse direttamente nella loro stanza e la fece sedere sul letto. Le tolse gentilmente le scarpe e prese il fondo della sua maglietta. "Tira su le braccia," le ordinò dolcemente.

Lei obbedì senza protestare e si fece togliere la camicia. Arrow si avvicinò al cassettone e tirò fuori una canottiera, sapendo che le piaceva dormirci. Gliela tirò sopra la testa, poi infilò le mani sotto per slacciarle il reggiseno. L'aveva vista toglierselo da sotto la camicia abbastanza volte da sapere come si faceva. In pochi secondi era stesa sul letto. "Piegati all'indietro."

Lei lo fece, lui le sbottonò i jeans e glieli sfilò dalle gambe, senza nemmeno accorgersi del colore delle mutandine che indossava. Non era per nulla concentrato sul sesso. Voleva farla rilassare il più possibile, prima di confortarla.

Poi tornò verso il cassetto e tirò fuori un paio di tute. Le tirò su le gambe e l'aiutò a sollevare i fianchi, per poter sistemare i jeans intorno alla vita. Poi si tolse la camicia e si accomodò sul letto dietro di lei, avvolgendola tra le braccia.

Lei non piangeva, ma lo teneva così stretto che sapeva che gli avrebbe lasciato i segni delle dita per delle ore. Arrow non sapeva cosa dire per migliorare la situazione, così non disse nulla, cercò solo di assicurarsi che lei sapesse quanto lui l'amava, con le sue azioni.

Un'ora dopo, quando Arrow pensava che Morgan stesse dormendo, lei disse tranquillamente: "So che non si è comportata al meglio, so che è stata fastidiosa, ma... Voglio la mia mamma."

"Allora l'avrai," le disse Arrow, baciandole la testa.

Lei si rilassò di più, come se avesse avuto paura di dirgli quello che voleva, probabilmente perché sapeva che a lui non piaceva molto Ellie.

Arrow si sgridò mentalmente. Ogni bambina aveva bisogno di sua madre, quando si sentiva giù. Morgan non era diversa. Si sarebbe alzato e l'avrebbe chiamata, a breve. Sperava che potesse prendersi un po' di tempo libero per venire a trovarla. Sicuramente, per sua figlia, sarebbe stata in grado di organizzarsi.

———

Ellie Jernigan fissò l'appartamento al terzo piano con l'odio nel cuore.

Anni prima, era stata felice di avere una bambina da poter modellare e plasmare. Ma poiché i tribunali insistevano che Carl avesse diritto a passare lo stesso tempo con la figlia, Morgan aveva preso troppe delle sue abitudini e delle sue convinzioni. Così, ogni volta che guardava Morgan, a Ellie veniva in mente il suo più grande errore: sposare Carl Byrd.

Il solo pensiero del nome di lui le fece venire voglia di vomitare. Ellie aveva cercato di dare una lezione al suo ex... facendo sparire Morgan. Aveva funzionato.

Carl era devastato. Era stato distrutto dalla scomparsa di sua figlia, proprio come voleva Ellie. Ma lei sapeva dov'era Morgan, per tutto il tempo. Ogni volta che vedeva un articolo o un programma televisivo sulla figlia scomparsa di Atlanta, sentiva una sorta di brivido. Era *divertente* essere l'unica a sapere la verità. Si era assicurata che Morgan venisse tenuta in vita. Ellie aveva il controllo. Aveva tirato i fili e fatto ballare Carl al suo ritmo.

Ma poi Arrow aveva rovinato tutto. Sapeva che il ritrovamento di Morgan era stato un incidente, un dannato incidente fortunato, ma la faceva comunque arrabbiare il fatto che gli uomini che aveva pagato nella Repubblica Dominicana erano stati così incompetenti da non essere riusciti a impedire alla figlia di lasciare il paese.

Morgan era tornata a casa e Carl si beava della situazione! Era più insopportabile che mai. Ogni volta che lo vedeva in televisione, voleva strangolarlo. Lui si stava facendo notare, amava avere tutta l'attenzione su di sé. Ellie sapeva che Carl stava guadagnando soldi con la scomparsa di Morgan. Doveva essere così. Tutto il suo piano le si era ritorto contro!

Sì, Carl era devastato quando Morgan era sparita, ma il fatto che in realtà ne stesse approfittando e che si stesse godendo le conseguenze era davvero troppo.

Era il momento di mostrare a Carl cosa significasse veramente perdere tutto. Se era rimasto sconvolto quando Morgan era scomparsa, non sarebbe stato nulla in confronto a come si sarebbe sentito quando lei sarebbe morta.

Solo che Arrow continuava a metterle i bastoni tra le ruote. Ellie aveva pianificato di avvelenare Morgan. Era un piano perfetto, in realtà. Il glicole etilenico non era rilevabile nel succo d'arancia che la figlia amava tanto. Morgan si ammalava sempre di più, nessun medico sarebbe stato in grado di capirlo se non troppo tardi, Morgan avrebbe ceduto a una qualsiasi misteriosa malattia tropicale avesse contratto durante la prigionia.

Tutti sarebbero stati devastati dalla sua morte, ma Carl sarebbe stato letteralmente distrutto. Aveva ritrovato sua figlia, quella che aveva praticamente ignorato mentre cresceva, per poi farsela sfuggire tra le dita.

Ma poi Arrow si era intromesso di nuovo, convincendo Morgan ad andare a vivere con lui a Colorado Springs, ed Ellie aveva perso ancora il controllo. Aveva avvelenato Morgan molto lentamente, per non destare sospetti, pensando di avere tutto il tempo del mondo. Ma era stata troppo lenta. Dopo essersene andata, ovviamente, Morgan stava meglio.

Quindi anche Arrow doveva morire.

Giocare con lui era stato divertente, ma lei era pronta per il gran finale. Per giorni, era rimasta a ciondolare intorno allo stupido bar che frequentavano Arrow e i suoi amici, ma dato che lui non si faceva più vedere, Ellie si incazzava sempre di più. Quando aveva intravisto quello stronzo del barista, aveva colto l'occasione per vendicarsi anche di lui. Era stato bello picchiarlo un po', sentire del potere inebriante... soprattutto dopo che lui aveva cercato di farla sentire in colpa per la figlia, e poi l'aveva cacciata dal bar. Ellie lo aveva picchiato un paio di volte, amando l'impeto di avere qualcuno di molto più grande di lei alla sua mercé. Si era assicurata di tenere il viso lontano dalle telecamere: non era certo stupida.

Giochicchiando con il glicole etilenico che aveva ottenuto da un giro di conoscenti, Ellie cercò di capire quale dovesse essere il suo prossimo passo. Sapeva che Arrow e i suoi amici sarebbero stati probabilmente ancora più vigili.

Aveva bisogno di poter arrivare a Morgan. Carl doveva pagare per essere stato un marito di merda, un padre di merda e una persona di merda in generale.

Le vibrò il telefono con un numero sconosciuto, Ellie si guardò intorno per assicurarsi che nessuno potesse vederla seduta nella sua auto parcheggiata nel retro del complesso di Arrow, poi rispose con cautela.

"Pronto?"

"Salve. Signora Jernigan? Sono Archer Kane. Arrow. Mi dispiace di aver chiamato così tardi."

"Cosa vuoi? " sbottò Ellie. Aveva appena fantasticato di ucciderlo, e un attimo dopo doveva essere gentile con lui?

"Morgan ha bisogno di lei."

Ellie si raddrizzò sul sedile. "Cosa?"

"Ha passato qualche giorno difficile, ha bisogno della sua mamma. Chiamavo per vedere se poteva prendersi qualche giorno di ferie dal lavoro, guidare fino a qui e rimanere per un po'."

Ellie si rannicchiò dalla gioia. Non avrebbe mai pensato che Morgan sarebbe stata così debole da chiedere di sua madre, ma fu entusiasta del fatto che stesse facendo il suo gioco. "Oh no! La mia povera bambina," disse, con un finto tono triste, sperando si suonare convincente. "Sta bene? Che cosa è successo?" chiese, facendo finta di niente.

"Ha passato solo qualche brutta giornata. Può venire?"

"Vedrò cosa posso fare," gli disse. Non avrebbe fatto bene a comportarsi in modo troppo eccitato, soprattutto non quando Morgan l'aveva tradita. Quella *stronza*. Tutta sua padre.

"So che sarà felice di sentirlo. Oh, e ha accennato ai biscotti S'more che le piacciono tanto. Riuscirebbe a farne una teglia, da portare con lei?"

Ellie sorrise. Fece un sorriso così ampio e malvagio che avrebbe fatto gelare il sangue al criminale più incallito, se avesse potuto vederlo. "Ma certo. La mia Morgan ha sempre amato i dolci."

"Grazie," disse Arrow, chiaramente sollevato. "So che le cose sono state difficili, tra voi due. Lei le vuole molto bene, e so che questo è proprio ciò di cui ha bisogno per sentirsi più se stessa."

"Ho continuato più volte di dirle che aveva bisogno di stare a casa con sua madre," disse Ellie, non riuscendo a trattenersi. "Mi ha sorpreso, dopo tutto quello che ha passato, che pensasse con gli ormoni invece che con la testa."

"Attenta, Ellie," disse Arrow in modo minaccioso. "Quest'uscita è stata decisamente fuori luogo. Potrei averla invitata quassù, ma posso annullare l'invito altrettanto facilmente."

"Mi dispiace," disse subito Ellie, cercando di sembrare dispiaciuta. "Hai ragione. Sono solo molto preoccupata per lei. Sarò lì domani pomeriggio. Va bene?"

"Sì, dovrebbe andare bene. Andrò a vedere se il suo terapista può vederla intorno all'una. Penso che abbia bisogno di parlarle il prima possibile. Di solito, gli appuntamenti durano solo un'ora."

"Forse non dovresti dirle che sto arrivando," suggerì Ellie. "Se riesci a convincere qualcun altro a portarla a casa, posso venire verso l'una e mezza e possiamo aspettare che arrivi. Sarà una sorpresa."

"Potrei farla andare a prendere da Allye o da Chloe," rifletté Arrow. "L'hanno già fatto, in passato."

"Perfetto!" esclamò Ellie. "Sarà così sorpresa di vedermi."

"Grazie," disse Arrow. "Ci vediamo domani. Mi avvisi, se cambia qualcosa."

"Lo farò," lo rassicurò Ellie, che poi riagganciò.

Non appena terminata la conversazione, Ellie gettò la testa all'indietro e scoppiò in una risata. Rise fino a farsi male allo stomaco, dovette posare la bottiglia di veleno prima di farla cadere. Aveva incontrato di nuovo le persone che gliel'avevano fornita, prima che Morgan lasciasse il New Mexico, rovinando i suoi piani.

Se la figlia avesse fatto quello che le aveva chiesto, se si fosse rifiutata di avere a che fare con suo padre, niente di tutto ciò sarebbe successo. Ma non lo aveva fatto. E ora Morgan era fuori strada. Probabilmente parlava con Carl ogni dannato giorno mentre tagliava lei, sua madre, fuori dalla sua vita.

Ellie non voleva più essere tagliata fuori.

Morgan e Arrow dovevano morire. Ma non in modo lento e costante. Dopo, Ellie poteva andare a Santo Domingo e passare un po' di tempo con i nuovi amici che si era fatta nell'ultimo anno.

Ma prima, aveva dei biscotti da fare... e da contaminare. Doveva giocare bene le sue carte per poter disattivare il cane da guardia della figlia, Arrow. Una volta avvelenato e reso inerme Arrow, poteva fare in modo che Morgan capisse esattamente cosa stesse per accadere e il perché. Quella cagna viziata avrebbe saputo cosa aveva fatto, per meritare tutto quello che le era successo.

Ancora sorridente, Ellie Jernigan avviò il motore e uscì dal parcheggio. Aveva bisogno di trovare un alloggio con tanto di cucina completa, poi doveva andare a fare la spesa. La mamma aveva bisogno di fare una teglia speciale di biscotti per l'adorata figlioletta e per il suo caro fidanzato.

CAPITOLO DICIOTTO

"GRAZIE PER AVERMI ACCOMPAGNATA FIN QUI," disse Morgan ad Arrow. "Sono sicura che hai altre cose da fare. Non avevi un appuntamento con quel tizio che sta cercando di vendere casa sua, per capire perché le prese su un lato della casa non funzionano?"

"Sì, ma l'ho già riprogrammato. Tu sei più importante."

Morgan gli sorrise. Arrow la faceva sentire sempre desiderata. Aveva fatto un buon lavoro nel metterla al primo posto nella sua vita, quando poteva. Ma anche quando non poteva, in qualche modo, riusciva ancora a prendersi cura di lei.

"Chloe verrà a prenderti, dopo la tua seduta. Ho un incontro veloce con i ragazzi e poi ci vediamo a casa. Ho una sorpresa per te, dopo che avrai visto il tuo terapista."

"Ah sì? Che cos'è?" chiese Morgan.

"Se te lo dicessi, non sarebbe una sorpresa. Ma ti piacerà," le disse Arrow fiducioso.

"Se l'hai organizzata tu, mi piacerà sicuramente," disse lei con un sorriso. Poi si morse un labbro e aggiunse: "Mi dispiace di aver perso la testa, ieri. Non posso credere che mio padre abbia a che fare con il mio rapimento. Voglio dire, dovrebbe essere completamente sadico per fare una cosa del genere."

"Non essere dispiaciuta," le disse Arrow. "Ti è permesso di provare quello che provi, e non è passato così tanto tempo da quando sei stata salvata. Te la stai cavando benissimo, devi darti un po' di tregua. Non sei Wonder Woman."

"Lo so... Credo che il mio terapista oggi mi dirà la stessa cosa. Sono solo... delusa da me stessa."

"Non c'è nulla di cui essere delusi," disse Arrow in modo severo. "Stasera, per cena, ti preparerò del pollo al formaggio. Va bene?"

Morgan gli sorrise. Lui stava cambiando di nuovo argomento, ma lei lo apprezzava. "Mi sembra fantastico."

Arrow si fermò nel parcheggio degli studi medici e si rivolse a Morgan. "Sono orgoglioso di te, bellissima, ma sono anche preoccupato. Ho bisogno che tu ti prenda cura di te stessa. Ti ho appena trovata e non voglio che ti succeda niente. Ti amo e voglio passare il resto della mia vita con te... quindi devi fare quello che dice il dottore e prenderti una pausa. Va bene?"

Morgan sorrise ancora di più. Sembrava non importargli che lei non avesse ricambiato le sue parole d'amore. Voleva farlo, ma voleva farlo quando non era così vulnerabile. Quando era più forte. "Va bene."

"Bene. Ora, andiamo. Ti accompagno."

"Non devi farlo," protestò Morgan.

"Finché non scopriamo chi c'è dietro il tuo rapimento, sì che devo," rispose Arrow. "Ora, resta lì finché non vengo a prenderti."

Morgan alzò gli occhi al cielo, ma fece come richiesto. Il pick-up era molto alto, lei amava come lui si sforzasse di aiutarla ogni volta. Poi camminarono mano nella mano verso l'ingresso dell'edificio, Arrow le tenne la porta aperta. Si rifiutò di lasciarla lì nell'ingresso, insistendo per salire con lei al quarto piano, fino all'ufficio in cui si svolgeva la psico-terapia.

"Ricordati che Chloe sarà qui a prenderti, quindi non lasciare l'ufficio finché non sarà qui."

"Non lo farò." Aveva intenzione di obbedire. Morgan non era stupida. L'ultima cosa che voleva era essere una di quelle eroine troppo sciocche per vivere, nelle storie d'amore che le sarebbe piaciuto vedere, un anno prima.

"Ti amo," le disse Arrow mentre si chinava e la baciava.

Anche se non era pronta a restituire le parole, ciò non significava che non potesse dimostrare ad Arrow che le importava. Gli mise la mano sul retro del collo, tenendolo stretto a sé mentre gli infilava la lingua in bocca. Lui ricambiò immediatamente. Pomiciarono davanti alla porta dello studio di psicoterapia per un lungo momento, finché Arrow si ritrasse. Si leccò le labbra, anche quello era sexy.

"Ci vediamo più tardi," disse lei dolcemente.

"Certo, a dopo," le rispose Arrow. "Dio, sei bellissima," disse lui con meraviglia, prima di rimettersi in sesto e di allon-tanarsi da lei. "A più tardi."

Morgan rimase fuori dalla porta e guardò Arrow cammi-nare lungo il corridoio, finché sparì per le scale, prima di voltarsi e dirigersi verso l'interno dell'ufficio per il suo appun-tamento.

————

"Ho guardato questo video fino alla nausea, ma non mi scatta nulla," si lamentò Meat.

Erano tutti al The Pit, Noah era dietro al bancone. Dave era stato dimesso dall'ospedale con qualche livido, un paio di punti di sutura e una costola incrinata. Era stato molto fortu-nato, perché chi l'aveva aggredito si era arreso molto in fretta. Anche il primo colpo che gli aveva inferto, l'aveva solo stordito. Dave era incazzato perché gli era stato ordinato di stare a riposo per una settimana. Voleva tornare a lavorare nel "suo" bar, ma Meat gli aveva promesso una punizione di tipo esemplare se avesse osato mostrare la faccia al bar anche solo un minuto prima di essere autorizzato dal suo medico. Nessuno sapeva cosa intendesse con precisione, ma Dave non era così stupido da metterlo alla prova.

"È stato abbastanza intelligente da tenere la testa bassa per tutto il tempo, come se sapesse dove sono le telecamere," proseguì Meat.

"Probabilmente," disse Gray. "Voglio dire, se fosse stato furbo, avrebbe fatto un sopralluogo prima di fare la sua mossa."

"Ma se era così intelligente, perché attaccare Dave? Eravamo tutti d'accordo che probabilmente non era il suo obiettivo principale. Non ha senso," aggiunse Black.

Arrow camminava avanti e indietro, troppo veloce per sedersi e discuterne con calma.

"Quindi non è nessuno dei due Buswell," disse Ball. "Hanno fatto il check out e sono stati visti ieri in video sorveglianza entrare e uscire dal loro lavoro."

"E Carl?" chiese Arrow.

"Nemmeno lui," disse Ro, prendendo la parola per la prima volta. "Ieri ho parlato personalmente con la direttrice delle risorse umane e l'ho convinta a scendere nel suo ufficio, per verificare con i suoi occhi che lui fosse lì. Era lì. Non c'è modo che possa essere andato dalla Georgia al Colorado, andata e ritorno."

"Avrebbe potuto assumere qualcuno per fare il lavoro sporco," disse Gray.

"Giusto, ma onestamente non credo che sia lui," disse Arrow.

Ro annuì. "Sono d'accordo. Arrow potrebbe essere di parte, dato che questo è il padre della sua donna, ma ho studiato l'uomo in alcuni vecchi spezzoni di telegiornali, implorava per il ritorno di sua figlia. Sembrava davvero sconvolto."

"Potrebbe essere un buon attore," disse Ball, giocando a fare l'avvocato del diavolo.

"Forse," ammise Ro, "ma non credo. Quasi tutte le emozioni sono lì, sul suo volto, tutti possono vederle. L'hai visto, quando era qui con la sua ex. Non sopportava di stare nella stessa stanza con lei."

"Suppongo che si potrebbe dire lo stesso di sua madre," buttò lì Arrow.

"Vero. Se consideriamo il fatto che suo padre avrebbe potuto assumere qualcuno, allora suppongo che anche la madre potrebbe aver fatto lo stesso," ipotizzò Black.

"Di tutte le persone coinvolte, però, sua madre è stata quella più preoccupata per lei," riconobbe Ball.

"È vero, anche se pure lei potrebbe recitare," disse Arrow.

"Ho seri dubbi che una madre possa fare una cosa così atroce, come organizzare il rapimento della propria figlia. E per quale motivo? Non ha senso," disse Meat. "Ma capisco il tuo punto di vista, Arrow. Vedrò cosa posso scoprire anche su di lei."

Arrow annuì e chiese: "Abbiamo avuto fortuna nel cercare i legami di Sarah e Karen?"

"Niente," disse Meat. "Voglio dire, ho indagato su di loro, ma quei motociclisti sono più interessati a fumare erba e a scopare il maggior numero possibile di donne, che a un rapimento a lungo termine."

"Cazzo!" imprecò Arrow.

"Abbiamo aumentato la sorveglianza intorno a Morgan, non si sa mai," disse Meat alla squadra. "Dobbiamo essere tutti più vigili, specialmente tu, Arrow. Questo potrebbe non avere niente a che fare con la tua ragazza, ma con i Mercenari di Montagna. So che le case di Gray e Ro sono tutte sorvegliate, ma anche il resto di noi deve stare in allerta. L'ultima cosa di cui abbiamo bisogno è un'imboscata."

Tutti annuirono. Chi aveva attaccato Dave sembrava essere un dilettante, ma anche gli stronzi hanno fortuna, a volte... come dimostrava il fatto che la squadra non fosse ancora riuscita a rintracciarlo.

"Qualcuno ha parlato con Rex?" chiese Arrow. "Cosa ne pensa lui?"

"Beh, è incazzato," disse Black. "Gli ho parlato ieri sera. Stava preparando una missione per la squadra, ma dopo quello che è successo a Dave, ha detto che per il momento è meglio aspettare. È anche preoccupato di lasciare Morgan vulnerabile. Se andiamo tutti in missione, potrebbe essere un bersaglio facile per chiunque l'abbia presa la prima volta."

Arrow strinse i pugni. Il solo pensiero che Morgan potesse venire presa di nuovo fu sufficiente a fargli venire voglia di uccidere qualcuno. Sapeva che prima o poi avrebbe dovuto lasciarla in pace, ma non era quello il giorno. "A proposito di Morgan, devo andare," disse ai suoi amici.

"Come sta?" chiese Ball.

"È sconvolta e frustrata. Pensa che avrebbe dovuto riconoscere chi ha aggredito Dave. L'ho lasciata nell'ufficio dello psicoterapeuta, prima di venire qui. Poi torno all'appartamento e incontro sua madre."

"Ellie? È qui?" chiese Black, con un'espressione sorpresa.

"Arriverà tra un po'. L'ho chiamata ieri sera. Le ho detto che Morgan non stava bene. Ha detto che le mancava sua madre e che la voleva vicina." Scrollò le spalle. "Quindi l'ho chiamata."

Black, Ball e Meat alzarono gli occhi al cielo, Gray e Ro annuirono. Loro due lo avevano capito. Arrow sapeva che avrebbero fatto qualsiasi cosa per Allye e Chloe. Gli altri avrebbero capito... più avanti, quando avrebbero incontrato le loro anime gemelle.

"Comunque, Ellie sta arrivando in macchina dal New Mexico proprio ora e verrà al mio appartamento. Ho pensato di fare una sorpresa a Morgan."

"Chloe va a prenderla dalla sua seduta di terapia, giusto?" chiese Ro.

Arrow annuì. "Sì, l'ho chiamata stamattina e ha detto che era contenta di farlo."

"Lo so, c'ero anche io," disse Ro con un sorriso. "Dovresti tenere presente che non sapevamo di Ellie, quando abbiamo fatto i nostri piani, ma Chloe chiederà a Morgan se volete venire a cena da noi stasera". Ro scrollò le spalle. "Possiamo farlo un'altra volta, però."

"Lo apprezzo. Vedrò come vanno le cose. Morgan adora sua madre, ma credo che ultimamente si senta soffocata da lei. Potremmo aver bisogno di una pausa."

"Può venire anche sua madre," disse Ro.

Ecco il gesto di un vero amico. "Non ha dato esattamente la migliore impressione di sé, l'ultima volta che è stata qui, vero?" chiese Arrow.

"No. Ma cerco di non giudicare nessuno, finché non l'ho conosciuto meglio," disse Ro diplomaticamente.

"Se qualcuno ha delle idee rivelatrici, si assicuri di chiamarmi," interruppe Meat. "So che mi manca qualcosa, mi darà fastidio finché non lo capirò."

Concordarono tutti, poi se ne andarono.

Meat chiamò Arrow prima che potesse andarsene.

"Sì?"

"Stai all'erta," gli disse con fermezza. "Non so perché, ho una sorta di sesto senso, o chiamalo come vuoi, ma qualcosa mi dice che sta per esplodere la bomba."

"Non sono sicuro se sono sollevato di non essere l'unico a sentirmi così, o se sono incazzato," confessò Arrow al suo amico.

"Troveremo una soluzione," gli disse Meat.

"Spero che sia il prima possibile," disse Arrow.

"Anch'io. A più tardi!"

"A più tardi." Detto ciò, Arrow uscì dal The Pit, annuendo a Noah mentre usciva. Non era sicuro di quanto si sarebbe fermata Ellie, ma se Morgan voleva che passasse la notte nel suo appartamento, doveva prendere del cibo in più, per non parlare degli ingredienti per il pollo al formaggio che aveva promesso di prepararle.

Amava avere Morgan nel suo appartamento. Amava cucinare per lei. Amava sentirla parlare dei suoi piani per rimettere in piedi la sua attività di apicoltrice. Amava poter parlare con qualcuno del suo lavoro, anche se fare l'elettricista non era interessante come allevare api. In sostanza, amava tutto ciò che riguardava la condivisione del suo spazio con lei. Il suo appartamento non era più così ordinato - il suo vecchio sergente istruttore sarebbe rimasto sconvolto - ma Arrow amava vedere i suoi vestiti sporchi mischiati con quelli di Morgan. Amava vedere le sue scarpe in mezzo al pavimento. Nemmeno la coperta e il cuscino sul divano gli davano fastidio... perché sapeva che le appartenevano.

Assicurandosi di perlustrare l'ambiente circostante, e non vedendo nulla di strano, Arrow salì sul suo pick-up e si diresse verso il negozio di alimentari.

———

All'una, Robert citofonò all'appartamento di Arrow, facendogli sapere che c'era Ellie Jernigan che chiedeva il permesso di salire. Arrow disse a Robert di farla passare e fece un respiro profondo.

Non conosceva molto bene la madre di Morgan, ma considerando quanto avesse spinto la figlia a tornare in New Mexico, non gli piaceva molto. Decidendo di doverle dare una chance, Arrow si fece forza e attese il suo arrivo.

Un colpo alla porta lo avvertì che Ellie era arrivata, così aprì la porta. La mamma di Morgan era ancora in gran forma. Arrow sapeva che aveva circa cinquant'anni, ma probabilmente poteva dare l'impressione di averne appena quaranta. Era snella e ovviamente si era allenata e si era presa cura di se stessa. Aveva gli stessi capelli biondi e gli stessi occhi verdi della figlia, con qualche ruga in più sul viso.

Indossava un paio di jeans dall'aspetto comodo, con una camicetta nera a maniche lunghe. Le pendeva una grande borsa nera da un gomito, portava i capelli raccolti in una coda di cavallo bassa, dietro al collo. Lei gli sorrise e, quando lui aprì la porta, gli porse un piatto coperto da un foglio di alluminio.

"Porto i biscottini," disse lei, con aria allegra.

Arrow spalancò la porta e fece un gesto per invitarla ad entrare. I tacchi bassi che indossava Ellie fecero un gran rumore, quando entrò nell'appartamento. Arrow chiuse la porta dietro di lei e la seguì in cucina. Lei mise il piatto sul bancone e rimosse la pellicola di alluminio.

"Sembrano deliziosi," le disse Arrow.

Il piatto traboccava di biscotti. Arrow poteva vedere i marshmallow che sporgevano dal centro di ogni biscotto, ognuno era cosparso di cioccolato. C'erano pezzi di quelli che lui supponeva fossero cracker Graham, che rendevano i biscotti voluminosi e dall'aspetto ancora più goloso.

"Prendine uno," gli disse Ellie, porgendogli di nuovo il piatto.

Arrow scosse la testa. "No, va bene così."

La mamma di Morgan gli mise il broncio. "Non ne vuoi uno?"

Non lo voleva proprio, ma per essere educato, Arrow acconsentì: "Ok, forse solo uno."

Quelle parole fecero sparire il cipiglio dal viso di Ellie, come per magia. "Evviva! Ecco, prendi questo," gli ordinò, indicando uno dei biscotti più grandi del piatto. Arrow non era un grande fan dei dolci, soprattutto delle porcherie, ma raccolse il biscotto e sorrise.

"Vuole andare a sedersi, mentre aspettiamo Morgan?"

"Certo, possiamo farlo," disse Ellie, senza togliere gli occhi dal biscotto che lui aveva in mano.

Accigliato, Arrow le chiese: "Non ne prende uno?"

Ellie portò lo sguardo in quello di Arrow. "Oh no! Dopotutto, sto attenta alla mia linea." Si diede una pacca sulla pancia piatta. "Ma sembra che tu riesca a gestirne più di uno, senza alcun problema." Detto ciò, lei prese un altro biscotto, lo mise su un tovagliolo e lo portò con sé verso il divano. Lo appoggiò sul tavolino davanti a sé e sorrise ad Arrow.

Sospirando interiormente, e sperando che Morgan non ci mettesse molto a tornare dall'appuntamento, Arrow diede un morso all'intruglio troppo dolce che aveva in mano e si diresse verso il divano, accanto a Ellie.

Non aveva ancora avuto modo di presentare Morgan a sua madre, ma era abbastanza sicuro che lei andasse più d'accordo con sua madre, di quanto lui andasse d'accordo con la propria. Volendo finire il biscotto il prima possibile, ne prese un altro grosso morso e lo ingoiò quasi senza masticare.

Ellie sembrò molto felice del suo apparente piacere per il dolce, così non poté pentirsi di averlo mangiato, anche se non l'aveva voluto.

"Allora... raccontami di te," gli disse Ellie mentre si adagiava totalmente contro il divano, con la borsa per terra, ai suoi piedi. "Voglio sapere tutto dell'uomo per cui mia figlia ha mollato sua mamma."

Non fu certo l'inizio migliore della loro conversazione, ma Arrow era determinato a fare tutto il possibile per far funzionare la visita. Dopo tutto, se avesse voluto passare il resto della sua vita con Morgan, avrebbe dovuto sopportare Ellie per un bel po' di tempo.

"Non potrò mai ringraziarti abbastanza per essermi venuta a prendere," disse Morgan a Chloe, mentre camminavano lungo il corridoio verso l'ascensore.

"È un piacere. Com'è andata?"

"Bene. In sostanza, devo darmi un po' di tregua e smettere di fingere che non mi sia successo niente. Probabilmente avrò delle ricadute, situazioni che mi ricordano quello che è successo, per un bel po' di tempo. Finché ne parlo con qualcuno e non lascio che lo stress si accumuli dentro, va bene avere degli scatti d'ira, ogni tanto."

"Il tuo psicoterapista sembra intelligente," osservò Chloe.

Morgan rise. "Lo spero proprio."

Una volta dentro l'ascensore, Chloe le disse: "Volevo invitare te e Arrow a cena, stasera."

"Volevi? Hai cambiato idea?"

Chloe sorrise. "No. Hai altri piani."

"Davvero?"

"Sì."

"Ti stai comportando in modo terribilmente misterioso," si lamentò per finta Morgan. "Arrow ha detto di avere una sorpresa per me. Odio le sorprese."

"Vuoi saperlo?"

Morgan si rivolse alla sua nuova amica. "Sì!"

"Peccato," disse Chloe con un altro sorriso. "Non te lo dico."

"Cattiva," disse Morgan con il broncio.

Chloe rise e prese Morgan sottobraccio. "Lo so. Dai. Andiamo a casa."

"Sai, non mi stancherò mai di sentirlo."

"Cosa?"

"*Casa*. Parlando dell'appartamento di Arrow," spiegò Morgan.

"So cosa vuoi dire. Una volta vivevo in una villa, ma non mi sono mai sentita a casa. Però, nel momento in cui sono entrato in casa di Ro, mi sono sentita a mio agio. Anche se avessi vissuto in una grotta con lui, sarebbe stata comunque casa mia."

Morgan annuì. "Ho la sensazione che Arrow si senta in colpa perché ha un appartamento, quando tu e Allye avete una casa, ma onestamente non mi interessa. Mi interessa solo che lui sia lì con me."

"Gliel'hai detto?" le chiese Chloe mentre salivano in macchina.

"Non proprio. Mi ha detto che mi ama, però," ammise Morgan.

"Forte!" sospirò Chloe.

"Ne ho già parlato con Allye, tu non pensi che sia troppo presto?"

"No. Credo molto nei ragazzi che trovano l'amore. Arrow è fantastico. Un po' troppo rigido a volte, ma ho la sensazione che tu possa aiutarlo a sciogliersi."

"Le lattine di cibo nella sua dispensa erano in ordine alfabetico," disse Morgan.

"Ma dai!" esclamò Chloe.

"Sì, e tutti gli asciugamani nel suo armadio erano impilati per colore."

Chloe ridacchiò. "Questo in realtà non mi sorprende molto, se ci penso."

"Credo che fosse il marine in lui," ammise Morgan. "A volte mi sento come l'uragano che è entrato nel suo mondo e che sta mandando tutto per aria."

"Non dire così. Se non gli piacesse, te lo direbbe. Ha detto qualcosa?"

"No."

"Allora non gli importa."

Morgan sospirò. "Sono così felice che ho paura che sparisca tutto in una nuvola di fumo".

"E cosa ha detto il tuo psicoterapeuta, al riguardo?" chiese Chloe con un'intuizione sorprendente.

"Che mi è permesso essere felice. Dovrei vivere giorno per giorno. Tra l'altro, è quello che mi ha detto anche Arrow."

"Beh, siamo arrivate," disse Chloe.

"Vuoi salire?" chiese Morgan mentre Chloe parcheggiava.

"Certo, ma solo perché mi è stato ordinato da Arrow di assicurarmi che tu arrivassi fino alla porta."

Morgan alzò gli occhi al cielo. "Puoi entrare, se vuoi!"

"E rovinarti la sorpresa? Non credo proprio. Andiamo," le ordinò Chloe, gesticolando verso la porta anteriore.

Le due donne attraversarono l'atrio, salutarono Robert, poi salirono in ascensore. Fecero altre due chiacchiere fino a raggiungere la porta di Arrow. Morgan tirò fuori la chiave che le aveva dato Arrow e la mise nella serratura.

"Grazie ancora per essere venuta a prendermi. Uno di questi giorni prenderò una nuova patente di guida e avrò la mia macchina."

"Figurati. Sono felice di aiutare, finché posso," rispose Chloe. "Chiamami domani e decideremo quando andare a cena."

"Ok, quando..." Morgan si bloccò quando si aprì la porta.

Morgan fissò sconvolta la persona che le aveva aperto.

"Mamma, che ci fai qui?"

"Ciao, tesoro! Sorpresa!"

"Sorpresa," sussurrò Chloe, sussurrando vicino a loro.

Morgan poté fissare sua madre con grande incredulità. Se era quella la sorpresa di Arrow, non era proprio gradita. Sì, aveva detto che voleva sua madre, la sera prima, ma era stato un momento di debolezza. Quasi non riuscì a parlare, si rese conto in quel preciso momento che non era la madre la persona che poteva farla sentire meglio... ma era l'uomo che l'aveva abbracciata tutti i giorni, nell'ultimo periodo. Il solo stargli vicino le dava forza. La faceva sentire sicura.

Ma Arrow era un uomo di parola, e siccome lei aveva detto di volere sua madre, Arrow l'aveva chiamata.

Facendo un respiro profondo, Morgan decise di trarre il meglio dalla situazione. Se Arrow aveva organizzato la cosa, non voleva farlo sentire in colpa.

"Ti chiamo dopo," disse a Chloe con un sorriso, e si voltò per entrare.

CAPITOLO DICIANNOVE

ARROW non si sentiva per niente bene. Aveva un mal di testa martellante, si sentiva lo stomaco attorcigliato e aveva anche la nausea. Non era abituato a tutto quello zucchero, i biscotti di Ellie ne erano stracolmi e lui ne aveva mangiati uno e mezzo.

Ellie era sembrata così contenta quando aveva fatto lo sforzo, però, voleva davvero fare una buona impressione su quella donna. Un giorno sarebbe diventata sua suocera, almeno così lui sperava.

Ma si sentiva così male in quel momento che era sul punto di scusarsi per andare in bagno a vomitare. Forse rigettare lo avrebbe fatto sentire meglio.

Sentì Morgan alla porta nello stesso momento in cui la sentì Ellie.

"Non alzarti. Ci penso io," disse lei.

Arrow annuì, perché non pensava di potersi alzare senza chinarsi. Guardò Ellie che si dirigeva dall'altra parte della stanza, verso la porta di casa sua...

...E anche se era sofferente come non lo era mai stato, sentì qualcosa scattargli in testa.

Aveva già visto quella camminata. Da poco, infatti.

Nel video che aveva guardato più e più volte.

Non c'è da stupirsi che la persona sul nastro gli fosse sembrata familiare - era la madre di Morgan!

Cercavano un uomo, quando avrebbero dovuto capire che il colpevole era una donna.

I fianchi ondeggiavano mentre camminava, teneva la testa bassa, quasi naturalmente.

La vide aprire la porta a Morgan e volle urlare, dire a Morgan di scappare, ma non aveva idea di cosa avrebbe fatto quella donna a sua figlia, se lui avesse gridato. Non capiva perché Ellie avrebbe dovuto attaccare Dave - aveva difficoltà a pensare lucidamente - ma sapeva di dover prendere tempo, il più possibile.

Facendo l'unica cosa che gli venne in mente al momento, gridò: "Chloe?"

L'amica fece capolino dalla porta e gli rispose: "Sì?" Chloe lo fissò con uno sguardo strano sul viso, lui non poté certo biasimarla. Era raro che Arrow non si alzasse, quando c'era una donna in giro. La madre gli aveva insegnato le buone maniere, ma non riusciva a stare in piedi. Riusciva a malapena a muoversi.

"Potresti dire a Ro che ho dei problemi con la scatola dei fusibili? Apprezzerei il suo aiuto, il prima possibile."

"Uhm... Ok... Sì, glielo dirò."

"Grazie," borbottò Arrow, che poi si accucciò sul divano, stringendosi lo stomaco.

Sentì la porta chiudersi e udì voci femminili, ma non riusciva a guardare in alto per vedere cosa stesse succedendo.

"Arrow?"

Sentì piegarsi il cuscino accanto a lui e la mano di Morgan sul ginocchio, ma non riusciva ad alzare lo sguardo. "Non mi sento bene." Biascicava, ma non riusciva a controllarsi.

"Cos'ha che non va? Mamma? Da quanto tempo è così?"

"Ubriaco? Ha iniziato a bere quando sono arrivata."

"Arrow non beve," disse Morgan sconvolta.

"Beh, oggi l'ha fatto," disse Ellie.

"Non ha alcun senso," sbottò Morgan. "Non vedo nessuna bottiglia."

"Le ha già buttate via. Non voleva che tu le vedessi," spiegò la madre.

"Arrow? Sei ubriaco?" chiese Morgan a bassa voce, senza togliergli la mano dal suo ginocchio, mentre lui voleva sia stringerla stretta che fare qualcosa per farla uscire dall'appartamento.

"No," riuscì a dire. "Mi fa male lo stomaco."

"Chiamo un'ambulanza," disse Morgan, alzandosi in piedi.

"Non credo proprio."

Arrow riuscì a girarsi per vedere Ellie, in piedi accanto a sua figlia.

Con una pistola puntata alla testa.

Gemendo, si mosse sul divano, ma si bloccò quando Ellie sbraitò: "Se ti muovi, le sparo."

Restò immobile. Sapeva di dover fare qualcosa, ma aveva i crampi allo stomaco e sentiva un po' di bava sul mento. Non aveva idea di cosa l'avesse avvelenato, ma qualunque cosa fosse, era estremamente efficace. Arrow voleva proteggere Morgan, ma non riusciva neanche a muoversi.

"Mamma, cosa stai facendo?" chiese Morgan, decisamente spaventata.

"Siediti," le rispose Ellie, con tono gentile. "Ora ci sediamo e ci facciamo due chiacchiere."

"Sta soffrendo, mamma," disse Morgan con voce bassa. "Ha bisogno di aiuto."

"No! Ho detto. *Siediti*."

Lentamente, Morgan si sedette ancora una volta sul divano accanto ad Arrow, che gemette perché il movimento gli fece rivoltare ancora di più lo stomaco. Arrow girò la testa e vomitò. Proprio lì, sul pavimento del suo soggiorno, davanti alla donna che amava più della sua stessa vita. Ma non si sentì neanche un po' in imbarazzo. Anzi, voleva farlo ancora di più. Il suo corpo voleva ripulire tutto quello schifo che c'era dentro, la porcheria che lo faceva star male.

"Perché non prendi un biscotto, tesoro?" chiese Ellie alla figlia, facendo un cenno verso il mezzo biscotto che Arrow aveva morso, appoggiato sul tavolino da caffè.

"Non ho fame," rispose Morgan.

"Mangialo!" le ordinò.

Muovendosi lentamente, Morgan prese un biscotto e lo rosicchiò senza troppa convinzione. Poi chiese: "Perché ti comporti così?"

"Perché posso," disse Ellie. "Ora, continua a mangiare."

Improvvisamente, Arrow si rese conto di essere un idiota. "No. Non farlo!" riuscì a dire, rivolto a Morgan.

"Tu stai zitto!" gli urlò addosso Ellie. Era passata dall'essere calma e controllata a perdere le staffe in un secondo. "E *tu*," disse, rivolgendo la sua rabbia contro Morgan. "Mangialo!" Si lanciò in avanti e spinse il biscotto verso la faccia della figlia, spalmandole cioccolato e marshmallow su tutto il mento e sulle guance.

Morgan si mise a lottare con la madre, Arrow non si era mai sentito così impotente. Sembrava che gli stessero raschiando via le interiora con un cucchiaio. Pensava di essere un duro, ma qualsiasi cosa Ellie avesse messo in quei maledetti biscotti, sembrava che gli stesse erodendo le viscere.

Aveva bisogno di aiutare Morgan. Aveva bisogno di proteggerla, ma era troppo debole per muoversi. Era troppo debole per contrastare Ellie.

Mentre la donna che amava si batteva contro la sua stessa madre, Arrow chiuse gli occhi e pregò che Chloe riferisse il suo messaggio a Ro il prima possibile.

———

Morgan voltò il viso mentre lottava con la madre. Non aveva idea di cosa stesse succedendo, ma qualunque cosa fosse, era brutta. Arrow non si era mosso dalla sua posizione accucciata sul divano, lo sentiva lamentarsi. Il vomito l'aveva spaventata e atterrita, ma sua madre che si comportava come una psicopatica era ancora più terrificante.

"Mamma! Smettila!" gridò, ma non servì a niente. Ellie continuava a cercare di ficcarle pezzettini di biscotto in bocca.

"*Smettila?* Tu hai smesso di vedere quel bastardo traditore di tuo padre, quando te l'ho chiesto? No! Mi hai ascoltata quando ti ho detto che ti stava usando solo per vendicarsi di me? No! Non l'hai fatto! Avrebbe dovuto smettere di cercare di vederti. Mi ha scartata come un rifiuto, l'ho avvertito che l'avrebbe pagata, non mi ha nemmeno ascoltato. E gliel'ho fatta pagare! Scommetto che ora è dispiaciuto!"

"Chi è dispiaciuto? Papà?"

"Smettila di chiamarlo così!" urlò Ellie, poi si raddrizzò bruscamente e si precipitò in cucina.

"Vattene," bisbigliò Arrow, accanto a Morgan. "Ha messo qualcosa nei biscotti. Ne ho mangiato solo uno e mezzo. Non riesco a muovermi. Esci subito."

"Non posso lasciarti!" disse Morgan, completamente fuori di testa. Era quasi al limite.

"Vai via!" ordinò Arrow, con voce era debole e instabile.

"Non se ne va proprio nessuno!" disse Ellie, che era di nuovo in piedi davanti a loro, con in mano il piatto di biscotti che aveva recuperato dalla cucina. "In effetti, credo che ci siano altri biscotti da mangiare. Guarda, sono i tuoi preferiti, Morgan. Biscotti S'more. Li ho fatti solo per te e per il tuo ragazzo."

"Mamma, cosa hai fatto per vendicarti di papà?" chiese

Morgan. Ignorò il modo in cui Arrow le afferrò la coscia. Sapeva che lui voleva che scappasse, ma non lo avrebbe lasciato lì con sua madre, ovviamente fuori di testa. Lui non l'aveva lasciata a Santo Domingo, quindi non c'era modo che lei lo lasciasse nel momento del bisogno. Sapeva che non era proprio la stessa cosa, ma non le importava.

"Gli ho portato via l'unica cosa che ha sempre voluto da me."

Morgan fissò sua madre con orrore, sapendo cosa stava per dire prima ancora che lo dicesse.

"Sua figlia. L'ho portata via da lui, e l'ho guardato con gioia mentre soffriva. Oh, è stato glorioso".

"Mamma," piagnucolò Morgan. "Sei stata tu? Mi hai fatto rapire?"

"Sì, e tuo padre era fuori di sé. Si è messo a piangere con chiunque volesse ascoltarlo. Ti ho presa, e lui non ha potuto farci niente."

"Sono stata violentata," sussurrò Morgan. "Picchiata. Ho sofferto la fame."

"Tanto meglio, per farlo sentire in colpa!" esclamò Ellie, quasi cantando.

"Neanche ti importa?" chiese Morgan, incredula.

"Di lui che soffriva? Certo che no!"

"No, mamma, di *me*!" urlò Morgan. "Ero all'inferno, e hai fatto tutto per vendicarti di papà?"

"E ha funzionato!" si vantò la diabolica donna. "Finché questo stronzo qui non è venuto a salvarti. Tuo padre ha ottenuto il grande ricongiungimento, per cui pregava da un anno intero. Ti aveva di nuovo con sé, questo non faceva parte del mio piano. È finito in TV. Ora il suo nome è conosciuto in tutto il paese e, di conseguenza, è diventato ancora più ricco di prima. Le azioni della sua stupida azienda sono salite alle stelle! Questo non doveva succedere. Non aveva sofferto abbastanza!"

"E io? Non ho sofferto abbastanza?"

Ellie agitò la mano, come se le parole di sua figlia non fossero importanti. "Ma ho deciso che gliel'avrei fatta pagare. La sua preziosa figlia si sarebbe ammalata. Si sarebbe ammalata *gravemente*. Nessuno sarebbe stato in grado di capire di cosa. Qualche malattia tropicale. Ma poi hai dovuto rovinare anche quello, andando a vivere con questo imbecille qui! Avevo pianificato tutto. Ti saresti lentamente ammalata bevendo la mia speciale miscela di succo d'arancia. Ma hai sempre avuto troppo di tuo padre, dentro di te. Hai rovinato tutto."

"Per questo mi faceva male lo stomaco e avevo mal di testa?" chiese Morgan, scuotendo la testa. "Mi stavi avvelenando? Con cosa?"

"I miei amici mi hanno procurato del glicole etilenico. Avrei potuto prendere dell'antigelo dal negozio, ma è di uno strano colore verde. Lo avresti notato. Volevo roba pura. Ero scettica sul fatto che avrebbe funzionato, ma guarda il tuo ragazzo: direi che funziona benissimo!" rise Ellie.

Morgan si voltò a guardare Arrow. Aveva un aspetto orribile. E tutto perché sua madre l'aveva avvelenato. Riusciva a malapena a capire cosa stesse succedendo.

"Perché Arrow?" chiese Morgan. "Non ti ha fatto niente."

"Cosa dici? Certo che l'ha fatto!" sbottò sua madre. "Per prima cosa, ti ha trovata. Secondo, è riuscito a farti uscire dalla Repubblica Dominicana senza essere catturato dai miei amici. Terzo, ti ha convinto a tornare quassù. E quarto... Non mi piacciono né lui, né i suoi stupidi amici."

Morgan strinse in un pugno la mano libera. Non riusciva a credere a quello che sentiva. Sapeva che sua madre era stata spesso dal dottore, quando Morgan stava crescendo, ma non aveva idea del perché. Ma in quel momento capì che doveva essere per un qualche tipo di disturbo della personalità. Non era possibile che sua madre fosse stata così psicotica per tutta la vita, passando inosservata.

"Mamma... Non sapevo che ti sentissi così. Non mi piace nemmeno, papà. Andavo a trovarlo perché pensavo che *tu* lo volessi." Morgan cercò di placare sua madre. Se fosse riuscita a farle credere di essere dalla sua parte, forse avrebbe avuto una possibilità di uscirne viva. E di portare Arrow in ospedale.

"Bugiarda," disse Ellie con calma. Era ancora più spaventosa per il modo in cui lo diceva. "So cosa stai facendo. Stai solo cercando di farmi abbassare la guardia. Ma non funzionerà. Non capisci, piccola? Devi morire per dimostrare a tuo padre che non può prendersi gioco di me. Non può andare a letto con la sua segretaria proprio sotto il mio naso e farla franca!"

"Non ho avuto niente a che fare con tutto questo," disse Morgan con dolcezza, cercando ancora di ragionare con sua madre.

Ma non c'era modo di comunicare con Ellie Jernigan. Era persa nell'illusione creata dalla sua mente. "Devi mangiare questi biscotti, piccola," disse, con un tono falsamente dolce. "Sono i tuoi preferiti. Non lo sentirai nemmeno, il veleno."

"No," disse Morgan. "Devo chiamare la polizia e chiedere aiuto per Arrow."

"Temo di non potertelo permettere," disse Ellie, con un sospiro. Poi mise il piatto di biscotti sul tavolo e prese la borsa sul pavimento. Mentre ci rovistava dentro, Morgan guardò Arrow per vedere se avesse qualche idea brillante su cosa fare. Vide che lui fissava la madre.

Allargò gli occhi – ciò bastò a Morgan per guardare sua madre appena in tempo per vedere l'affondo nella sua direzione.

Sorpresa, Morgan emise un urlo, ma fu scaraventata sul pavimento con la madre sopra di lei. Ellie le puntava una siringa alla gola e la guardava con aria di sfida. Doveva averla tirata fuori dalla borsa quando Morgan si era distratta.

Morgan vedeva solo odio negli occhi vitrei della madre.

"Alzati," le ordinò Ellie.

Tremando, Morgan si alzò in piedi, sempre cosciente dei centimetri di ago che aveva sulla gola. Non aveva idea di dove fosse finita la pistola che Ellie aveva in mano poco prima. Forse l'aveva lasciata in cucina quando era andata a prendere i biscotti. Morgan cercò disperatamente di pensare a cosa fare. A come poter distrarre sua madre.

"Non provare neanche a pensare di fare qualcosa di stupido," la avvertì Ellie. "Appena ti infilzo con questo ago, sei morta. C'è del glicole etilenico non diluito. I tuoi reni cominceranno subito a cedere, comincerai ad avere le convulsioni e vomiterai le budella. Ma non servirà a niente."

"Mamma, non fare così," la supplicò Morgan, con le lacrime che le scivolavano sulle guance per la prima volta.

"Neanche piangere ti servirà. Forse ora tuo padre si pentirà di quello che mi ha fatto. Deve pentirsi! Pagherà. Gliela farò pagare!"

Proprio quando Morgan si era decisa a tentare di reagire, a lottare con la madre per evitare l'ago, la porta dell'appartamento di Arrow si spalancò e i Mercenari di Montagna fecero irruzione, armati fino ai denti.

Arrow sbatté le palpebre, ma i suoi occhi erano così annebbiati che non riusciva a vedere. Lo stomaco continuava ad avere spasmi, ma lui cercava di ignorarlo e di concentrarsi su ciò che gli succedeva intorno.

Ellie Jernigan era ovviamente pazza da legare... o più probabilmente non prendeva le medicine. Arrow non sapeva se fosse bipolare e non avesse preso le sue medicine, o se fosse semplicemente pazza. A quel punto, non importava. L'unica cosa che importava era accertarsi che Morgan fosse al sicuro.

Ma non aveva idea di come avrebbe fatto. Ellie era pazza, sì, ma non era stupida. Aveva pianificato bene, avvelenandolo e mettendolo fuori gioco prima che Morgan arrivasse a casa.

Lui non l'aveva percepita come una minaccia, fino a quando non era troppo tardi. Arrow si chiese se c'era qualcosa, in passato, che avrebbe potuto indicare quella possibilità. Mentre indagavano sulla madre di Morgan, ovviamente non avevano cercato abbastanza.

Aveva nutrito un rancore folle verso il suo ex per tutta la vita, lasciandolo marcire e crescere fino a consumarla completamente, risucchiando con lei la figlia nella fossa dell'inferno.

Arrow sapeva di essere nei guai. Il glicole etilenico si stava facendo strada nel suo corpo, danneggiandogli i reni e scatenando il caos con una velocità allarmante. Ovviamente la stronza aveva messo un sacco di roba nei biscotti, e lui ne aveva stupidamente mangiato uno e mezzo.

Arrow si mosse quando Ellie ebbe placcato la figlia ed erano atterrate entrambe ai suoi piedi, a pochi centimetri da quello che aveva vomitato prima, ma nessuna delle due ci fece caso.

Arrow era concentrato sulla siringa che Ellie puntava alla gola della figlia. Se non fosse stato inerme, sarebbe stato in grado di gettarla via senza alcuno sforzo, ma non riusciva a controllare le mani - che tremavano violentemente - figuriamoci stare in piedi.

Era come se avesse nel basso ventre dei coltelli che lo pugnalavano atrocemente. Guardò, quindi, mentre Ellie costringeva Morgan a stare ferma e la derideva con quel maledetto ago alla gola.

Il pensiero che Morgan provasse anche solo un decimo di quello che provava lui, in quel momento, gli fece scorrere a fiotti l'adrenalina nel corpo. Non voleva assolutamente che lei soffrisse in quel modo. Ne aveva già passate abbastanza. Più che abbastanza.

Arrow non aveva un piano in mente. Non riusciva a mettere ordine nei suoi pensieri per organizzare un piano. Tutto ciò che sapeva era che doveva allontanare l'ago dalla donna che amava. Era troppo vicino alla sua gola.

Nel secondo in cui Arrow sentì lo schianto della sua porta che sbatteva contro il muro, si mosse.

Si gettò dolorosamente dalla sua posizione accartocciata sul divano, puntando al busto di Morgan. Non aveva mai giocato a calcio, a scuola, ma qualsiasi allenatore sarebbe stato orgoglioso del modo in cui l'aveva colpita. Sentì l'euforia di un respiro che lasciava il suo corpo mentre la afferrava, ma invece di allentare la presa, la strinse.

Il dolore era devastante, ma Arrow fece di tutto per atterrare con la schiena sul pavimento, con Morgan sopra di lui.

Arrow udì urla indistinte, ma l'unica cosa di cui si preoccupava era proteggere Morgan. Con la sua ultima briciola di energia, si ribaltò, coprendo tutto il corpo di lei. Se Ellie voleva proprio infilzare qualcuno con quel suo maledetto ago velenoso, sarebbe stato lui. Non sua figlia. Non la donna che amava più di ogni altra cosa al mondo.

L'ultima cosa che ricordò fu il grido di Ellie: "No!"

Poi udì l'inconfondibile suono di uno sparo.

———

Morgan cercò di fare un respiro profondo, ma Arrow era praticamente svenuto sopra di lei. Era estremamente pesante, ci volle tutta la sua forza per uscire da sotto di lui. L'adrenalina in corpo era fuori controllo, non degnò di uno sguardo la madre, che giaceva immobile sul pavimento accanto al divano.

Aveva sentito lo sparo ma non si era nemmeno mossa, era preoccupata per Arrow.

"Aiutatemi!" urlò, con la voce tremante, mentre cercava di girarlo.

Diverse mani intervennero in suo aiuto. Arrow fu appoggiato sulla schiena, il petto si muoveva a malapena su e giù. "L'ha avvelenato," urlò, senza alzare lo sguardo. "Con glicole etilenico. Era nei biscotti! Ne aveva mangiato almeno uno. Forse anche di più."

"Stai indietro," le disse Ro, mettendole una mano sul braccio.

Con riluttanza, Morgan fece come ordinato, senza togliere gli occhi dal petto di Arrow. Finché respirava, era vivo.

"I paramedici stanno arrivando," disse Ball.

"Sta arrivando anche la polizia," aggiunse Meat.

Eppure, Morgan non riusciva a distogliere lo sguardo da Arrow. Era pallido, sapeva che le cose non andavano bene.

"Stai bene?" le chiese Ro, inginocchiandosi accanto a lei e cercando di girarla verso di lui.

Lei non si girò, ma annuì velocemente. "Sto bene."

"Non hai mangiato i biscotti?"

Lei scosse la testa.

"Hai del cioccolato, sul viso," disse Ro con delicatezza, lei girò finalmente la testa per guardarlo.

"Ne ho mangiato una briciola. Poi lei ha cercato di ficcarmene uno in bocca, ma ho premuto le labbra. Sto bene," ripeté. "Arrow no, invece."

"Black ha dovuto sparare a tua madre."

"Non mi interessa! C'era lei dietro a tutto questo! Dietro a tutto quanto."

"Ora lo sappiamo," le disse Ro.

"Come avete fatto ad arrivare? Come lo avete capito?" chiese Morgan, cercando di tenere la mente frenetica lontana dal corpo di Arrow.

"Arrow è il miglior elettricista che conosciamo. Non mi avrebbe mai chiesto di aiutarlo con una scatola di fusibili. Chloe ha chiamato dal parcheggio e mi ha trasmesso il messaggio, abbiamo capito subito che c'era qualcosa che non andava. Ci siamo precipitati qui... e il resto lo sai."

"Era mia madre," sussurrò Morgan, con la voce spezzata. "Non le importava della mia sofferenza. Voleva solo fare del male a mio padre."

"Vieni qui," le disse Ro, tirandola verso di lui, in un abbraccio.

Morgan ricambiò l'abbraccio istintivamente, aveva bisogno di supporto. Piegò la testa in modo da poter vedere ancora Arrow, anche quando Ro si era inginocchiato accanto a lei. Si assicurò di tenerla girata in modo che potesse vedere l'uomo che amava, non sua madre.

"Starà bene, vero?" sussurrò lei, proprio mentre i paramedici si precipitavano nella stanza.

"Sì," disse Ro senza alcuna esitazione. "Lui è un marine tosto. Sconfiggerà il veleno."

"Lo amo," ammise Morgan dolcemente. "Non gliel'ho mai detto, ma lo amo così tanto."

"Lui lo sa, tesoro. Lui lo sa."

Ro aiutò Morgan a rimettersi in piedi, mentre i paramedici si occupavano di Arrow. Morgan non poteva fare altro che guardare, mentre l'amore della sua vita veniva rapidamente impacchettato su una barella e veniva portato fuori dalla stanza. Voleva andare con lui, ma Ro la trattenne. "È in buone mani. Lasciamo che lo portino all'ospedale e che gli iniettino l'antidoto. Lo porteremo via da lì il prima possibile."

Morgan voleva protestare. Voleva chiedere di andare con Arrow, ma fece un respiro profondo e annuì. Qualcuno avrebbe dovuto chiamare sua madre e sua sorella. La polizia stava entrando nell'appartamento, anche se il secondo gruppo di paramedici si stava già occupando di Ellie. Ma con un solo sguardo, Morgan capì che era troppo tardi per lei.

Black era un tiratore eccellente, il buco in mezzo alla fronte di Ellie parlava da solo.

Morgan voleva sentirsi in colpa. Voleva piangere per sua madre, ma dopo le rivelazioni dell'ultima mezz'ora, era decisamente impossibile.

La donna sdraiata sul pavimento non era sua madre. Era un mostro che Morgan non aveva mai conosciuto. Evidentemente, sua madre era morta molto tempo prima.

Raddrizzando le spalle, Morgan annuì a Ro e gli permise di guidarla verso una sedia al tavolo della sala da pranzo di Arrow. Ro le avvolse una coperta intorno alle spalle e andò ad assistere i suoi compagni di squadra.

Un poliziotto dall'aspetto gentile tirò fuori una sedia, accanto a lei, e le disse: "Può dirmi cosa è successo?"

Morgan sapeva che ci sarebbe voluto più di qualche minuto per spiegare gli eventi che avevano portato alla morte della madre sul pavimento, ma fece un respiro profondo e cominciò a parlare. Prima lo superava, prima poteva tornare al fianco di Arrow.

CAPITOLO VENTI

UNA SETTIMANA DOPO, Morgan era seduta su una poltrona arancione che un'infermiera aveva recuperato per lei da qualche parte, in ospedale. Non aveva mai lasciato il fianco di Arrow, se non per fare la doccia o per andare a prendere qualcosa da mangiare in mensa, costretta dai suoi amici.

I primi due giorni erano stati un po' incerti. Arrow era in terapia intensiva, i medici facevano il possibile per contrastare il glicole etilenico che gli scorreva in corpo. Era stato intubato ed era rimasto immobile, ignaro di tutto ciò che accadeva intorno a lui.

Dopo essere stato disintossicato, il passo successivo fu quello di impedire che il veleno si metabolizzasse ulteriormente nel suo corpo. Oltre a somministrargli l'antidoto, i medici lo avevano messo in dialisi per aiutare il suo corpo a purificarsi.

Fu un processo lungo ed estenuante, ma la prima volta che Arrow aprì gli occhi e pronunciò il nome di Morgan, lei scoppiò in lacrime.

Arrow era debole, dormiva ancora molto, ma non era più

intubato, Morgan si accorse che recuperava un po' di forza ogni giorno.

Sentendo qualcuno alla porta, Morgan si voltò a guardare e vide che era Black. Non l'aveva più visto, da quando lui e i suoi compagni avevano fatto irruzione nell'appartamento di Arrow, come un gruppo di supereroi.

"Ciao," gli disse dolcemente, non volendo svegliare Arrow.

"Posso tornare più tardi," disse Black, senza guardarla.

Morgan sapeva che la stava evitando, ma lei si rifiutò di lasciarglielo fare. "Vieni qui", gli disse nel modo più severo possibile.

Come se fosse diretto verso la sedia elettrica, Black sospirò e andò verso di lei, seduto proprio sul bordo di una delle altre sedie della stanza.

Decidendo che era meglio tirar fuori l'argomento apertamente, Morgan disse: "Grazie per averci salvato la vita."

Black sbuffò, ma non disse altro.

"Seriamente," insistette Morgan. "I poliziotti hanno detto che mia madre ha preso la pistola che aveva nascosto nella cintura, quando siete entrati. Era furente e determinata a vedermi morta. Mi avrebbe sparato, e siccome Arrow si è buttato sopra di me per proteggermi, l'avrebbe sicuramente ucciso. Non poteva sopravvivere a un colpo di pistola *e* al veleno."

"Ho ucciso tua madre," disse Black con dolcezza.

"Lo so. Grazie."

Black trovò il coraggio di alzare lo sguardo verso di lei e Morgan vide sia la sorpresa che il senso di colpa, nei suoi occhi. Lei si allungò verso di lui e gli mise una mano sul ginocchio. "Mi dispiace che tu abbia dovuto farlo, ma non mi dispiace per quello che è successo. Black... la donna a cui hai sparato non era mia madre. Non so cosa sia successo o come sia diventata così, ma era davvero pazza. Dovevi farlo."

Black si passò una mano tra i capelli prima di dire:

"Quando ero un SEAL, ho ucciso tanti cattivi. Anche nelle missioni per i Mercenari di Montagna, ho sempre fatto quello che dovevo fare... ma ho passato gli ultimi anni a proteggere e salvare le donne... non a sparargli."

"Ha avuto quello che si meritava," disse Morgan risoluta, seppur con un pizzico di esitazione. Sapeva che avrebbe dovuto fare altre sedute con il suo psicoterapeuta per lasciarsi alle spalle tutto quello che le era successo, ma al momento era più preoccupata di assicurarsi che l'uomo straordinario di fronte a lei non continuasse a soffrire per quello che aveva fatto.

"Non ho nemmeno pensato," disse Black, fissando nel vuoto davanti a lui. "Ho solo reagito. Mi sono avvicinato, le ho visto la pistola in mano. Non ho neanche pensato."

"Bene," disse Morgan con fervore.

Black alzò lo sguardo per fissarla, incredulo.

"Amo Arrow. Più di quanto avrei mai pensato che fosse possibile amare qualcuno. E sapere che è con te, quando intraprenderà missioni future, mi fa sentire molto meglio. Voglio qualcuno che sappia agire senza pensare, quando le cose si mettono male. Voglio qualcuno come te che gli copra le spalle."

"Black, non pretendo di sapere cosa hai fatto e visto in passato, ma sei bravo in quello che fai. Quella donna... stava per uccidermi. Aveva già cercato di uccidere sia me che Arrow. Hai fatto quello che dovevi fare. Se fosse stata un uomo, ti saresti tormentato così? Se fosse stata un'estranea? No, non lo avresti fatto. I cattivi non sono sempre estranei, e non sempre si vestono di nero o ti fanno capire di essere i cattivi della situazione."

"Però sono comunque dispiaciuto," replicò lui.

"Anch'io," concordò Morgan. "Ma non dispiacerti di averla uccisa. Non dispiacerti che non abbia ricevuto l'aiuto di cui aveva bisogno. Sii dispiaciuto per il fatto che lei non avrà la possibilità di sapere quanto sia fantastico il suo, speriamo, futuro genero. Oppure, per il fatto che i suoi nipoti non conosceranno mai la nonna. Ma non dispiacerti per avermi salvato la vita. Non dispiacerti per aver fatto in modo che potessi iniziare la mia vita qui, senza dovermi guardare costantemente alle spalle, chiedendomi se chi mi ha rapito lo avrebbe fatto di nuovo."

Black alzò lo sguardo e le fece un piccolo sorriso. Non era esattamente un vero e proprio sorriso, ma sembrava molto più rilassato di quando era arrivato.

Muovendosi senza pensarci, Morgan si alzò e tese le braccia. "Un abbraccio mi farebbe bene."

Black si mosse rapidamente e l'abbracciò con vigore, non appena lei finì di parlare. Morgan si sentiva piccola contro di lui, ma non come quando stava vicino agli altri membri della squadra.

"Grazie", sussurrò lei.

"No... grazie a te", replicò Black.

"Giù le mani dalla mia donna," disse Arrow, con voce debole, dal letto d'ospedale accanto a loro.

Morgan rise quando Black la strinse ancora più forte e si voltò verso l'amico. "Chi dorme non piglia pesci, non te l'hanno mai detto?" gli disse.

Arrow emise una sorta di ringhio, Morgan sorrise ancora di più. "Vatti a prendere un'altra donna", brontolò Arrow, comunque felice che Morgan e Black si fossero chiariti. Gli dispiaceva che il suo amico, fino ad un attimo prima, si fosse sentito in colpa.

Avvicinando la sedia al letto, Morgan si sedette e intrecciò le dita con quelle di Arrow. "Come ti senti?"

"Non c'è male," rispose Arrow.

Morgan voleva alzare gli occhi al cielo. Aveva imparato che Arrow aveva la fastidiosa tendenza a minimizzare seriamente ciò che provava.

Lui alzò una mano verso Black, l'amico la afferrò.

"Grazie per aver salvato non solo la mia vita, ma anche quella di Morgan," gli disse Arrow.

Black gli strinse la mano, poi disse: "Vaffanculo. Avresti fatto la stessa cosa, se non ti fossi messo a fare un pisolino sul pavimento."

Arrow ridacchiò, ma sussultò subito per il movimento. "So di aver perso i sensi, ma ho sentito frammenti di quello che è successo. Puoi spiegarmi un po' meglio?" chiese.

Black annuì e si sedette sulla sedia accanto al letto. Morgan strinse la mano di Arrow più forte e ascoltò. Aveva sentito tutta la storia, quindi Black non poteva dire nulla di scioccante, ma ogni volta che sentiva quanto era stata veramente terribile sua madre, le riusciva difficile capire come fosse arrivata a tanto.

"Ellie Jernigan ha assunto gli uomini che hanno drogato e rapito Morgan. Quella sera l'hanno seguita in discoteca e hanno aspettato il momento giusto per rapirla," iniziò Black.

"E ho reso tutto molto più facile, quando sono andata via da sola," disse Morgan scuotendo la testa.

"Ti avrebbero presa, in un modo o nell'altro," sussurrò Black. "In ogni caso, Ellie si è messa in contatto con qualcuno nella Repubblica Dominicana e ha fatto spedire la figlia laggiù. Il piano era che la tenessero sotto sorveglianza fino a nuovo ordine."

"All'inizio non mi hanno fatto del male," aggiunse Morgan. "Rex e gli altri hanno ipotizzato che probabilmente non volevano rischiare che mia madre non li pagasse. Ma quando hanno continuato a ricevere i soldi mese dopo mese, senza dover inviare alcuna prova che io stessi bene o altro, hanno deciso di approfittare della situazione e prendere quello che volevano."

Morgan sentì Arrow stringerle la mano. Lei gli regalò un piccolo sorriso. Era tutto finito.

"Come avrete già intuito, la persona nel video era Ellie," disse Black. "Probabilmente stava aspettando Morgan, quando è arrivato Dave. Non ha avuto molta pazienza e pensiamo che si sia stufata presto. Ma ha mantenuto il controllo sufficiente per tenere il volto lontano dalle telecamere e per fermarsi, una volta che Dave era caduto a terra."

"Come sta Dave?" chiese Arrow.

"Sta bene. È tornato al lavoro e bacchetta tutti, al The Pit," gli disse Black.

"Bene. E sì, quando Ellie si è avvicinata alla porta del mio appartamento per aprire a Morgan e Chloe, ho riconosciuto la sua andatura dal video," disse Arrow. "Ecco perché la persona del video mi sembrava familiare. Ma a quel punto ero già fuori combattimento. Ho fatto quello che ho potuto, per cercare di avvertirvi."

"Non posso credere di non averla riconosciuta. La mia stessa madre," disse Morgan, scuotendo di nuovo la testa.

"Pensavi anche tu, come noi, che fosse un uomo," disse Black. "Tua madre era proprio l'ultima dei sospettati."

Arrow alzò la mano di Morgan e ne baciò il dorso, dandole un sostegno silenzioso, come sempre.

"Arrow, il tuo messaggio ha funzionato perfettamente. Ellie non aveva idea che quello fosse un codice. Chloe era confusa, ha immediatamente chiamato Ro quando è tornata in macchina, per trasmettere il tuo strano messaggio. Sapeva che c'era qualcosa che non andava, e ci siamo tutti fiondati nel tuo appartamento."

"Grazie al cielo," aggiunse Morgan. "Per fortuna il tempismo è stato ottimo."

"Comunque, Meat ha rintracciato il cellulare di Ellie e ha scoperto che era in città da qualche giorno. Probabilmente è stata lei a chiamare la prostituta e a farti lo scherzetto delle gomme."

"Lo pensavo anch'io," disse Arrow.

"Giusto, quindi quando hai chiamato e le hai chiesto se poteva venire a trovare Morgan, era già in città. Si è registrata in un hotel con cucina e ha preparato i biscotti. A quanto pare, aveva portato con sé il glicole etilenico nella speranza di farlo ingerire a Morgan... in qualche modo."

"Il suo piano era di avvelenarmi lentamente, quando vivevo con lei," disse Morgan ad Arrow. "Voleva far sembrare che avessi preso qualche malattia mentre ero prigioniera. Ecco perché soffrivo di mal di testa e di mal di stomaco, quando sono andata in New Mexico. La dose era così piccola che il mio corpo è stato in grado di sopportarla. Ma con il tempo si sarebbe accumulata abbastanza da non permettermi di combatterla."

Arrow digrignò i denti, ma non commentò.

"Ha messo abbastanza glicole etilenico in quei biscotti da uccidere qualcuno in un paio d'ore," spiegò Black.

"Non l'ho assaggiato per golosità," rivelò Arrow. "Di solito non mangio niente di così dolce, ma cercavo di essere educato. Non andavamo esattamente d'accordo, mi sentivo in colpa. Hai visto tuo padre?" chiese poi a Morgan, cambiando argomento.

"Certo. È volato qui appena l'ha saputo. E non sorprende che sia stato fantastico nel trattare con la stampa. Loro, naturalmente, sono andati fuori di testa quando hanno sentito quello che è successo. Non so cosa avrei fatto, se non fosse stato per lui."

"Mi dispiace che abbiamo sospettato di lui," le disse Arrow.

Morgan accettò di buon grado le scuse. "Non è esattamente un santo, non diventeremo mai come migliori amici o altro, ma mi sento molto meglio sapendo che si preoccupava onestamente per me, voleva davvero ritrovarmi quando sono scomparsa."

"Anche Lane e Lance Buswell sono completamente inno-centi," disse Black. "Come il resto dei tuoi amici."

"Quindi sei veramente libera", disse Arrow, senza togliere gli occhi da Morgan.

"Sembra proprio così."

"E questo è il mio segnale per andarmene," disse Black alzandosi. "Oh, e tua madre e tua sorella sono qui," disse ad Arrow.

Lui spalancò gli occhi. "Davvero?"

"Certo!" esclamò Morgan. "Sei quasi morto. Le ho chia-mate non appena ne ho avuto la possibilità. Hanno alloggiato in un albergo vicino. Kandi mi piace molto. È così divertente, ho sentito molte storie su quando eri più giovane."

Arrow gemette. "Occhio. La metà delle cose che dice sono bugie. Non crederle."

"Mi ha detto che avresti detto esattamente queste paro-le," lo prese in giro Morgan.

Black ridacchiò mentre si dirigeva verso la porta. All'ul-timo minuto, si voltò e disse a Morgan: "Grazie per essere stata così comprensiva."

Lei alzò gli occhi al cielo. "Come se potessi essere qualcos'altro."

"Saresti sorpresa di quanto la gente possa essere spietata," disse Black, poi se ne andò.

"Vieni qui," disse Arrow, tirandole la mano.

"Sono qui," rispose Morgan.

"Qui," insistette Arrow.

Morgan si alzò e si sedette sul bordo del letto, con l'anca che sfiorava quella di Arrow.

"Mi ami?" le chiese, una volta che lei si era sistemata.

Morgan sapeva che stava arrossendo, ma non distolse lo sguardo. "L'hai sentito, eh?"

"Sì. E bisogna ripeterlo. Lo sai che ti amo. Mi ha quasi ucciso non poterti proteggere, quando tua madre stava per sparare. Ho provato il dolore più intenso della mia vita, su quel divano. Ma quello che mi ha veramente ucciso è stato quando tua madre ti ha attaccato... e tutto quello che potevo fare era starmene seduto lì."

"Ma tu mi hai protetto," protestò Morgan. "Tu eri lì. Ero congelata dalla paura... e dalla confusione. Voglio dire, c'era mia madre dietro a tutto. Non riuscivo a capirci niente, tanto meno a fare qualcosa, quando mi ha afferrato e stava per ficcarmi quell'ago nel collo."

"Ti amo, Morgan Byrd. Passerò il resto dei miei giorni a fare tutto il possibile per proteggerti."

"Spero che i giorni di protezione siano finiti," disse Morgan seccamente.

"Ti amo," disse Arrow, alzando le sopracciglia in attesa.

Morgan sorrise. "Lo so."

"E? Devi dirmi qualcosa?"

"Ehm... grazie?"

"Bella..." disse Arrow con il tono più minaccioso possibile, fallendo, considerando che era sdraiato in un letto d'ospedale con una flebo e collegato a varie macchine.

Morgan si chinò e gli prese il viso tra le mani. "Ti amo, Archer Kane. Più di quanto abbia mai pensato che fosse possibile amare qualcuno. Non voglio vederti mai più com'eri sul pavimento. Mi hai spaventata a morte."

"Non succederà," disse lui solennemente.

"Non puoi prometterlo," protestò Morgan.

Lui le mise una mano sul collo, l'altra sulla parte bassa della schiena. La spinse dolcemente verso di sé, con le fronti vicine, poi sussurrò: "Ti prometto il mondo, bella. Felicità, risate, amicizia e bambini. Tanti bambini".

Il respiro di Morgan si bloccò, lei lo fissò.

"Vuoi sposarmi? Prometto di amarti e per il resto della mia vita. Prometto di essere il tuo amico e anche il tuo amante. Farò del mio meglio per farti ridere e non farti mai piangere, a meno che non siano lacrime di gioia. Vivrò ovunque tu voglia vivere, compreremo una grande casa con un po' di terra, così potrai avere tutte le api che vuoi. Verrò in vacanza con te... ecco magari eviterei i Caraibi. Amo il mio lavoro nei Mercenari di Montagna, ma se ti fa sentire più sicura, mi licenzio oggi stesso e mi concentro sul mio lavoro di elettricista. Farò tutto il necessario perché tu dica di sì."

"Io... Voglio sposarti... ma ho paura di non poter mai essere la donna di cui hai bisogno, in camera da letto," ammise lei. "Voglio dei figli, ma ho paura che non riuscirò mai a rilassarmi abbastanza per farli con te."

"Te l'ho detto una volta, e te lo dirò tutte le volte che avrai bisogno di sentirlo per crederci. Ti amo, Morgan. Anche se non facciamo mai l'amore in modo convenzionale, anche se non facciamo altro che coccolarci e masturbarci insieme, ti voglio esattamente come sei."

"Arrow," bisbigliò lei.

"Ma devo dire che credo che una volta che ti sarai occupata di tutto, sarai in grado di fare tutto quello che vuoi... compreso fare l'amore e scopare con tuo marito. Non ti farò mai pressioni, avrai tutto il controllo che vuoi in camera da letto. Starò tranquillo per il resto della vita, se è quello che ti serve."

Morgan aveva le lacrime agli occhi, ma ridacchiava comunque. "Sarai il mio schiavo sessuale?"

"Diavolo, sì. E se pensi che sia una cosa negativa, pensalo pure. Averti sopra di me che mi cavalchi, che ti agiti mentre io posso guardare ogni espressione sul tuo viso e avere le tue tette proprio lì davanti a me, mentre mi prendi? Sì... decisamente terribile, bella mia."

Morgan rise di cuore. "Allora sì. Sì, ti sposerò."

Arrow alzò la testa e la baciò. Entrambi avevano le labbra secche e screpolate, ma quello fu il bacio più bello della sua vita.

QUATTRO SETTIMANE DOPO, Arrow era seduto in modo rilassato sul nuovo divano del loro nuovo appartamento, guardava un film. Era molto orgoglioso della sua Morgan. Scoprire la verità dietro il suo rapimento era stato pesante. Era andata a trovare il suo psicoterapeuta tutti i giorni, per una settimana, dopo che lui era uscito dall'ospedale, poi le visite si erano diradate nel tempo.

Lei dormiva sempre bene, la notte. Avevano iniziato ad avere anche delle sessioni di pomiciate piuttosto intense.

Arrow non le faceva mai pressioni per andare oltre la sua zona di comfort. Proprio come le aveva promesso, attendeva.

Aveva trovato un terreno perfetto a Black Forest, vicino a dove abitavano Ro e Chloe, su cui stava progettando di costruire una casa. Sarebbe stato il luogo ideale non solo per crescere una famiglia, ma anche per permettere a Morgan di costruire un alveare o due. Lei aveva deciso di non tornare in affari come prima, ma di raccogliere abbastanza miele solo per loro e per i loro amici.

Morgan stava facendo ricerche su ciò che voleva fare per il

resto della vita, ma per il momento si accontentava di essere viva e vegeta.

"Arrow?" gli chiese, mentre faceva scivolare un dito su e giù per il braccio, standogli abbracciata. Indossava una canottiera e un paio di pantaloncini da notte, il suo set preferito per dormire. Lui indossava un paio di pantaloni comodi di cotone. Aveva iniziato a dormire solo con i boxer e amava sentire le gambe di lei intrecciate alle proprie, quando lei si accoccolava con lui, notte dopo notte.

"Sì?" le rispose.

Lei alzò lo sguardo. "Faresti l'amore con me?"

Arrow rischiò di soffocare.

I due avevano partecipato a una seduta con lo psicoterapeuta, di recente, dove avevano parlato del processo di guarigione sessuale. Arrow non voleva scatenarle flashback o ferire ulteriormente la sua psiche, il terapeuta gli aveva detto di lasciare che Morgan prendesse il comando, cosa che stava già facendo.

Sembrava che Morgan stesse decisamente prendendo il comando, in quel momento.

Arrow guardò negli occhi la donna che amava e disse: "Possiamo fare tutto quello che vuoi. Ma tu sai cosa ha detto il tuo terapeuta - se diventa troppo, tutto quello che devi fare è dire la parola, e noi ci fermeremo, o rallenteremo, o cambieremo qualcosa. Va bene?"

Lei annuì immediatamente. "Mi fido di te."

Arrow sentì una stretta allo stomaco. Non si stancava mai di sentirle pronunciare quelle parole. Gli piacevano quasi più di quando lei diceva di amarlo. Quasi.

"Ho comprato dei preservativi, l'altro giorno. Sono di sopra, nel comodino vicino al letto".

"Uso un contraccettivo. E sono sana," disse lei.

Arrow voleva penetrarla senza protezione più di quanto

volesse il suo prossimo respiro. "Non sono mai stato con una donna senza usare il preservativo," le disse.

"Vorrei essere la prima," disse Morgan, senza mai distogliere lo sguardo.

Nello stesso momento, Arrow sentì aumentare sia il battito cardiaco che le dimensioni del suo uccello. Senza rispondere verbalmente, Arrow si alzò con lei e le tenne la mano, conducendola fino alla camera da letto. Chiuse la porta e fece un gesto verso il bagno. "Prego. Sarò qui ad aspettarla, mia signora."

Morgan annuì, si mise in punta di piedi e lo baciò brevemente sulle labbra prima di sparire nel bagno attiguo.

Arrow si tolse i pantaloni ma tenne i boxer, poi si ficcò sotto le coperte. Si agitava mentre aspettava Morgan, era più nervoso in quel momento di quando aveva perso la verginità.

Lei apparve nella stanza trenta secondi dopo, Arrow le studiò attentamente il viso mentre si dirigeva verso il letto. Aveva pensato che potesse essere nervosa, come lo era lui, ma vide solo il riflesso accecante del desiderio.

Morgan sorrise. Invece di raggiungerlo sotto le coperte, si mise al suo fianco sul letto. Tirando via le coperte, si mise a cavalcioni su di lui e gli mise le mani sul petto. "Va bene, così?"

"Diavolo, sì,", disse lui con un sorriso. "Immagino che sia lei a comandare, padrona?"

"Hai detto che potevo farlo," gli ricordò lei.

"Dicevo sul serio."

"Bene," mormorò Morgan, poi con un unico rapido movimento si tolse la canottiera.

"Merda," disse Arrow, l'uccello rispose subito a quella vista. Morgan aveva recuperato molto del peso che aveva perso durante la prigionia, ed era a dir poco splendida. Aveva tette piccole ma sode, che si adattavano perfettamente alla sua esile corporatura.

Senza pensarci, lui mosse le mani per toccarla – ma lei emise un sussulto. Immediatamente, lui si mise le mani sopra la testa e afferrò il lenzuolo.

"Mi dispiace," disse lei, un po' del desiderio svaniva già dai suoi occhi.

"No. Non esserlo. Dimmi cosa vuoi che faccia, così non innesco accidentalmente qualcosa".

"Puoi... lascia le mani lì," disse lei, cambiando la sua domanda in un ordine.

Arrow annuì. Era pura tortura non toccarla o non portarla giù verso di lui per poterle succhiare quei piccoli capezzoli, ma obbedì.

Morgan si spostò all'indietro, fino a quando non si trovò proprio sopra il pacco di Arrow, si mosse apposta mentre gli afferrava i boxer e li tirava verso il basso con lentezza costante, giù per i fianchi. Si allontanò quel tanto che bastava per farglieli sfilare, poi tornò a sedersi a cavalcioni.

Arrow si sentiva vulnerabile un po' imbarazzato, mentre lei gli fissava l'uccello duro come una roccia, ma non era mai stato così eccitato in vita sua. Non era stato con molte donne, ma era sempre lui quello che prendeva il controllo, quello che guidava il progresso del rapporto (fisico). Ma c'era qualcosa di molto eccitante nel lasciare che Morgan dettasse quello che succedeva nel letto.

Lei allungò una mano per afferrargli l'uccello, Arrow trattenne il respiro quando sentì il suo tocco. La mano di lei era liscia e calda, si sentiva come se il cielo lo stesse sfiorando.

Morgan cominciò ad accarezzarlo lentamente su e giù, Arrow iniziò a gemere. "Dio, che bella sensazione," iniziò ad elogiarla, mentre lei continuava il suo movimento. Arrow fu felice del piccolo sorriso di lei e del modo in cui sembrava acquisire sempre più sicurezza, ad ogni carezza.

Arrow inarcò la schiena, e spinse i fianchi verso di lei

mentre la supplicava: "Più forte. Stringimi un po' più forte, bella."

La mano di Morgan si strinse immediatamente, Arrow sentì gli occhi schizzargli dalle orbite. Stava già perdendo del liquido pre-eiaculatorio che Morgan usava per lubrificarlo. In quel modo, la masturbazione era ancora più goduriosa, se possibile.

"Voglio compiacere anche te," gemette Arrow. "Dimmi cosa devo fare. Posso toccarti?"

Mordendosi il labbro, Morgan ci mise un po' troppo tempo a rispondere, ma alla fine disse: "Sì, ma per favore, sii gentile. Loro... non lo erano."

Arrow capì. Non era il momento per arrabbiarsi, anche se provò un odio immenso per chi l'aveva stuprata. Alzò lentamente una mano, tenendo l'altra sopra la testa, e le palpò un seno. Il capezzolo si indurì ancora prima del suo tocco. Arrow stava iniziando a sbavare, letteralmente, si costrinse a chiudere la bocca e a mantenere un tocco gentile.

Quando Morgan chiuse gli occhi e gettò la testa all'indietro, le disse: "No, tieni gli occhi aperti e su di me, bella. Guarda chi c'è sotto di te. Chi ti fa sentire bene."

Lei lo guardò immediatamente, risvegliando in lui il desiderio di nuotare in quegli occhi verdi.

"Ecco, bella. Sei tutta rossa e rosa per me." Le strizzò il capezzolo e fu ricompensato da una stretta più forte sull'uccello. Lei aveva smesso di muovere la mano ma strinse forte, lui non poteva certo lamentarsi. Non quando lei gli permetteva di toccarla in quel modo. "Cazzo, sei perfetta," le disse dolcemente.

Ma le sue parole produssero l'effetto contrario, perché Morgan curvò le spalle e si ritrasse dal suo tocco.

"Merda, mi dispiace," si scusò immediatamente Arrow, lasciandola andare e rimettendosi la mano sopra la testa.

Morgan fece un respiro profondo e scese dalle sue cosce.

Maledicendosi per aver aperto bocca, Arrow era pronto ad alleviare i ricordi che le aveva invocato. Ma fu sorpreso quando lei si tolse i pantaloncini da notte e si rimise a cavalcioni su di lui, nuda come il giorno in cui era nata.

"Morgan," cominciò a dire, ma lei scosse la testa e lo interruppe.

"Voglio questo. Ti voglio," gli disse con ferocia. "Non sono perfetta. Lungi da me l'esserlo. Ho paura, ma so che sei tu quello sotto di me. Non mi hanno mai preso così. Non sono mai stati gentili. So con chi sto, ma non so come andrà a finire." Disse tutto con molta fretta, come se cercasse di mantenere il coraggio di dire quelle parole.

"È vero, tu sei con me e io ti amo," rispose Arrow. "Non prenderò mai nulla che tu non voglia darmi. E in questo momento, sei tu che comandi. Fai quello che ti fa sentire bene."

Lei gli sorrise, Arrow era così orgoglioso di lei per il suo coraggio. Non si era mai permesso di pensare alle conseguenze subite dalle donne che i Mercenari di Montagna avevano salvato. Quanto doveva essere difficile riprendere la loro vita normale. Ma ora che Morgan ci stava riuscendo, le avrebbe rispettate ancora di più.

Morgan si posizionò più comodamente. Lui si era ammorbidito un po' quando si era tirata indietro, ma nel momento in cui lei allungò la mano e l'accarezzò di nuovo, lui fu duro come prima.

Morgan provò a penetrarsi, mettendosi sopra di lui. Si bloccò.

Arrow strinse i denti e rimase fermo il più possibile, sotto di lei. Sentiva i muscoli di lei stringersi, cercando di tenerlo fuori dal suo corpo.

"Respira, bella," le sussurrò.

Lei espirò, emettendo un suono simile a un singhiozzo.

"Io... Non posso."

"Allora non farlo," le disse subito Arrow. "Alzati."

Lei si tolse subito, lui si sentì male sia per lei che per se stesso, senza comunque lasciarsi prendere dallo sconforto.

"Ti voglio tanto, ma... Non posso," disse di nuovo, angosciata.

"Ti fidi di me?" chiese Arrow.

"Sì."

La risposta immediata alleviò il suo dolore e lo rese ancora più determinato a farle provare piacere. Morgan era stata estremamente coraggiosa, quel coraggio andava premiato.

Lentamente, abbassò le mani e le posò sui fianchi di lei. "Va bene?"

Lei annuì, ma lui capì che era ancora nervosa.

Arrow la esortò a scendere di nuovo, ma questa volta le labbra inferiori si aprirono, appoggiandosi al suo uccello. Lui spalmò un po' del suo liquido pre-eiaculatorio lungo l'asta, lubrificandosi. Poi sollevò e abbassò Morgan per i fianchi, lentamente. "Così," le disse.

Morgan tirò su col naso, annuì e mosse i fianchi insieme a lui.

"Tutta qua. Proprio così," la incoraggiò Arrow.

"Questo... va bene," disse lei con un sorriso timido.

"Dovrebbe," le disse. È fantastico anche per me." Poi lui mise un pollice sul clitoride. Cominciò a strofinare delicatamente il piccolo fascio di nervi mentre lei continuava il suo movimento su e giù.

Più lei si muoveva, meglio la sentiva. Arrow continuava a erogare liquido, contribuendo a rendere i movimenti più fluidi.

"Mi piace," ansimò lei, sorpresa.

Arrow le sorrise, ma non disse nulla. Non avrebbe ripetuto lo stesso errore di dire qualcosa di inappropriato.

Più a lungo si muoveva, più Morgan si bagnava. Ormai lo

cavalcava del tutto. Ondulava i fianchi contro di lui, accarez-
zandogli la pelle sensibile della parte inferiore dell'uccello.
Poteva sentire l'odore della loro eccitazione, la sentiva su di
sé e su di lui. Arrow continuava il suo contatto con il
clitoride.

Morgan iniziò a provare piacere e un caldo intenso. Iniziò
a muoversi sempre più in fretta.

"Sto per venire, bella," la avvertì Arrow.

"Ok," ansimò lei.

"Va bene così? Non voglio fare nulla che ti spaventi."

"Oh, sì,", disse lei, guardandosi tra le gambe.

Arrow poteva solo immaginare quello che vedeva, guardando i loro corpi. Lei gli aveva tenuto una mano sul petto; la
mise tra di loro, sollevandosi, e gli premette l'uccello. Lui non
la penetrava più, ma era ancora vicinissimo all'ingresso della
passera.

"Cazzo," mugolò Arrow, stringendole la presa sui fianchi.

"Vieni," gli ordinò Morgan. "Voglio vedere."

Come se le sue parole fossero tutto ciò che aspettava,
Arrow sentì l'orgasmo muoversi dalle palle fino a raggiungere
l'asta e schizzare su tutto lo stomaco, la mano e la passera di
Morgan.

Volendo che lei venisse con lui, Arrow aumentò la presa
sul clitoride. Morgan gli tenne l'uccello, prolungandogli l'orgasmo, poi lo raggiunse.

Si agitò sopra di lui, i loro fluidi mescolati. Quando
entrambi si ripresero dallo sballo orgasmico, erano un
pasticcio unico. Arrow era bagnato dallo stomaco alle palle e
sapeva che Morgan era altrettanto bagnata.

Ma non riusciva a prendersi cura di se stesso.

Lei si abbassò sopra di lui, tenendo le gambe aperte sul
suo inguine.

"Mi dispiace," gli mormorò all'orecchio.

Arrow non riusciva a credere a quello che sentiva. Era dispiaciuta?

"Per cosa?" chiese incredulo.

"Per non essere in grado di andare fino in fondo. Per non essere in grado di fare l'amore."

Arrow non riuscì a controllarsi. Si mise a ridere.

La sentì irrigidirsi sopra di lui, ma continuò la risata. Una volta finito, le disse: "Non ho mai fatto niente di così intimo, come quello che abbiamo appena fatto. Questo è sicuramente fare l'amore."

"Ma tu non hai... Non potevo... " La voce di Morgan si spense prima che potesse finire i suoi pensieri.

Ma non ce n'era bisogno. Arrow sapeva dove voleva arrivare. Le sollevò il viso, fino a guardarla negli occhi. "Era perfetto. Ogni secondo di quello che abbiamo appena fatto mi ha fatto impazzire. Mancava solo una cosa."

Lei si morse il labbro, la preoccupazione era facilmente riconoscibile nei suoi occhi. "Cosa?"

"Non ti ho ancora baciato."

Morgan tirò un sospiro di sollievo. "Posso rimediare."

"Speravo che lo facessi."

Morgan si chinò e premette le labbra verso di lui in un casto bacio. Ma quasi subito lo cambiò in uno più carnale, esigendo di entrare con la lingua non appena lui le diede il permesso.

Si rotolarono insieme, nudi, sudati, sudici, disordinati, sazi. Baciandosi. Baciandosi come se non si fossero mai baciati prima in vita loro.

Quando Morgan finalmente si staccò e appoggiò la testa sulla sua spalla, Arrow disse: "Dovremmo alzarci e fare la doccia."

"Mhmm."

"E metterci il pigiama per dormire."

"Mm-hm."

Arrow sorrise e chiuse la bocca. Era appiccicoso a causa dei loro liquidi, sapeva che avrebbe dovuto cambiare le lenzuola, ma se la sua donna voleva sdraiarsi sopra di lui e dormire, beh, è quello che avrebbero fatto.

Non si preoccupò di cosa potesse riservargli il futuro. Il tutto era successo così in fretta che probabilmente Morgan avrebbe dovuto fare i conti con i suoi demoni interni, più avanti. Ma non importava se ci volessero due o dieci anni, in quel momento Arrow aveva ottenuto più di quanto potesse sognare.

———

Black stava in piedi in fondo alla sala e guardava le donne e i bambini con un sorriso sul volto. Gli uomini della sua squadra andavano a turno al rifugio femminile e passavano il tempo con le residenti, per cercare di mostrare loro che non dovevano avere paura di *tutti* gli uomini. Molte di loro erano lì perché erano senzatetto e cercavano di rimettersi in piedi, ma la stragrande maggioranza aveva vissuto situazioni difficili, moltissime donne erano state maltrattate. La violenza domestica sembrava essere in aumento, quel rifugio era un luogo sicuro per donne di tutti i ceti sociali.

Andare al rifugio era un compito difficile per Black, soprattutto se i bambini piangevano quando lo vedevano per la prima volta e le donne si nascondevano. Ma alla fine della serata, di solito, riusciva a conquistare anche i bambini più spaventati e le loro mamme.

Quel giorno aveva colorato album con alcuni bambini. Poi, dopo che gli altri erano stati spediti in cucina per partecipare a una sorta di lezione di cucina con il nuovo chef appena assunto, Black tenne una breve lezione di autodifesa alle donne.

I bambini tornarono entusiasti parlando dei biscotti che avevano fatto durante gli ultimi quarantacinque minuti.

"Scusa. Sei Lowell Lockard, giusto?"

Black si girò sorpreso, per vedere chi fosse riuscito ad avvicinarsi a lui senza che se ne accorgesse.

La donna era alta quanto lui, un metro e settantacinque circa, aveva capelli biondi con le punte tinte di viola chiaro. Aveva occhi blu scuro che gli ricordavano un oceano in tempesta. Era snella e aveva il tipo di fianchi su cui avrebbe adorato mettere le mani.

Il pensiero lo spaventò, si sentì anche un po' a disagio. Non era il tipo di uomo che provava sentimenti intensi per le donne appena conosciute. Si schiarì la gola prima di dire: "Sì, sono io. Ci conosciamo?"

"Probabilmente non ti ricordi di me", disse lei a bassa voce. "Sono Harlow. Harlow Reese. Siamo andati al liceo insieme. Beh, tu eri un anno più grande di me, ma andavamo entrambi alla Roosevelt High."

Black la fissò intensamente. "Harlow?"

Lei rise. "Lo so, lo so. Ho un aspetto molto diverso da quello di sedici anni fa."

Sapendo chi era, Black la riconobbe. Aveva ragione: era cambiata molto da quando aveva diciotto anni, ma poteva ancora vedere la ragazzina che aveva conosciuto. A quei tempi, erano stati entrambi nel club dell'annuario. Lui si era iscritto solo per avere qualcos'altro da mettere sul suo curriculum, in modo da avere un bel biglietto da visita per i reclutatori, ma lei lo faceva perché le piaceva. Faceva continuamente delle foto. Aveva un grande occhio per quel genere di cose.

"Harlow Reese. Che io sia dannato," disse Black lentamente. "I tuoi capelli sono più lunghi... e più colorati, ma ovviamente mi ricordo di te."

Lei arrossì... e non disse altro.

Black si sentì incuriosito.

Era passato molto tempo da quando aveva provato un'attrazione immediata per una donna. Troppo tempo. Quando era diventato un SEAL, aveva frequentato la sua fetta di donne che giravano i bar in cerca di uomini della Marina da accaparrarsi, ma quegli incontri senza emozioni lo avevano stufato in fretta, era diventato molto più selettivo. Da quando si era unito ai Mercenari di Montagna, la sua vita sessuale si era praticamente prosciugata. Ma c'era qualcosa, nella donna di fronte a lui, che stuzzicava la sua curiosità.

"Cosa ci fai qui?" le chiese. "Sei nei guai?" Il pensiero che un uomo la maltrattasse o la perseguitasse era ripugnante.

Harlow alzò le mani e scosse la testa. "No, niente del genere. Sono la nuova chef. Sono stata assunta circa due settimane fa."

Black si rilassò un po'. "Se questi biscotti sono un segnale, hanno assunto la persona giusta per il lavoro."

Lei gli sorrise. "Grazie. Ma i biscotti sono facili. Far mangiare le verdure ai bambini è molto più difficile. Posso chiederti una cosa?"

Black annuì immediatamente. "Certo."

Harlow si guardò intorno, come se volesse assicurarsi di non essere ascoltata, prima di chiedere: "Lavori al poligono di tiro, vero?"

"Non solo ci lavoro, sono il proprietario," le disse Black.

"Oh. Beh... uhm... Mi chiedevo se per caso avessi qualche corso per principianti sulla sicurezza delle armi?"

Black restrinse gli occhi in due fessure, tutta la sua attenzione rivolta sulla donna di fronte a lui. Lei abbassò lo sguardo e incrociò le braccia sul petto.

"Sei nei guai, Harl?" le chiese Black, usando il soprannome che usava al liceo.

Lei scosse la testa. "No, voglio dire, non credo proprio.

Vorrei solo familiarizzare con le armi e con il loro funzionamento. Sai... per la mia protezione."

Di nuovo, Black non era convinto. La prese gentilmente per il gomito e fece un cenno alla direttrice del rifugio. Loretta Royster era sulla sessantina e non solo era responsabile dell'organizzazione no profit, era anche la proprietaria dell'edificio. Lo salutò con la mano e rivolse la sua attenzione a un paio di bambini in piedi davanti a lei.

Black guidò Harlow nel corridoio e poi di nuovo verso la cucina, da dove pensava che fosse arrivata. Gli elettrodomestici erano vecchi come l'edificio, ma a quanto pare non aveva importanza, perché i biscotti mangiati dai bimbi poco prima erano deliziosi.

Harlow agitò il braccio per liberarsi dalla presa e si mise a pulire il bancone già pulito, ovviamente cercando di evitare di guardarlo mentre parlavano.

"Harlow," disse Black con fermezza. "Guardami."

Lei sospirò, poi alzò lo sguardo verso di lui.

C'era un bancone che li separava, ma Black poteva ancora sentire l'attrazione scintillare tra loro. "Per rispondere alla tua domanda, sì, ci sono diversi corsi di sicurezza per principianti offerti al mio poligono di tiro, ma se sei nei guai, puoi dirmelo. Posso aiutarti."

Harlow lo fissò a lungo prima di dire: "Sono un'adulta, Lowell. So badare a me stessa."

"Non lo metto in dubbio," disse subito lui. "Ma se fossi nei guai, potrebbe avere ripercussioni sulle donne e sui bambini di questa organizzazione. È passato molto tempo dall'ultima volta che ti ho visto, ma non credo che tu sia cambiata così tanto da non interessarti."

"Certo che ci tengo," disse lei intensamente. "Le residenti qui... sono il motivo principale per cui te lo chiedo. Voglio proteggerle."

Nel momento in cui lei disse quelle parole, si morse il labbro e tornò a fissare il bancone davanti a lei.

La mente di Black stava esaminando tutte le possibilità che avrebbero potuto indurre Harlow a cercarlo. "Dimmi tutto," le disse gentilmente.

Harlow sospirò. "Ho notato che qui intorno accadono cose strane. Loretta cerca di comportarsi come se non fossero cose importanti, penso che faccia così per non spaventare le residenti. Lei sa bene quanto me che la maggior parte delle donne arrivata qui non ha una bella storia alle spalle, quando si tratta di uomini. Ci sono dei ragazzi che mi hanno molestata mentre andavo al lavoro, una mattina. Non è niente che non possa gestire, ma l'ultima cosa che voglio è che facciano la stessa cosa con le donne e coi bambini che risiedono qui."

"Sono ex di alcune delle donne qui presenti?" chiese Black.

"Loretta non la pensa così, ma non è sicura."

"Deve chiamare la polizia e denunciarli."

"L'ha fatto. Sono sicura che se ne occuperanno, ma nel frattempo mi sentirei meglio se potessi proteggermi."

Black prese una decisione in due secondi. Prese il portafoglio dalla tasca e tirò fuori un biglietto da visita. Afferrando una penna da un tavolo vicino, scarabocchiò il suo numero di cellulare sul retro, poi lo diede a Harlow. "Ecco il mio biglietto da visita. Chiamami a qualsiasi ora del giorno o della notte, ti organizzerò un corso per principianti. Ma soprattutto, se mai dovessi sentirti spaventata o a disagio, fammelo sapere, verrò a dare un'occhiata."

Lei prese il biglietto, fissandolo per un attimo prima di alzare lo sguardo su Black. "Ok... uhm, grazie."

"Dico sul serio," insistette Black. "Chiamami."

Harlow si tirò indietro i capelli con una mano, poi sospirò, appoggiandosi al bancone. "Dai il tuo numero a chiunque voglia imparare a usare una pistola?"

"No," disse lui seccamente.

"Allora perché me l'hai dato?" chiese Harlow.

Black appoggiò le mani sul bancone tra loro e si chinò verso di lei. Lei non si tirò indietro. "Perché mi piacciono i tuoi capelli."

"Mi hai dato il tuo numero perché ti piacciono i miei capelli?" chiese lei scettica.

"Sì, e chiunque sia più preoccupato per le persone che vivono qui che per la propria sicurezza è qualcuno che voglio conoscere meglio. E poi una volta eravamo amici, no?" le chiese.

"Non direi, non eravamo proprio amici," disse Harlow con un piccolo sorriso.

"Certo che lo eravamo. Siamo sopravvissuti insieme a quel club dell'annuario, vero?"

Lei annuì. "Sì, se fai sul serio, allora ti chiamo."

"Dico sul serio," disse Black, volendo che lei leggesse tra le righe quello voleva dirle. Era interessato a Harlow Reese. C'era qualcosa in lei che lo attirava. Se avesse dovuto usare il suo lavoro come scusa per farsi chiamare, l'avrebbe fatto. Le avrebbe insegnato tutto sulle armi e su come sparare, ma sperava di poterla convincere ad uscire con lui e a conoscerlo meglio.

Decidendo di parlare con Rex della situazione al rifugio, per sicurezza, Black sorrise ad Harlow. "Questo è un appuntamento, allora."

Harlow arrossì di nuovo, ma annuì.

Black si raddrizzò e le sorrise. "Non aspettare a chiamare, Harl. Non vedo l'ora." E con questo, le fece l'occhiolino e si diresse fuori dalla cucina. Improvvisamente, fu più che felice che fosse stato il suo turno di fare volontariato al rifugio, quella sera.

Avrebbe aspettato qualche giorno che lei chiamasse, ma se non l'avesse fatto, non avrebbe lasciato perdere. Sapeva dove lavorava - doveva solo trovare una scusa per tornare al rifugio, in modo da poterla rivedere. Era passato molto tempo dall'ultima volta che era stato così entusiasta di aver incontrato una donna.

Anche se aveva conosciuto Harlow quando erano ragazzini, non sapeva nulla della donna che era diventata. Ma quando l'avrebbe conosciuta meglio, ebbe la sensazione che lei avrebbe potuto cambiargli la vita.

––––––

Ritira il libro 4, *Difendere Harlow*, disponibile ora!

NOTE

CAPITOLO UNO

1. Con Navy SEAL si indicano le forze speciali della marina militare degli Stati Uniti d'America. Vengono impiegati soprattutto in conflitti e guerre non convenzionali, difesa interna, azione diretta e azioni antiterrorismo nonché in missioni speciali di ricognizione in ambienti operativi prevalentemente marittimi e costieri.

CAPITOLO DUE

1. "Archer" significa arciere, "Arrow" significa freccia, da qui la considerazione del personaggio.

CAPITOLO SEI

1. Ribelle – The Brave, film di animazione del 2012.

CAPITOLO UNDICI

1. La dieta chetogenica è una dieta che induce nell'organismo la formazione di sostanze acide definite "corpi chetonici" (da cui il nome) come il beta-idrossibutirrato, l'acido acetacetico e l'acetone.

Proteggere Alabama
Proteggere Fiona
Il Matrimonio di Caroline
Proteggere Summer
Proteggere Cheyenne
Proteggere Jessyka
Proteggere Julie
Proteggere Melody
Proteggere il Futuro
Proteggere Kiera
Proteggere i figli di Alabama
Proteggere Dakota

In inglese:
Delta Force Heroes Series
Rescuing Rayne
Rescuing Aimee (novella)
Rescuing Emily
Rescuing Harley
Marrying Emily (novella)
Rescuing Kassie
Rescuing Bryn
Rescuing Casey
Rescuing Sadie (novella)
Rescuing Wendy
Rescuing Mary
Rescuing Macie (novella)

Delta Team Two Series
Shielding Gillian
Shielding Kinley
Shielding Aspen
Shielding Jayme (novella)
Shielding Riley

Shielding Devyn (May 2021)
Shielding Ember (Sep 2021)
Shielding Sierra (Jan 2022)

Badge of Honor: Texas Heroes Series

Justice for Mackenzie
Justice for Mickie
Justice for Corrie
Justice for Laine (novella)
Shelter for Elizabeth
Justice for Boone
Shelter for Adeline
Shelter for Sophie
Justice for Erin
Justice for Milena
Shelter for Blythe
Justice for Hope
Shelter for Quinn
Shelter for Koren
Shelter for Penelope

SEAL of Protection: Legacy Series

Securing Caite
Securing Brenae (novella)
Securing Sidney
Securing Piper
Securing Zoey
Securing Avery
Securing Kalee
Securing Jane (Feb 2021)

SEAL Team Hawaii Series

Finding Elodie (Apr 2021)
Finding Lexie (Aug 2021)

Finding Kenna (Oct 2021)
Finding Monica (TBA)
Finding Carly (TBA)
Finding Ashlyn (TBA)
Finding Jodelle (TBA)

Ace Security Series

Claiming Grace
Claiming Alexis
Claiming Bailey
Claiming Felicity
Claiming Sarah

Mountain Mercenaries Series

Defending Allye
Defending Chloe
Defending Morgan
Defending Harlow
Defending Everly
Defending Zara
Defending Raven

Silverstone Series

Trusting Skylar
Trusting Taylor (Mar 2021)
Trusting Molly (July 2021)
Trusting Cassidy (Dec 2021)

SEAL of Protection Series

Protecting Caroline
Protecting Alabama
Protecting Fiona
Marrying Caroline (novella)
Protecting Summer

Protecting Cheyenne
Protecting Jessyka
Protecting Julie (novella)
Protecting Melody
Protecting the Future
Protecting Kiera (novella)
Protecting Alabama's Kids (novella)
Protecting Dakota

BIOGRAFIA

L'autrice best seller del *New York Times*, *USA Today*, e *Wall Street Journal*, Susan Stoker ha un cuore grande come lo stato del Texas, dove vive, ma questa tipica ragazza americana ha trascorso gli ultimi quattordici anni vivendo nel Missouri, in California, in Colorado, e nell'Indiana. È sposata con un ex militare dell'esercito, che ora la segue in tutto il Paese.

Ha debuttato con la sua prima serie nel 2014, seguita dalla serie SEAL of Protection, che ha consolidato il suo amore per la scrittura, e la creazione di storie in cui i lettori possono perdersi.

Se ti è piaciuto questo libro, o qualsiasi libro, per favore considera di lasciare una recensione. Gli autori lo apprezzano più di quanto tu possa immaginare.

www.stokeraces.com
susan@stokeraces.com

www.ingramcontent.com/pod-product-compliance
Lightning Source LLC
Chambersburg PA
CBHW060237100726
47907CB00003B/664